那年好大雪

王剑冰　著

NANIAN HAODAXUE

那年好大雪

王剑冰 著

河南大学出版社
HENAN UNIVERSITY PRESS
·郑州·

图书在版编目(CIP)数据

那年好大雪/王剑冰著.—郑州:河南大学出版社,2018.4

ISBN 978-7-5649-3252-7

Ⅰ.①那… Ⅱ.①王… Ⅲ.①散文集—中国—当代 Ⅳ.①KI267

中国版本图书馆 CIP 数据核字(2018)第 067771 号

项目总策划 侯若愚
责任编辑 侯若愚 时 娇
责任校对 任湘蕊
封面设计 侯一言
出版发行 河南大学出版社
地址:郑州市郑东新区商务外环中华大厦 2401 号 邮编:450046
电话:0371-86059701(营销部) 网址:www.hupress.com

印　　刷	河南瑞之光印刷股份有限公司		
版　　次	2019 年 1 月第 1 版	**印　　次**	2019 年 1 月第 1 次印刷
开　　本	889mm×1194mm　1/32	**印　　张**	9.625
字　　数	191 千字	**定　　价**	42.00 元

目　录

那年好大雪

好久没有下雪了，我有些想她。

娘生我的时候，下着雪，娘说雪好大，把屋门都堵住了，娘喊着，雪将娘的声音覆盖了。大雪纷飞的屋檐下，飘着一块红布条，宣告着我的诞生。有些脚印在雪地上来来往往，我以很大的哭声迎接来看望的乡亲。娘生我的时候哭了很长时间，娘好像还没有思想准备，娘的姑娘梦还没有做完，娘想跟着父亲到部队上。娘生我是在乡下，那里离部队很远，没有人照顾娘。我也不能照顾娘，我一直都不能照顾娘，等我长大了，我还是娘的累赘。再等我长大了些，我又远离了娘，我不能给娘带来什么，我一开始就给娘带来了哭声。而且我还不懂道理，让那哭声昼夜不断，闹得娘总是不知所措，尤其是晚上。大雪下个不停，我也哭个不停，娘的眼泪也就滴个不停。西北风将窗子刮得呼呼啦啦地响，薄薄的窗纸上贴着红红的剪纸，一条鲤鱼在上边蹦，我不知道鲤鱼，我就知道哭，哭才痛快。

那个时候，我特别爱得病，不停地发高烧，一发高烧，村里的大喇叭就广播叫大夫。叫来了大夫，我哭得更厉害，以为那样可以把大夫哭走，但大夫还是在我的屁股上扎了一针。我恨死了那个姓杨的大夫，长大了我看见他还是恨他。我大堂姐病的时候他也来过，我揭着布帘子看到他给我哼哼的大堂姐也打了一针。大堂姐是女的，他竟然看我大堂姐的屁股，三叔都不让我看，一瞪眼把我瞪跑了，他竟然看，我更恨他了。他挎的那个红药箱好似他的法宝，可以让人家脱下裤子而不脸红。我三婶病的时候他也来了，他拿出两个大瓶子，用火一烧就按在三婶的肚子上。

后来我知道杨大夫是从城里大医院下来的，他娶了同样下来的一个女知青。女知青看起来好小啊，来的时候也总是哭，在雪地里哭着扑倒也没有人扶。大夫是来改造的，不知道怎么就把女知青改造到他的家里了。有人说女知青也爱生病，总是让他去打针，那就对了，反正屁股也给他看过了，嫁给他也就顺理成章了。可我们很是不乐意那个大夫把女知青娶走，那么好个人怎么就跟了他，可女知青不跟他又跟谁呢？听说女知青总是受人欺负，一天夜里女知青的门被人从下面端掉了，女知青好一阵大哭大喊。第一个跑过来的还是那个大夫，他夜里总是在村子里跑来跑去的。女知青出嫁的时候，我们把她的门堵得严严实实的。女知青什么也没有，家里也没有来人，好像他们家就她一个似的，连找个肩膀哭一下都不能，女知青就毅然决然地坐上他借来的马车走了。

雪下得那么大，小孩们团起雪弹不停地攻击，好像都是攻击那个大夫的，有一团雪不偏不倚地打在了女知青的眼睛上，女知青捂着眼睛哭了，大伙儿一呆愣，马车跑走了。

第二天，我们掀开女知青的门帘子，女知青果然就和当姑娘时不一样了，脸上红扑扑的，还有一股香气从屋子里散出来。一见我们，她就抓了一把糖过来，我们有些不好意思接受她的东西，忽地跑走了。

女知青一直都没有孩子，有人就开始说女知青的坏话，说大夫吃亏了，也有的说大夫本来就是知道的，女知青曾经被人搞大了肚子，自己打胎打坏了，才找大夫给打针的，大夫是帮女知青捡了一条命。有人还说，看见大夫从大雪地里把女知青背了回来，女知青在一个水塘边转了好久，身上都转白了，水塘上有一层变得越来越厚的冰层，有人在边上凿了洞，一些水漫上来就和冰冻在了一起，那个洞也就越来越小了。女知青呆呆地停在了那个冰窟窿的前面，冰下的水涌起丝丝波纹，在召唤着她的魂灵，女知青又挪了一下脚步，再抬脚的时候，被呼呼喘着气的杨大夫拽住了。人们不敢大声议论这件事，是因为害女知青的是村主任，村主任经常在喇叭里把大夫叫去训话，喇叭里经常能听到这样的话：村子里的杨大夫，听到广播立刻到大队来一趟，听到广播立即到大队来一趟！那声音似乎是刻不容缓，哪怕杨大夫在给人打着针也要立即拔了跑过去。有一天喇叭没有关上，传出村主任的吆喝声：你不要以为你会看病就不知天高地厚了，你是个改造分子知道不知道！杨大夫走出大队脸就黑了。那时我又觉得杨大夫有点可怜，但心里又想：那你为什么要当坏分子呢，你当好分子不行吗？你给女的打针，不打人家屁股不行吗，为什么偏要让人家脱裤子呢？全村的女人的屁股不定都看过来了，村主任还不恨他？

村主任比我都恨他。不过村主任也不是个好东西,他给人派了活,把人安排到地里去,就该去找那些留在家里的女人了。他先是问人家为什么不去上工,把人家说得一无是处,说到严重处,甚至上纲上线地说是破坏农业学大寨,要挨批斗的,然后就要他的那一套把戏。什么把戏,我总是搞不明白,大人们说到这里声音就小了起来,看到我在一旁还偷偷地笑。反正我知道那笑里没有好的意思,就觉得村主任坏得很。

女知青后来还是死了,说是宫外孕死的。大夫找村主任要马车,村主任不给派。牲口都是队上的,个人家里谁也没有马车。杨大夫就用自行车推着女知青去县里,大雪天里,县城离这里几十里,推到半路就不行了。女知青让杨大夫把自己放下来,说要躺一躺。杨大夫坐在雪地上,怀里是渐渐咽气的女知青,杨大夫的眼泪滴在女知青的脸上,两个人的眼泪合在一起流到女知青的脖子里,女知青的脖子一点点变硬了。女知青最后跟杨大夫说:“杨,你是个好人,我真想给你生一个孩子,我做不到了……”女知青声音越来越微弱,但每一个字杨大夫都真真切切地听到了,每一个字都真真切切地扎在杨大夫的心坎上。

杨大夫抱着女知青发出了震天动地的哭声。

我大堂姐说这话的时候一直不停地哭,大堂姐喜欢女知青,她知道女知青命苦。女知青的爸爸妈妈是同一个大学的教授,后来被打成“右派”下到东北去了。她跟着奶奶生活,奶奶又因为是地主成分被赶到陕西的乡下去了,说是地主婆不能住在城里。十六岁的女知青只好报了名下乡，到了我们这个村子里。女知青来的时候，先来的一个男知青很照顾她，后来那男知青被队长安排当兵走了，女知青就落入了村主任的手心。女知青住在一家“五保户”的隔壁，那是两间单独的厢房，“五保户”是个双目失明的老人，外面没有院门，不像我家晚上能够把大门关上，插上门插。女知青的房子外面只有半人高的土墙，即使不走院子正门，也可以从胡同边上翻墙进去。

不知道大雪封门的那些时光女知青是如何度过的，她都会想些什么。她不能和我们一起玩，因为她是大孩子了。冬天里也没有什么活做，女知青就找我大堂姐玩，她什么话都跟大堂姐说。女知青走了，大堂姐很同情杨大夫，她常拉着我去杨大夫住的地方看看。杨大夫也是借住在两间草厢房里，也没有院门，主人是另一个“五保户”。

杨大夫的家里失去了往日的气氛，早没有了那股香气。杨大夫以为大堂姐找他看病呢，可大堂姐到了屋里什么也不说，只是愣愣地坐着，好半天了才拉着我走出来，后来大堂姐再去就不带我了。大堂姐对杨大夫是真心的，她想替女知青做些什么，或者她自己想做些什么。

还没等三婶弄明白，大家就听到了杨大夫的死讯。杨大夫是跳进那口水塘里了，就是女知青围着转的那口水塘，杨大夫把女知青救了，自己却跳了下去。杨大夫再也不能给我打针看病了，也不想看女人的屁股了。有人说杨大夫是寻女知青去了，可女知青不是被杨大夫埋在荒郊野地里了吗？最后杨大夫也被埋在那里了。大堂姐哭得可是个痛，一会儿哭女知青一会儿哭杨大夫，她也不害怕。我们去找她时，她还在雪地里哭，雪把她的头都落白了。大堂姐一直到好大都没有嫁人，直到快三十了，才跟着一个煤矿的矿工走了。三婶说，大堂姐的心早就和女知青、杨大夫埋在一起了。

那个时候特别爱下雪，一刮北风雪就跟着来了。雪喜欢我们的村子，总是把村子盖得严严实实，然后就让年跟过来，让炮仗跟过来，让欢天喜地跟过来，我就渐渐地长大了。

雪总是把我引到地里去，无边无际的雪把天和地连在了一起，我发出一声喊，喊声就变成了雪花落到我张开的口中，我发出更大的喊，就有更大的雪花落到我的口中。我快乐地笑着，咳嗽着，让寒冷浸透我的棉袄，然后就滚打在雪中。

一条狗在雪地里跟着我，狗的肚子紧擦着雪，四条腿带起了一片片的雪花，狗喘的气比我还大。邻居小丫跟在我的后面，叫着叫着就哭起来了，手上的糖葫芦都白了，最后那串糖葫芦扔在了雪地里，远远地看去又是好刺眼的鲜红。一团火焰慢慢地起来了，一坡的荒草被我点燃了，火和草似乎并不接触，草就兴高采烈地噼噼响，一会儿就响到坡那边去了。这个时候我才发现，那里有两坨高高的土，相拥在寒冷的世界里。

那拉提草原的丹花

有人说，不到新疆不知道中国之大，不到伊犁不知道新疆之美。伊犁河谷是上帝赐给人类的一条宝带，上面洒满了翠绿和金黄，那是大片的湿润的草场和富饶的土地。我来的时候，阳光刚刚洒满河谷，草原泛着一波一波的光，就像一个喷壶在喷水，喷到哪里，哪里就光鲜起来。无边无际的草原一直铺展到遥远的山边，不，那草又上到了山上，一直翻到山的那边去了。

正愣神，一匹马踏踏地来到了我的跟前。一个女孩翻身落马，站到我的眼前，“骑马吧！我来带你。”我说：“不用不用。”女孩说：“在那拉提不骑骑马，是要遗憾的。来吧，是管委安排我来的。”

我上了马，女孩并不松开缰绳，在一旁牵着马走。很快就进入了草原深处，一丛丛的白色、紫色的小花在马的前后摇荡。我问：“这是什么花？”“马兰花呀。”女孩的口气似乎在说连这都不知道！我说：“好漂亮的花。”“我们那拉提就不缺草和花，你看到处都是糙苏、羽衣草、小米草、婆婆纳、金莲花，还有芨芨草，可以做笤帚的。”女孩如数家珍地随意说着。

女孩显得热情而健谈，说：“我给你讲讲那拉提吧，你知道‘那拉提’是什么语吗？”我说：“维语。”女孩说：“不，是蒙古语。当年成吉思汗带领蒙古大军西征，由吐鲁番沿天山一路走来，正是夏天，却越走越冷，甚至风雪弥漫，这就极大地削弱了蒙古将士的士气，何况他们饥肠辘辘，失去了补给。岂料一过山岭，眼前出现了一马平川的伊犁草原，而且繁花怒放，流水潺潺。当时云散雾开，艳阳初照，仿佛到了另一个世界，人们不禁齐呼'那拉提，那拉提！'"我说："我知道'那拉提'的意思了。"女孩就笑，并不多说。走着时，女孩一弯腰采了一朵黄色的小花举在手中，说："这你总该知道了吧？"我说："蒲公英？"女孩说："对了，中原这样的花最多。"我说："你怎么知道我来自中原？"女孩说："当然知道啦。"

女孩摇晃着缰绳，脚步轻盈地随着马走上一面缓坡。坡上有一群的树，使草原一下子高了起来。"那是什么树？"我又问了。女孩说："野苹果树呀。""啊，长苹果吗？""长呀。"女孩在笑，笑我的无知吗？可我真的是不知道。这次女孩先说话了，"你看那是什么树？"

在山的高峰上长着一种笔直笔直的树，有二三十米，有的达到了五十米。女孩说，那叫雪岭云杉，生长得很慢，一年只长一两厘米，那是那拉提的骄傲。随之，女孩又说："看到那片植物了吧？"她指着山坡上的一蓬蓬的野棵子，"那是乌头草，毒性可大了，牛羊都不敢吃，吃了就胀肚，直至胀死，而且长得特别快，渐渐地会吞没草场。"我说："那怎么办？"女孩仰头看了看我，说："所以得不断地铲除它，不让它长呗。"我说："那要多大的功夫呀，那么多。"女孩说："放心，人的力量总是大的。"

我觉得女孩很有意思，她是一个很不错的导游。马随意地走着，沿着草原上走出的小路，小路弯弯曲曲，一会儿走上山坡，一会儿下到谷底，沿途就看到了好看的风光，低洼的地方还有一道道的山溪，发出淙淙的声响。马走到那里，会低下头去饮水，女孩就说："你这家伙，又渴了，今天又没有累着你。"

说是说，可以看得出来，女孩对这匹枣红马很有感情。她不时地会抚摸着马的身子，有时还会摸摸马的耳朵。马很知道她的意思，将头扭过来伸到她的面前表示亲昵。

我问女孩："小姑娘，你叫什么名字？多大了？"女孩说："丹花，不小了，二十三了。"我说："这名字好，像草原的名字。你对草原很是熟悉啊。"女孩说："时间长了，就熟悉了。"

我问："你是什么民族？"丹花说："你猜？""维吾尔族？"丹花摇头。"哈萨克族？柯尔克孜族？"丹花还是摇头，说："跟你一样，汉族。""汉族？那怎么能在这草原生根？"丹花狡黠而神秘地笑了。

我说："你会唱歌吗？"丹花说："会啊，唱一支草原歌曲吧。"随之就亮开嗓子唱了起来：

那拉提啊，我的家
高高的雪山哟，走珍珠
无边的草原呀，开鲜花
远方的客人，请你留下
这里有那美丽的姑娘
和剽悍的骏马……

丹花的嗓音很净，净得像一片原野，草在摇曳，鸟蹿上了天空。

我说："你的嗓子真好。"丹花说："我还会唱河南民歌呢。""是吗？"一支《编花篮》的小调悠扬地上到了南山上。

我说："这支民歌是河南的代表曲子，你唱得很准，说明你对河南有所了解。"丹花说："那当然，我还知道河南有大别山、伏牛山、太行山。"我说："都是大的山系。"丹花说："还有啊，我还知道开封、洛阳，云台山、少林寺，对了，还有太昊陵。"我笑了："都是中原的经典。"丹花说："我还知道中原经济区，那可是国家战略。"我说："你怎么知道这么多？"丹花说："上网啊，没事就上网看看。"这是一个有心的女孩子，身在边疆，却关注着全国，也可能是出于导游职业的需要吧。

远处散落着一座座蒙古包，那是牧民的家。我认出来丹花说的黄色的野油菜和紫色的勿忘我。"在草原的尽头，就会看到金黄的麦田和绿色的玉米了。"丹花说，"要是在中原，麦子早就收割了。对了，你看到薰衣草了吧，可多了，这里是薰衣草的故乡呢。这里的人生活得无忧无虑，总以为那拉提就是天下的中心。一个大婶去了一趟北京，说，北京好是好，就是太偏了。"嘿嘿嘿，咯咯咯，丹花笑弯了腰，似乎她总是藏着这个笑话开心。我也笑起来。

丹花说："看你的姿态，你骑过马。"我说："我在西藏、内蒙古都骑过马。"丹花说："你想看看我的骑术吗？"我刚翻身下来，丹花就像一条鱼腾落在马背上，枣红马随之箭一般冲了出去，马蹄将一片草叶甩在了空中。女骑手先是猫腰塌背，让长发狂泻成风，后来就纵跃起来，马的四蹄像是安在她的身上，原野里飞舞成一个健影。那影子霎时返回到我的跟前，身体高高弹离马背，翩然在一侧落下。我简直惊呆了，这么娇弱的一个女孩，骑马却可用剽悍形容了。

集合的时间快到了，我和丹花告别。丹花说："再见老乡，欢迎再来那拉提。""什么，你是河南人？""当然。"丹花一脸的认真。我吃惊了，这个黑黑的女孩子，完全像一个草原牧民，怎么会来自中原？

丹花笑了，说："咱是地地道道的河南周口郸城人氏，在家排行老三。"我想着丹花的丹是否与郸城的郸有着某种感情的关联，遂笑着问："常回家吗？"丹花说："不常。出来的时候家里穷，顾不住生活，不出来不行。还是我们中原好啊，到哪儿去都不偏。我三年没回家了，回去一回太远，坐一天火车才能到乌鲁木齐，再从乌鲁木齐坐两天一夜到郑州，坐得腿肿老粗。"

原来丹花是一个打工妹。丹花说："我出来得早，先到西安，河南人多嘛，后来又到哈密，到阿克苏，最后到伊犁，越来越远。""为什么？肯定是有原因的啊。""实话说吧，是为了情，跟着感情跑了，这世上，男男女女，不都脱不了那个情字？现在还是独个一人。说不上怨谁，21 世纪了，处得好就处，处不好就不处。怎么不难过啊，跟了这么远，难过肯定难过，但日子还得过。"

丹花顿了顿又说："我那时是导游，也愿意开开眼界，多见些世面。”我说呢，她对什么都知道得很详细，口才还好。丹花踩着石头跳过一条溪流，向阳的山坡上，又看见了蓬蓬棵。丹花说：“我那时在昭苏，一气之下就辞职了，来那拉提当骑手。我就这性格，我想打马撒欢，马狂奔起来，什么都忘了。开始人家不接受，听了我的介绍，觉得我能讲，很快认可了我，一个女骑手还成了特点，来了重要人物，都让我出马。在这草原上，马是人最好的伙伴。”

真是个有个性的女孩。丹花说：“那时在河南不好找工作，都往外跑，现在都往回跑了，家里的变化太大了。我天天上网，一上网就看河南，老想家啊！”丹花说着眼圈一红，背过脸去。过了一会儿，她又转过脸说：“我可想回去，我觉得凭我的努力，不愁找不到适合自己的工作。”

我说：“能，你完全有这个能力。中原到处都发展旅游，清明上河园里就有马队，也有女骑手。当然，未必非要干这一行，中原经济区正在紧锣密鼓地加紧建设，很多方面都需要人才，像你这样的，好学、上进，还有见识，一定受欢迎。”

丹花笑了，说：“你这么一说，我现在就想回家了。我要去就去航空港区，我知道那是一个新区，富士康、综合保税区都在那里。”

远远地离去了，丹花还在扬手致意。天上有一只鹰在飞，飘着白色的云，丹花的性情有着中原的淳厚，还带有了草原的狂放。我知道，她的心里一直有一个梦，是关于自己的，也是关于家乡的，那个梦很大，很美。虽然她走到哪里都会爱上哪里，但中原人的家乡情结仍然深深地扎在她的内心深处。

裱　画　师

一路提着加有宽厚画框的两幅油画，我感觉越走越重。

亏得捆扎得结实，左缠右缠的，我一直说可以了，她还在用胶带转着圈地打着，似乎没有听到我的话，只是沉浸在细致的包扎中。她的手上开裂着口子，长期的装裱作业，使她的手变得十分粗糙。

终于包装好了，她递给我的时候，我竟然发现她眼睛湿湿的，我的心一沉，说："要不我不要了，你还是留着吧。"

"那为什么？"她说，"说好了怎么又不要了呢？不行的，你拿走比我有用，我这里灰尘扑扑的，没有多少人欣赏，这儿不是挂这些东西的地方。"她的语气是急迫的，虽然声音不重，末了还加了一句，"还是拿走吧。"

她没有明白我的意思，我是怕她不忍割舍。听她这么坚决，我当着她的面数好了钱。把钱递给她的时候，我说："你再数数。"她说："不用了，你都数好了，还能有错？"那钱就被随手放在了案子上。

"谢谢了，这么便宜给我了。"走的时候，我向她致谢。

"我还要谢谢你呢，我今天很高兴。"她说这话的时候，我正帮她把推拉门关上，却又碰上了那潮乎乎的目光，目光后面，一颗泪珠从眼眶里翻出，顺着她的脸颊流了下来。我很少看到这么大年岁的人涌眼泪，我赶紧扭头离去，怕我的目光照出她的不自然。好在我递给她钱的时候，多放进去六百块，这使我的心里稍微安适一些，身上带的只有这么多了。

昨天，我在鱼市闲逛的时候，无意间走过这一爿店面。这是一个不大的院落，原来是一个艺术品市场，开始还很红火，一层有装裱书画的、卖文房四宝的；二层是一个个画廊，不少是画家、书法家开的。旁边后来建起了鱼市，而且成了市中心最大的水产批发市场，天天都有零担货运或空运来的水产品，全市大小饭店都到这里进货。艺术品市场的院子与鱼市相通，许多卖鱼的、买鱼的车子也就停在了院子里。人们来来往往，鱼腥味也跟着来来往往，渐渐地把艺术熏染了。一层的店铺首先关门，这倒好，那些铺子就成了鱼贩子的仓库，市场的经营者也是见利忘义，向鱼贩子要了更高的租金，这个市场就变得不伦不类，艺术的味道被鱼的味道遮盖了。

最后只剩下二楼的几个店面勉强度日，也没有了画廊，书法家、画家都走了。一楼的几家装裱店搬上来，一是图二楼店面便宜，二是因为还有一些老客户。有味道就有味道吧，凡是留下来的，也三天打鱼两天晒网，不是上了年岁的就是不务正业的，上午九、十点才听到哗哗啦啦的卷闸门响，有的卷闸门坏了，关不上也就那么悬着，反正里面也没有什么值钱的东西。送来装裱的字画大多不是出于名家，装裱费用也低得好笑，三十、五十的，不够工夫钱。这年头什么都涨了，唯独装裱费不涨反降，原来一个人发几十块钱工资的时候，装裱一幅字画要工资的一倍，现在不及工资的零头。

有时候来买鱼，我会到楼上去转转，买两刀宣纸或者一盒墨汁，却很少到装裱店里去，有字画想装裱，会去自己常去的地方，人熟，也便宜，做的让人放心，而不会送到这里来。

也就是这么转着的时候，我看到了一个店里的一幅油画。我走了进去，一问价，五千。不就是一幅风景画吗？几棵高树，一条小路，看不出有多亮眼。人家说："现在的油画价钱都涨了，不信你可以问问。"我就又转到了另一家，看到了两幅似乎挂了很长时间的油画，一幅挂在正门，一幅悬在侧墙，大小同刚才那幅差不多。

前几天，一个朋友问我有没有不要的字画，给他拿两幅。他刚刚买了一套房子，不知道墙上挂什么好，就想到了我。朋友说："别给我好的，我不懂那些玩意儿，给我也是糟蹋了。"朋友原来和人合伙开一个煤矿，后来又倒腾挖掘机、装载机什么的，现在专门给人挖地基，都是几十层楼的深地基，做成一笔就要请人喝酒，一喝就醉醺醺的。说完他还补充一句，说："你有没有上艺校的学生画的油画？"

我这个人不大会拒绝人，就说"那我看看吧"，就放在了心里，其实人家也是一时高兴，或许说说就算了。他常这样，也许那天又多喝了酒。可是看到那幅油画的时候，我想起了朋友的话。

我没敢先问画的价钱，头一家说了，现在的油画都不会很便宜，材料贵了，画工更值钱，一幅油画得搭几天工夫。确实，我家里的油画十年前买的还花去不小的数目。朋友也不会让我花大价钱买画送他，他知道我认识一些教授油画的画家和他们带的学生，那些人也喜欢文学，我只是张张嘴的事，他家的墙上就可以做做样子，让他没有多少文化的心底变得硬实起来，可我怎么好去跟人要画呢？

我还是随口问了一下价钱，问的时候，我的腿已经要往外迈了，也就那么一说吧。

“你说的是哪一幅？”一个正在忙碌的人没有抬头。

这时我才发现装裱师是个女性，而且是一个年岁不小的女性，起码有六十了。这么一把年纪还在干着，我在心里感叹。我指着正面的那幅，两只海燕正掠过汹涌的海面，白色基调下显示着风与翅膀的力量，意境很好，笔力稍逊了点儿。

“一千。”她说。

哦，我心里一亮，海浪一样涌了一下，可以接受。“那幅呢？”我指的是那幅静物。

“啊，”她说，“啊，那个不卖的。”

可我就是喜欢那幅静物，葡萄水嘟嘟的，鲜桃、李子、苹果挤在一旁，晶莹剔透、润泽光鲜，用笔用色都非常到位，挂在那里，时不时会感觉有一颗掉出来，一股酸甜的汁液就积满了口中。我这么看着，也这么说了，我是说给自己的，也是说给她的。

她听了我的话，停住了手中的活，眼睛里含了一层光泽，神情变得年轻起来，让人看到了几十年前那双漂亮的眼睛。她瘦瘦的，带着一股自有的文静，年轻时称得上是标致的，正是她的瘦挑，才让人看不出她的真实年龄。

她说："你说的和我多少年前说的一样。你是个文化人吧？"

我说："也算是吧，不过对油画还是不大懂。"

她说："你能给它起个名字吗？"

我说："'静物'就挺好，若还要有个名字，那就'甜蜜的回味'吧，什么时候看着，都会有一种美好的怀想。"

她激动起来，说："你懂得它，挂在这里，很少有人问到它。"

她把画摘下来，找出一块净布慢慢擦拭。"挂在这里时间长了，都是灰尘了。"她说。她又把抹布过了过水，拧干再擦，正面擦了又擦反面，手的动作很轻柔，然后说："你拿去吧。"

我有些惊喜，问："多少钱？"

"还是那个价吧。"她说。

我又一次惊喜了。

她说："你能对那幅画说说感觉吗？"

我说："那幅也很好的，给人辽阔大气之感，只是用笔粗犷，用时也少吧，不如这幅细腻，功夫深厚。"

她不住地点着头，然后说："也会有个名字吗？"

我说："或为'大海'，或称为'灵魂的故乡'，你看呢？"

她笑了，说："你是搞文学的吧？"

我说："这样，两幅我都要了，你给我用纸包装一下吧。"

"你明天上午来拿吧，我给你一个手机号，你来前给我打一个电话。"她说。

我说："为什么不能现在拿走？"

"我家里有一个比这个好的画框，放在那里也没有用，我晚上回去给你换上。你明天不要来太早。"她说。

还有这样做买卖的？我第一次遇到，好比一个人把马卖了，还要回家拿一副好鞍送人，不是头脑有病，就是对那买家满意，或是对那马有感情。我答应了，回家一晚上眼前晃的都是水润润的油画。

今天我想着她的家离店里有一段路程，就在九点时给她打了一个电话，说要过去。她让我别着急，她也在路上。

其实那时我快到了，我想再确定一下，怕这个买卖不算了，听了她柔柔的话音，我放心了。到了二楼的店铺，果然没有开门，我晃悠了一会儿，看看表九点半了，到二楼去看，她还是没有来。

宣纸店的女老板看到我就笑了，我说："我今天不是来买宣纸的，我看上了两幅画。"

她说："不要紧的，你进来坐，是哪个店的？"我告诉她。她说："她住在大西郊，很远的，你还得等会儿。"

我说："住那么远，怎么不在那边做？"

她说："这边是老店，都是熟户，像我一样，习惯了，她每天倒两趟车，过来得十点多了，关门八九点，到家也就十一二点了。"

我说:“还真不容易,看她也没有个帮手。”

她说:“是不容易。她太难了,不过都挺过来了。”

她话里有话,我没太在意,让这话里的话在耳边跑掉了。可宣纸店老板又把跑了的话截回来,她说:“你看这个女的有多大?”

我说:“六十来岁?”

“嗯——七十多了。”她说。

我吃了一惊。

她说:“看不出来吧?这个人可不简单,原来是老师,一直都很享福,前些年年轻着呢。男人在这里开店,给人画画,她有时来守着男人,在一旁看书,有时也学着画两笔。”

我的眼前出现了一个其乐融融的场景。

她继续说:“他们有一个女儿,好看得像一朵花,你没有见过,她来店里找她爸,身前身后会跟一堆的眼睛。”

我在心里唏嘘了一下,那个画店门口就出现了一个丽影。

女老板还在说着:“女孩谈了个上海的朋友,两个人都在上海,来家里看看,回去准备结婚了。你说多好的事啊,可人要是倒霉了,掉个树叶都会被砸翻,你说是不是?女儿女婿在去机场的路上出了车祸,大人赶到时人已经不行了。啧啧,说起来惨啊。老两口晚年得子,就这么一个宝贝女儿,剩俩老人怎么过?不到一年,老头儿心脏病发作,又走了,一下子就剩了她独个,你说让她是活还是不活?”

女老板说着,竟然用手拭了一下眼睛。女老板是安徽的,个头不高，黑黑的，人很善良，在这里做了十几年，认识很多文化人，由于做生意实在，其他的店铺都关门了，她还能撑下去。这时有人进来买纸，她忙热情去招呼，给人家介绍这个拿那个的，忙完又走了过来。

“有一天，我正上班，就听见那个店门哗啦一声拉开了。足有半年没动静了，我就去看，一看是她，她人可不是现在这样，哎哟——”她的声调拐了个好大的弯，“比原来是又黄又瘦，老得像一棵榆树。店里啊，满屋子都是灰尘，蜘蛛网结得一网一网的。她就拿笤帚打扫起来。后来，她开了这个装裱店，她是跟旁边那个张师傅现学的。张师傅看她可怜，又是她男人的朋友，就一点点教会了她。我给她说把男人的画卖一些，就够她生活了，何必这么劳苦。她说，在家里待不下去，一待着小的老的就在眼前晃。我理解她，她开这个店，纯粹是为了消磨掉那些时间，一直到把自己消磨光净。”

女老板一边说一边叹气，脸上带着表情，说完像想起了什么，问我：“你买的是哪一幅画，是那个有海鸥的吗？那是她跟他男人学画的。”

我说：“是的，还有一幅静物。”

她说：“啊，那幅也给你了？那两幅一直挂在那里，可是挂了有些年头了，她一直都没有卖。静物是她男人画的，我跟她说挂在这里好也不好，每天都看见，总是活在回忆和阴影里，她也说是。今天她卖给你了，可能是看着你是个买家。”

从宣纸店出来，我的心一沉一沉的，像今天快要下雨的天气。空中飘着一片片黑云，把天压得很低，不知是鱼腥还是雨腥，浓烈地进入了我的心肺。

我看那个门还是没有打开，想她是不是不想卖了，使了这个法子。已经十点多了，我走下了楼梯，到了鱼市场，准备买几条活鱼回去。挑好了，过秤的时候，手机响了，她打来的，说刚到，听说我早到了，很对不起，让我上去。

我放下鱼，到那个院子的楼上，看到她正在打扫卫生，把后窗哗啦一下推上去，一股湿湿的空气瞬时进来。

她说："你坐。"

我看到那幅画，果真换了一个画框，更显得豪华、典雅。

我仔细看着清瘦的她，才真的看出来她熬过的岁月，她的头发其实已经全白了，鬓角染的部位还能看出来。

她说："你看，我住得太远了，让你等了这么久，真不好意思。"

我说："没有关系，我也是刚到。"

她说："你看，这么多的活儿总是忙不过来。"我看到她的工作台上满是没有装裱的字画，她每天就是沉浸在不断的画线、裁纸、糊裱的重复中。

我说："慢慢来吧，活儿多不压愁。"我也不明白我说的是什么意思。

看她给我包装好，又见她眼睛凄凄的，我就说了不要了的话，没有想到她坚持要我拿走，那情态几乎是不拿走也要送给我似的。

付了钱,我就走出了那个拥挤的店铺。

今天的感觉和昨天的不一样,我沉默了一路。我要把油画的故事讲给别人听,让更多的人知道“甜蜜的回味”。绕过紫荆山的花坛,又拐过金河路,手机响了。

看看号码,是她打来的。

顺着朱雀门看到一个人

走在开封的大街上，总觉得能闻到一股大宋皇朝的味，是香车宝马散出来的，还是雕楼舞榭散出来的？槐树叶子颜色浓得有些发暗，垂柳绿得倒是正点。水汤汤与蓝天相接，龙亭反而显得不高了。黄色的菊铺排得到处都是，与这个曾经的世界级大都市融融相和。

转而进入了御街，以前这是京城南北中轴线的通关大道，从皇宫正门宣德门，向南经过朱雀门，直至外城。御街、朱雀门是皇帝举行庆典与出游的大街和主门。《东京梦华录》里曾形容，御街宽二百余步，中间为御道，由皇家专用，两边是开满荷花的水道，水边广植树木，再外是御廊，店铺林立其间，可见当时气象。

这里已经不是原来的朱雀门了，这个皇城的正南门以四象中朱雀代表南方而得名。在这里看不到五侯府、辟雍宫、龙德宫、棣华室、九成殿那些富丽堂皇的建筑，即使有着开封府衙，也小得不似先前的格局。要看，只能是张择端的《清明上河图》了。亏得《清明上河图》，我们还能看到大宋的一角。说起来，张择端依据的可是实景，那实景有些是由人造出来的。顺着朱雀门往前走，就渐渐看到了一个人——大宋皇朝的建筑师李诫。朱雀门就是李诫所建，刚才所提那些著名的建筑，也都是出自李诫之手。李诫以实物彰显了大宋的辉煌。

可惜历史快把这个人遗忘了。一幅《清明上河图》让人永远记住了张择端,老去的开封却无法记住这个伟大的建筑师。随便地问一个开封本地或是来旅游的人,他们都能说出张择端,而不知道李诫。很多人知道司马迁的《史记》,知道张仲景的《伤寒杂病论》,但问起李诫的《营造法式》,摇头的比比皆是,更别说他的已经散佚的《续山海经》十卷、《续同姓名录》二卷、《琵琶录》三卷、《马经》三卷、《六博经》三卷、《古篆说文》十卷了。

前些时,我来到新郑龙湖镇于寨村的一个土丘前,李诫在这里很久了。在四处争名人的时代,没有人争他的出生地和墓地,他被人冷落了许多年。《宋史》没有为他立传,明清两代《郑州志》《郑县志》亦没有他的传记,他的建筑作品和他的著作却是被世人认可的。在书法上,篆、籀、草、隶,他无所不能,他家藏的几万卷书中有几千卷由他亲手抄成。说不清是为什么,《宋史》中提到了他的父亲,评价却是为人“反复诡随,无特操,识者非之”。他的父亲李南公曾官至户部尚书,干得不好会在北宋王朝为官六十年且“干局明锐”吗?他的兄长官至龙图阁直学士,在史书中也被说成“人以为刻薄”。他因为抓建筑做得好被调任虢州知府,并鞠躬尽瘁病逝于任上,死时还不到五十岁。

即使历史对李诫的葬处没有过疑问,他的墓前却没有碑刻题词,也没有郁郁葱葱的参天古木。20 世纪 60 年代,这里几乎被铲平,直到 2005 年才有了一个国家级文物保护碑石立在那里。

到了2010年10月，报纸有一条“为纪念‘我国建筑学界鼻祖’李诫逝世900周年，当地政府整修墓园”的消息。

李诫，他在这条街上走过多少来回？尽管原来的大街在地下六米处，但我依然能感受到他的脚步，就像能感受到欧阳修、苏轼、沈括、范仲淹、毕昇、周敦颐、司马光、米芾、王安石、程颢、程颐、黄庭坚、包拯等人的脚步一样。在浩繁的史册中，一部《营造法式》，让建筑学家为之顶礼膜拜。宋之后的中国建筑，包括日本、朝鲜，都将这部书当作了至上经典。现今世界范围内，从事建筑的人几乎没有不知道这部书的，他们要学习东方传统建筑，必以这部书为研究摹本。任何把东方古典建筑诠释和再现得精到透彻的建筑师，一定是从这部书中汲取了精华。

李诫的家在新郑，也属于郑州。新郑是个好地方，有溱水与洧水，是郑国与韩国故地，《郑风》在那里产生。李诫出身名门，受到良好的家庭教育，博学多闻，还工书法绘画，这对他研究建筑有很大帮助。李诫在当时该是皇家建筑设计院院长的，他的任职使得宋代的建筑特点十分突出。那时由于经济繁荣，手工业和科技都有发展，出现了很多的木工、技工以及研究斗拱体系和建筑造型的专家，李诫自然是充分地调动了这些人的积极性，比如为了增强室内的空间与采光度，不仅采用了减柱和移柱法，使梁柱上硕大雄厚的斗拱铺作层数增多，更出现了不规整形的梁柱铺排形式，跳出了唐朝梁柱铺排的工整模式。这一时期的建筑，曲线柔和，华丽繁细，油漆颜色更加跳突，窗棂、梁柱、斗拱的雕刻与彩绘变化极其丰富。

这些多进入了李诫的《营造法式》。书中几乎包括了当时建筑工程以及和建筑有关的各个方面。李诫把当时和前代工匠的建筑经验加以系统化、理论化，比如列举了各种工程的制度，包括壕寨、石作、大小木作、雕作、旋作、锯作、竹作、瓦作、泥作、彩画作、砖作、窑作等一百七十六项工程的尺度标准以及基本操作要领，更提出了一整套木构架建筑的模数设计方法。

突然想起了现代的梁思成、林徽因，大概很多人都知道他们是建筑学家。我在电脑上敲“梁思成”“林徽因”的时候，只输入了名字的第一个字母，就出现了它们的汉字，而我敲“李诫”，却没有这种便利。电脑输入的设计者也疏忽了这个人。梁思成、林徽因一定知道李诫，并且认定那是他们的祖师爷，因为他们的儿子名叫“从诫”。按照现今有些地方的做法，不管是开封还是郑州，都该给李诫建立个什么才是。可能是这两个地方出现的名人太多了，无暇顾及这么一个人。

我要看看李诫长什么样子，对一个人物崇拜起来，总会有这种想法。有一个他年轻时的画像，还显得精神，还有一张皓发白髯的就让人疑惑了，四十多岁的古人能那么老吗？画得老点，可能更有大师风度。不管怎样，李诫不像一个城府深厚的官员，倒像个饱读诗书的文人或治病救人的先生。我还找到了多种版本的《营造法式》，那真是一部好书，让一个外行人也有些爱不释手。古代技术书籍多重文字少有图样，李诫的《营造法式》不仅有说明,更附有非常珍贵的建筑图样,附图就占了六卷,凡是各种木制构件、屋架、雕刻、彩画、装修等都有详细图示,这些图样不仅能够帮助理解文字表达的内容,更能从中看出当时的建筑艺术风格,为后世朝代的建筑规范比如明朝的《营造法式》、清朝的《工程做法则例》奠定了基础。

我顺着这条街道走得恍恍惚惚,不知怎么又走了回来。前面不远是樊楼,再就是清明上河园,那是依照张择端的图复原的,还没有听说有建筑是依照李诫的书复原的。随脚拐进一个很窄的胡同,里面有些老旧的院落。走进其中的一个,惊奇于现在的开封还有这么古朴的房屋,门框、窗扇上都刻有木花,墙角还有镌字石柱。院中一棵古槐,枝虬叶茂。有琴声从屋子里传出,似是一种古琴,柔缓而沉郁。想象不出是一双什么样的手在拨弄着。正发愣,一个声音从后边发出:“才刚来呀,坐了嘛。”原来是一位老者。我立时就感到了亲切和温暖,说:“这院子可是好老了。”“是啊,该拆了,政府已经打过招呼了。老辈留下的,不舍得呢。正谈着,说不准还会留下来。其实这一片都是,原来是个大户的庄园,后来隔开了。”老者很健谈,对老开封很是熟悉。我问他可知道李诫,他竟然说知道,大宋时期很多建筑都经过李诫的手。而且他也姓李,与李诫是同乡,说起来还数同宗。我笑了。

琴声戛然而止,屋帘启处,出来一个清秀的姑娘,对着老人说:“爷爷,我该走了。”就仙然而去。老人说这是他孙女,清明上河园茶楼的琴师,要上晚班。环顾这个小院,不仅摆放了很多菊花，树上还挂着鸟笼，完全一幅旧时开封人生活的图景。李诚当年住过这样的院落也未可知。

告别老人，来到大街上，我还是感到了开始时的那种味道，那是大宋遗风啊。没有李诚这样的建筑大师，如何会显现出大宋的辉煌？一代建筑学家造就了皇家乐园，也造就了满足与安逸，造就了远方踏踏而动的觊觎之心。

大山包的女人

一

毒辣辣的太阳躲过云层，把大山照得明晃晃一片。这里很少见到在阳光里蓬勃生长的植物，低矮的草也不是成片地长，这里那里散散漫漫，如果不是那一层秃黄的绿，你会认为它们早已成标本。这可能就是大山包的特色，鼓凸鼓凸、无遮无拦的一个个山包构成很多年不变的名字。人们冲这名字来，是看它的突兀、它的苍凉、它突兀苍凉中的断裂与陷落吗？

视野往前延伸，如果脚力跟不上，不会有太稀奇的感觉，但是到了悬崖绝壁处，你才会觉得，只有大山包的这种断裂让人惊心。视线刚才还直直地伸向前去，到这里突然折断，断下了万丈深渊。我吃惊得不敢往下望，怕眼球脱眶而出。

激动过后的人们还在山中迂回，他们想到另一处制高点看独立云间的鸡公山。中原也有一座鸡公山，那是昂立山尖对天高唱的雄鸡，而这只公鸡却在绝壁上啸出一道峡谷。我走错了路，尽管才刚到五月，高原的太阳却烧得皮肤生疼。不想再追人群，我便远远看着，感觉他们快要走到天边了。

我开始寻路往回走。对面峡谷的一处褶皱里长满了草，高高的、细细的，不识名字。我发现草中有人，近了看，是个女人，她在割那些草，并且已经有了不小的收获。现在她正费劲地将草捆起来，一只手将镰刀扔上坡，试了几次，才将草捆子拖上去，然后肩扛起来，草高高地遮在头顶，下边拖拉着。从山梁上看，只看见植物棵子在动，看不见人，更看不见是女人。

二

我远远地看见了马，一匹匹地从山弯处跑来，马上坐着人，马下有人牵着。原来是专门驮送游客的马驮子。走近了，才看清那些牵马的都是女人。再细看，有的女人背上还背着孩子，孩子裹在包裹里，和马、大人一同经受日晒风吹。

马驮子把游客送到大山包下的沟边，游客下马，然后人和马就在那里待着，等游客回来。回来的游客不一定要骑马，所以有的人和马就长久地待在那里。山上没有遮阳挡风的地方，女人们只能或坐或卧在草坡上，有的逗着孩子，有的在织着什么。

我走了过去，她们立时有了话意："哎，你哪里的，要不要孩子？"女人说着笑着。我说要不起，她们说："不贵，出个钱就给你。"我一听就知道她们是在找话逗乐子，这些人在大山里没啥乐子，又掩不住豪爽泼辣的性情。我说："问一个问题，为什么叫大山包？"一个女人回答："大山包？看这话问的，大山包不好吗？高呗，圆呗，挺呗，是不是呀？"她回头看着其他女人笑，笑着笑着又不笑了，仰着头看着远处说："咱们这儿说是在云南，却不像云南其他地方，恶呀，草都不好好长。你看远处那个沟下边，那儿的人要到大山包赶场，半夜里走，走到大山包街子太阳就老高了，出来一趟难啊。龙云知道不？家就在那里，当初不也走出去闯了？多少年后回了一次家，还是把他走苦了。”另一个女人接了话茬：“跟你说吧，红军都没走过这地方。他们走的扎西，快到四川、贵州了。”

我说：“你们怎么知道这些？”她们齐声说：“还不是听你们外面人说的？”我又想起了一个问题，就问：“怎么都是女人，男人呢？”“男人？打牌、喝酒、嫖女人去了！”一个女人大声嚷嚷，其他的女人就笑。我说：“不可能吧？难道你们心甘情愿让男人这样？”“可不，没法子呀，女人驮马挣钱，还管带孩子，回家还要受男人打。”一个女人说着，跟诉苦似的，边说边看看其他姐妹。其他姐妹还是笑。

我知道这话得打折扣，不能单听她的。我就坐在一个做手工活的女人旁边。我说：“她说的是真的吗？”这女人边飞针走线边说：“你没看都是女人在做吗？”她的目光放远了，“那个背草的，不也是女人？”背草的还在山梁上走着，我问：“背的是什么？”“竹草啊，当柴烧的。”她说着的时候，那个“草个子”慢慢转过山弯了。我既看出了她的艰难，也可惜了那些草，它们是大山包的装点啊。我说出了我的可惜。她说：“我们不知道你们怎么想，我们只知道生活。女人不容易啊，你看她，”她的眼睛瞟了瞟我身后的一个女人，“那么个好人还受老公欺负，老公在外野，回家还动手。”

我扭头看了看她说的那个好人，她不像这些女人都有高原红，脸上还有一层嫩嫩的水灵，不白也不黑，身板很正，背后背着一个孩子。她不是和其他女人一样坐着和躺着说话或做活，而是站立着，眼睛朝远处望。她背后的孩子被布单子蒙得严严的。

这里的女人带孩子都是把孩子往后面一绑，背着干自己的事儿，孩子在后面舒服不舒服，是否挡住了眼、堵住了嘴，一概不知，布带子长期捆绑在孩子腰部、腿部是否会影响血液流通，冷不冷，饿不饿，渴不渴，也一概不知。女人就这么带着孩子在大山包上等游客，等着了就牵着马翻过山梁，一直走到上车点，再返回来等。孩子呢，就像她们身上的一个赘物。

我站起来向她走去。我说："站着风大，这孩子冷不冷？"她看了看身后说不冷。其实她是看不见的。我说孩子这么长期绑着会麻木的，她说："没事儿，习惯了。"我问孩子多大，她说一岁了。我问一句她回一句。"他爸爸呢？""出门了。""你是新来的吧？""是，来了俩月了，你怎么知道？""我猜的，哪个是你的马？""在上边吃草。""买一匹马要多少钱？""不一样哦，有一万多的，也有六七千的。""驮一趟马要多少钱呢？""十五块。"

才十五块，真不贵，我原想怎么也得比十五多。正想着，她主动说话了："你骑吗？我还没开张呢。"我说："我骑，但你不用牵着走，我会骑。"我真不忍心让她背着孩子牵着马走那么远，而我坐在马上。她说："那怎么行，都是这样。"我说："怎么都是女人在忙？又是驮马，又要带孩子。"她说："男人出门打工了，女人在家出不去，这大山包四周也没啥活儿，只有驮马，幸亏外面人稀罕这大山包，女人还能找点儿事儿干。”我说：“你结婚不久吧，男人放得下？”“这怎么说呢？人家都出门了，要盖房，要养家，要买马，不都需要钱？”她回答得跟那些人不一样，实在。我问：“男人多长时间回来？”她顿了顿，似乎想了想才说：“好久了呢，过年都没有回来。”她说话的语气带有哀伤，眼睛望着山包那边，好像那边随时会出现男人的身影。我说：“看你不像是这里的人。”她说：“我是从外边嫁进来的，要不是打工跟他认识，也不会成了现在这个样子。”

也许聊得多了，没有了生疏感，话就多起来。她说：“其实这里也不错，你没去跳墩河？那里有好大一片湿地，要是冬天，你就会看到很多很多的黑颈鹤。”她说话的神情显然跟刚才不一样了，“你要么秋天再来，那时到处都是草，荞麦也开花了。”她的话在我面前铺展了一山的绿。她说：“你该去看看鸡公山，那里还能看见牛栏江，云一层雾一层的。”我遗憾起来，想象群山万壑间一条玉带云雾间闪。我知道了，海拔三千二百米的大山包，其实在不同的季节有着不同的性情，只是它藏得太深，不轻易向人们展示它的神奇。她不知从哪里掏出了一张宣传页，递给我看，上面说：这里融辽阔、峻秀、险奇、神秘于一身，是一块没有污染的生态完美的净土。

我说：“往后来的人多了，这里可能会更好。”她说：“那可托你的福，我们这里挣钱多了，男人们就不往外跑了，心也就守住了。”

她说的守住心，不知道指的是男人还是女人，但不管怎样，还是对男人出去有一种担心。

停了一会儿，她问："你骑马吗？你骑，我把马牵过来。"我看见不远处有两匹马，一匹瘦瘦的土灰色马，一匹高大的枣栗子马，低着头在吃草，草在砂石间长得很低，枣栗子马时不时要挤一下，并且尥一下蹶子，灰色马便害怕地躲一躲。不知道哪一匹是她的。

我说："我们的人还没有从山崖边回来，要么我先给你十五块钱吧。"她听了摇摇头："那一会儿你骑时再说吧。"她似乎不愿意接受施舍。她背上的孩子醒了，在包裹里动弹。我说："你的孩子被蒙住了，他好像想露出来。"她说："不要紧，他不愿让我站着不动，他要走走。"说着就不停地在原地走来走去。

我问："你的家在什么地方？""不远，在山下你们来的路上。""这些女人都是一个村子的吗？""不是，周围哪里的都有，马多了，钱也不好挣，人都爱凑热闹。"我问："买一匹马多长时间能挣回来？"她说："说不好，一年下来，还要给管理者一千呢。"

这个时候我听到有人叫我，看清是诗人哥布，他站在一处山坡上向我招手。我迎了上去，他说他们怕我走丢了，让他来找我，并要陪我先回去。我说骑马回去吧，他说路好走的，翻过山头就不远了。这个山里长大的哈尼族汉子，完全没把路当回事儿，我不好坚持，回头看看那个女人和马，只好跟着他走了。路上不时有送走游客的女人骑着马跑回来，带孩子的只是牵着马走。

三

我们一路说着话，到出发地上了车。车子慢慢开动的时候，我忽然看见那个背孩子的年轻女人牵着马走在路边，马就是那匹毛色暗淡的土灰马，跟其他浑身油亮的高头马没法比，价钱也许是最便宜的。她牵着马一直向前走，大概是要回家去，孩子露出头来，手里多了一个橘子。停车点有人在卖橘子。车过去的时候，她往路边让了让，仰头望望这辆暴土扬尘的车。

车子一路开过去，沿着山路有一片水，那水的名字好，叫海尾子。

转过一个山坡，又转过一个山坡，前面出现了一个小村，这是她的村子吗？想起她的话，还说不远，山里人真不把山当山吗？她好像今天没有拉上客，提前回来可能觉得很难等着客人，也许要给孩子做饭，或者家里还有老人。

无法拒绝的时光之子

小的时候，不知道从哪里传来的偏方，说把鸡血抽出来打到人的体内，可防多种病。于是，大街小巷每天早上都可见到手里提着公鸡奔向医院的，只要有打针的地方都排起了长队。医院尚未开门，人与鸡那个热闹，人是在互相交流的，鸡好像也在互相交流：你挨了多少针了。那可真是数不清，这个人抽完还要借给其他人。那一段时间，公鸡们算是倒了血霉，本来那血是用来养精蓄锐，亲热母鸡的，却汩汩地流入了人的腚里。反正这天下都是人的，有些公鸡到死都没有整明白。

小时候，遇到一人，睡觉醒了，然后说话觉得不对劲，舌头好像让别人借去了。一照镜子，嘴歪了，他便急求医，有人说用黄鳝的血可以治。也没有整明白，他弄了条黄鳝就让人朝歪嘴上抽，啪啪的，可响了，满嘴淌的也不知道是自己的血还是黄鳝的血，倒把我看跑了。

现在，有人在大街上治腰椎、颈椎，那可是通病，瓶子、竹筒、针灸一起上，在一个有着阳光的墙角，还挺豁亮，男男女女光膀子露背，甚至退下半截裤子将一堵肥臀展露。

人不怕沾着病字，你要有个病句，那怕啥，但别有病体。

你要说病毒咱不怕，你要说病笃，那可惨了，那就是病入膏肓了。小时候总是摸着身子找膏肓，到底也没找到。

“病”还有一个不靠谱的古意，是赛的意思。病大虫，那可不是有病的老虎，是和老虎同样凶猛的人。这意思现在多不用了，要用可是有点乱套。

人不可有病，人又不可没有病。人有病的时候最想有人在身边，而在身边的人又最好是最亲的人。这时只嫌亲人少，只嫌亲人不够用。

肯定有这样的人，想着真的病一场，病得不重不轻的，以受到别人的重视，或是友人的重视，或是家人的重视，然后看那重视的方式，那方式可就多了去了。

人病的时候看到一个白大褂都亲热得要命，打针、开刀都不在话下，平时那么怕进医院的人，此时坦然而不自知。

那些怀揣个人理想的，那些为钱为职疲于奔命的，那些家庭战火不断、家外红旗招展的，最怕生病。

病是一个药方，人最好有一场不大不小的病，小病无关痛痒，大病又怕要了性命，不大不小的病则能让人体味出生离死别的滋味、鬼门关口的奇思怪想。王充言，人病则忧惧，忧惧见鬼出。在这个时候，最能检验出你对死的态度、对活着意义的认识，还有对如何活着的认识，你也许会将一切都看得很淡很淡，唯有生命。你也许会认出什么是真正的亲人，真正的朋友。

归根到底一句话：一下子就整明白了。

一个孤独的人在病的时候才体会出了无助与无奈，但你知道最无助与无奈的是什么吗？不是身边没有人照顾和呵护，是心底空空的，没有照顾和呵护的人。

现代人活着的花样多，减肥、丰胸、增大、增粗，什么都有，那都是没病闲出来的，要是真有个什么病，还要“你好我好她也好”吗？还进口硅胶吗？早出口鬼叫了。

看到一条宣传口号，“不妨像对待感冒一样对待前列腺炎”。对待感冒是什么态度？看到这个口号，我不知道别人感冒不感冒，我不感冒。

大男人放心了，有一种病，你怎么样它都不会来：妇科病。不过乳腺病可不属妇科专利。

职业病是一种病吗？做鞋的总盯着人家的脚，做扣子的总盯着人家的前胸。这倒也没什么，怕的是那种职业的偷窥病、猎艳病，那可需要找人治治了。

有人说患了“麻将病”，一天到晚守着四十个手指头搓。有人说得了“洗澡病”，总是跟水过不去，即使最后的一颗水珠也怕沾了尘灰。但那都属于毛病，毛跟草都小，毛草毛草，草民不就是这意思吗？

还有人说感动是一种病。这个病好，爱感动的人起码少了很多复杂。你爱感动吗？我们交个朋友。

你可别得那精神上的病，满街裸奔，那可是什么也体味不出，净让人家体味你了。尽管有人说，天才与精神病有关。

相思病呢？得相思病也成，一辈子不知道这种病是啥滋味也怪可怜的，可这种病还真难得，起码比痔疮难得。

春秋那棵繁茂的树

一

两千五百年前的一个秋天，子产死了。

一棵大树的叶子开始下落，像一场庄严的降雪。

整个郑国哭成了一团。“我有子弟，子产诲之。我有田畴，子产殖之。子产而死，其谁嗣之？”

远远的还有一个人，哭得声泪俱下：“子产，古之遗爱也。”

孔子一哭，树叶子就全落了。

二

子产执郑国政务那么多年，死的时候，儿子连安葬的费用都拿不出。郑国人自发捐献，男男女女，甚至有的解下身上的首饰。子产的儿子坚决不收，父亲在世时清廉，死后不能为他抹黑。

人们为子产所感，纷纷把金钱财物扔到了河里，变成纪念子产的另一种形式。这条河后来叫作金水河。

现在，这条河流经郑州的主要城区。没有多少人知道名字的由来。

子产病危时嘱托儿子，生不占民财，死不占民地。人们踏着厚厚的叶子，把子产葬于高高的陉山，从山上可以看到很远。墓没有使用山上美丽的石头，是由人们从洧水边带的卵石砌成。

红红黄黄的叶子纷扬着，旋起的风有些冷。

子产是那么热爱大自然。郑国遭旱，子产按“桑林求雨”的风俗，令屠击、祝款和竖柎三位大夫到桑山祭祀求雨。三位官僚没祈到雨，却砍伐树木，毁坏了山林。子产很生气，说：“祭祀山神，应当培育、保护山林，如何能这样毁坏？”遂将三人撤职。郑国后来到处林木葱茏。

一片叶子在眼前晃，心里有一种晚来的悲伤。登上高高的陉山，那里的树该是好高好高了吧。

找寻了许久才看到一块子产待的地方，四处正在开山采石。子产睡的地方没有苍松翠柏，甚至没有一棵大树。一轮夕阳，苍然于山。

子产寂寞了许多年。

三

郑国所在就是现在的新郑，有水有田的好地方，小麦和大枣都很养人。周围的齐、晋、秦、楚，谁不觊觎？诸侯争霸使郑国兵连祸结，而国内争权夺利，相互倾轧，陷入可怕的困境。多年的停滞和衰败后，子产应运而生，支撑危局。

那时候，百姓开发的耕地总是被人仗着权势掠走。子产先从整顿田制入手，多占者没收，不足者补足，确定各家的土地所有权。而后，他改革军赋制度，增加税收，充实军饷，增强国力。接着，他将一系列法令刻铸于钟鼎，开创公布成文法的先例。

改革没有一帆风顺的，子产为政，也有人骂，唱着词编派他。子产只当是落了一身秋风，落多了就抖抖身子。

子产主持国政宽厚仁慈，恩威并施，既以法治国，又施善于民。子产还重视教育，尊重人才。对于晋、楚的强权外交，子产毫不惧让，维护了郑国的利益和独立的尊严。

司马迁在《史记》中这样说：子产为国相，执政一年，浪荡子不再轻浮嬉戏，老年人不必手提负重，儿童也不用下田耕种；两年之后，市场上买卖公平；三年过去，人们夜不闭户，路不拾遗；四年后，农民收工不需把农具带回家；五年后，男子不必都要服兵役。

有这样的一位国相，且执政了二十六年，可见百姓和国家得到了多么大的实惠。

子产就是一棵蓊郁的大树，让人感到了他的阴凉。

四

我想沿着一枚叶子的纹路走到子产的内心去，苍远的岁月，他只活了六十来岁。我觉得他活得很充实，他不需要看谁的脸色，端正了一颗良心，什么都不怕。

子产是受郑国的上卿子皮推荐执掌国政的。子产应该感恩，子产感恩的方式就是好好工作，克己奉公。子皮找子产来了，他想让儿子尹何当个邑卿，子产热情地接待了，但很认真地说，尹何还年轻，缺乏经验，恐怕难以胜任，答应了就等于毁了国家利益，也毁了尹何。

看到这里，我有些为子产担心，按现在的话说是不识时务。子皮听了反而被感动了，认为是子产开导了自己，心内忏悔不已，还从这件事看到了子产对国家的忠诚和责任感，就放心地让子产执掌全国政务。这件事好让人一阵思索。那个时代，不仅遇到了子产，也可以说还遇到了子皮。

我想找找那个乡校，应该在哪一片地方呢？小的时候知道子产，是因为那篇著名的文章。

开始还以为是因为子产对教育的爱护，读完才知道是比教育更大的事情。在乡间，每个村子都有一片地方，不是场院就是大树下，人们总是有事没事在那里聚集，说些有用没用的话。当然会有些议论，甚至发些牢骚。有人讨厌这地方，要求关闭。子产搞的是民主政治，不毁掉公共场地，听从人们的心声。

不毁乡校成了子产的名策，所以《子产不毁乡校》代代流传。那个乡校要是留着，肯定成了重点文物保护单位。

想到了鱼。一个朋友给子产送礼物，说是上等的好鱼，十分鲜嫩。子产非常感激，乐呵呵地收下，但又不忍杀掉无辜，这是一条活蹦乱跳的生命呀，子产便叫人将鱼放进了池中。虽然这鱼被下属偷偷下肚了，但鱼的族类还是为子产的善举狂欢劲舞。

一片秋叶掉进了水池，鱼们喁喁而围，发出咂咂的声响，池水中一片碎金乱银。

五

一大片的莲叶摇晃着微风，溱洧河还是那么清且涟漪。

子产曾在溱洧河边走，那时的水比现在的还清。

后来，人们就在溱洧河边修了祠堂，纪念这位他们爱戴的圣贤。圣贤不是我说的，古人就说“郑国的子产是不出世的圣贤”。

岁月流逝，子产祠建了毁，毁了建，一直持续了多少朝代，溱洧河水总有那祠堂的倒影。

人们到河边游玩，采莲浣衣，总要经过子产祠，不忘去缅怀祭拜，那是一个风景呢。子产祠现在也看不到了，真想到祠中上一炷香啊。有我这种想法的人许是很多呢。然而，在溱洧河边只能咏诵那些诗篇了，一代代写的诗篇何其多。

溱洧河边子产祠，
郑侯城下黍离离。
惠人懿范应难见，
君子高风何处追。
尘世几更山色在，
英雄如梦鸟声悲。
行人马上空回首，
落日荒郊不尽思。

这诗有些悲情，一匹马，一个人，一袭黄昏，一片庄稼地，当然，还有一条河。

这些构成了“不尽思”的苍然画面。最后，我们看到了那个“回首”的特写。

诗人一定记住了子产的话，“苟利社稷，死生以之。”那是影响中国的十三句名言之一，是后世众多名臣的座右铭。王安石改革时就说过类似的话，林则徐则有诗：苟利国家生死以，岂因祸福避趋之？

以前对子产了解得不够，自然也就宣传得不够。但古人可都知道，且对子产崇敬无比。孔子这样评价子产：“其行己也恭，其事上也敬，其养民也惠，其使民也义。”还有人说：“子产之德过于管仲，即使是诸葛亮，也不过是以管仲、乐毅自况，不敢比拟子产。”更有人将子产奉为“春秋第一人”，这可是至高赞誉了。

六

子产，又字子美，这让我想起另一个叫子美的人。他或许也是因为崇尚子产而起的名字吧。

仰天看一棵树，就看到了子产清癯的形象。

子产有点像杜甫，一点也不高大魁梧，倒有些和善惆怅。但这样让人感到真切，也感到亲切。

子产没有留下多少文字。

子产不需要文字的托举了，他本身就是一篇最好的文章。

我远来是为的这一湖水

刚下过一场雨，蒙自的老街湿漉漉的，有人把伞折叠起来，有人还在打着。一缕阳光就在这时划过来，南湖上似又有了一场光鲜。

尚有穿着民族服装的女人走过街头，如果没有穿梭往来的车子，会让人想起多少年前的五月，同现在的天气差不多，南湖边霎时出现了一群来自全国各地的学生，男的衣衫整洁，女的裙裾飘摇。近代以来，蒙自由于靠近中越边境，是云南最早开放的地方，法国人曾在这里设海关，建领事馆，办医院，官人、商人、军人、读书人随处可见，但是一下子涌来这么多文化人，还是有一种震惊和欣喜，来的是西南联大的学生啊！

沿着弯曲的湖岸，在蒙自的南湖边走，走过长长的红墙，那里曾经是海关大院，绕湖不远是保存完好的哥胪士洋行，这些地方都曾是西南联大的旧址。这次应主人邀请，我在滇东创作会上讲讲个人体会，而后曾任文体局长的作家必昆陪着我转。七十多年前，一个享誉世界的文化讲堂已经在这里开坛。陈寅恪、闻一多、冯友兰、金岳霖、朱自清、沈从文、钱穆、吴宓、刘文典，一个个如雷贯耳的名字在我眼前闪耀着。1938 年，硝烟弥漫的年代，在北中国已经放不下一张书桌的情况下，北大、清华、南开三校南迁昆明，组建了西南联大。由于昆明校舍不敷，边城蒙自便暂时接纳了西南联大的文学院、法学院。对于这些来自内地的苦难同胞和国家未来的栋梁，蒙自表现出了极大的热情。政府尽心，绅士尽力，把联大师生安顿在风景秀丽的南湖边，让他们住进最好的房子。蒙自海关、法国领事馆、哥胪士洋行和周柏斋的"颐楼"，成了分校的教室和驻地。文管所包所长让人打开了正在整修的领事馆，里面敞亮气派，高树挺拔，能够想象当年气象。哥胪士洋行是整个蒙自最豪华的西式建筑，三面环绕，庭院开阔。海关大院则像一座花园。浦薛凤教授说："一进大门，松柏夹道，殊有些清华工字厅一带情景。"当时跟着父亲冯友兰的小女孩宗璞回忆："园中林木幽深，植物品种繁多，都长得极茂盛而热烈，使我们这些北方孩子瞠目结舌。记得有一段路全为蔷薇花遮蔽，大学生坐在花丛里看书。"

这样，西南联大师生的生活就与美丽的南湖融在了一起。每天，师生上下课经过南湖东堤，课余在湖边读书、唱歌、诵诗，在湖里畅游，在亭上探讨，青春的气息弥漫水中。鱼翔浅底，鸟儿扑飞，莲叶田田拨弄着微风，南湖一时成了联大师生感情的依托、诗情的沃土。想起那首感情淋漓的诗，淋漓得让人涌泪：

我远来是为的这一园花。
你问我的家吗？
我的家在辽远的蓝天下。
我远来是为的这一湖水。

我走得有点累，
让我枕着湖水睡一睡。
让湖风吹散我的梦，
让落花堆满我的胸，
让梦里听一声故国的钟。

武庙街的颐楼，是蒙自十分有特色的民居。楼高势险，古榕成荫，向南而望，湖光山色，尽收眼底，十分幽雅闲静，被作为联大女生的宿舍。入夜，山风刮来，呜呜嘘嘘，如怨如诉，女生们总是长久不能成眠，家乡、亲人、故都，无不随风而来。于是，她们将颐楼叫成了“听风楼”。听风楼，听的是“风在吼，马在叫，黄河在咆哮”吗？听的是“大风起兮云飞扬，威加海内兮归故乡”吗？

虽然美丽的南湖给了他们暂时的宁静，有了一个读书的所在，但是在那个烽火连三月的年代，这群血气方刚的青年，一腔豪情总是难以抑制。开学第一天，分校师生即在南湖北岸的省立蒙自中学礼堂集会，北京大学同学会在集会上发出《告全国同胞书》，希望唤醒国人，担负起应尽的责任，争取国家民族之生存。他们还走上街头，以各种形式宣传抗战。有的同学竟参加了飞虎队，奔向抗日的战场。

朱自清先生于 1938 年 8 月在蒙自为清华第十级毕业生题词中说：“诸君又走了这么多的路，更多地认识了我们的内地，我们的农村，我们的国家。诸君一定会不负所学，各尽所能，来报效我们的民族，以完成抗战建国的大业的。”冯友兰先生的题词中也说:“第十级诸同学由北平而长沙衡山,由长沙衡山而昆明蒙自,屡经艰苦,其所不能,增益盖已多矣。”

因为南湖,有了一个文学团体,叫南湖诗社。闻一多、罗庸、朱自清成了诗社的指导,穆旦、周定一、刘重德、赵瑞蕻、向长清、刘兆吉等成了诗坛新星。刚才那段诗就是周定一《南湖短歌》中的一段。西南联大还有个现代派诗歌的引路人,就是外教燕卜荪。燕教授经常在夜晚一个人坐在南湖东岸的咖啡馆里,边饮酒边写作,而后自说着走回海关大院。深夜大门关了,他就翻门进去。燕教授落拓不羁的个性让人喜爱,他后来成为英国现代派诗人的代表。

现在,我正在一面弧形的标识墙前驻足,上面镌刻着西南联大的校训“刚毅坚卓”。我慢慢进到楼内,走上楼梯,放轻脚步。那间教室,学生们还在上课吧。想起汪曾祺说的金岳霖先生上逻辑课情景。金先生一上讲台就说,今天穿红毛衣的女同学回答问题。阴丹士林蓝旗袍外套一件红毛衣在当时很流行,那些女同学听了又紧张又兴奋,下面的课自然不敢掉以轻心。逻辑学是门新学,男同学也想听听女同学说得对不对,也会专心听讲。

轻轻推开一扇门,竟然是闻一多先生的宿舍,闻一多把蒙自比作“一个世外桃源”,他在这里能够静心读书,以至于除吃饭、上课外,长时间不见他下楼活动。历史教授郑天挺见他如此“怒读救国”,恐对身体不好,就劝他说:“一多啊,你何妨一下楼呢?”于是闻先生便得了“何妨一下楼主人”的雅号。现在那个楼门上方,就挂着一幅“一下楼”的匾牌。走进不大的卧室，一股书香仿佛立时灌了满怀，先生，久仰了！屋内摆设依旧，只是先生擎着《红烛》下楼远去了。

漫步湖边，前面走着的是陈寅恪教授吗？他边走边感慨：“风物居然似旧京，荷花海子忆升平。桥边鬓影还明灭，楼外歌声杂醉醒……”钱穆教授则每天都会来到湖上的茶亭中，伴着一壶茶，沉思久坐。朱自清教授在这里同样看到了荷塘月色，为此他又有了散文新作，新作里说：“一站到堤上就禁不住想到北平的什刹海。”那心里，不仅是对景物的赞美，还有对故国的怀想。蒙自是哈尼族、彝族聚居区。火把节期间，人们在家门口燃起一堆堆的火，载歌载舞，朱自清也融入这热烈之中，“这火是光，是热，是力量，是青年。在这抗战时期，需要鼓舞精神的时期，它的意义更是深厚。”

不少教授是带着家眷来的，后来成为作家的宗璞依然对那段岁月有着深刻的记忆：“南湖的水颇丰满，柳岸河堤，可以一观；有时父母亲携我们到湖边散步。那时父亲是四十三岁，半部黑髯，一袭长衫，飘然而行。……在抗战八年艰苦的日子里，蒙自数月如激流中一段平静温柔的流水，想起来，总觉得这小城亲切又充满诗意。”

师生们已经熟悉了蒙自小城，并且喜欢上这个地方，“城里只有一条大街，不消几趟就走熟了。书店，文具店，点心店，电筒店，差不多闭了眼可以找到门儿。城外的名胜去处，南湖，湖里的崧岛，军山，三山公园，一下午便可走遍，怪省力的。不论城里城外，在路上走，有时候会看不见一个人。整个儿天地仿佛是自己的；自我扩展到无穷远，无穷大。”同学们还喜欢西门外的过桥米线，因为著名的过桥米线就是出自蒙自并流传开去，同学们也喜欢探访少数民族风情，喜欢他们的服饰，看他们的歌舞。他们也开办民众夜校，辅导文化，以自身影响蒙自，使得这个小城社会风气开化，公共卫生改善，思想认识提高，男女同校的中学开始建立，年轻的学子以报考联大为至上目标，蒙自受益于历史上中国文化的高度传播。

蒙自分校，是西南联大这支现代乐曲中一段优雅的乐章，南湖的音符在其间跳荡。虽然只有短短几个月的时光，但蒙自给联大师生们留下了十分深刻的印象。“当小火车缓慢地从蒙自站驶出时，我们对于这所谓‘边陲小邑’大有依依不舍的情绪。”这是陈岱孙先生的心声，也代表了蒙自分校师生的心情。他们坐着窄窄的小火车来，又乘着窄窄的小火车走了，留下长长的铁轨、长长的思念。多少年后，有人毕业直接回来这里工作，有人情意绵绵故地重游。又多少年后，北大、清华、南开的后生们循着先贤的脚步来，来看这一湖波光潋滟的水。

我仍然沿着湖走，湖边生长着一些茂盛的树，叶子上缀着一穗穗红色的小花，小花像女孩子扎的红头绳。我弄不清这是什么树，问了几个人才知道是合欢。而环绕着南湖和洋楼的，还有各种各样的花草藤蔓，婆婆娑娑延续了不知多少岁月。

那一池按季开花的荷

今天知道季羡林逝世的消息并不早,是从一个朋友发给我的信息知道的。而此前一直没有他身体不好的消息,我还准备着天凉快的时候去北京看他。我们都坚定地相信,季老是能够活到一百岁的。像他这样一个将一切都看得很淡的大师,心中早已不在意任何事情,如一池荷花一样自然恬静。他的著作早已等身,成就举世瞩目,他已经是一颗巨星,闪耀在世纪的星空。十年前,他就编纂了皇皇 32 卷的《季羡林全集》,那是东方历史与知识的典籍。即使在这等辉煌之中,他还"请辞国学大师":"环顾左右,朋友中国学基础胜于自己者,大有人在。在这样的情况下,我竟独占'国学大师'的尊号,岂不折煞老身!"要求去掉头上的一切光环。在八十岁的时候,季老就将对生命的认识交代在《八十抒怀》中了。季老认为,人活到八十岁已经不错了,人生七十古来稀,能活到八十已经很知足了,自己早视死如归了。然而正是季老的乐观态度,使他一年年越发显得硬朗。此后随着岁月的增长与流逝,他又写出《虎年抒怀》《九十抒怀》,之后他又活到了九十有八。季老晚年主要是写散文,他的散文可以引领中国散文创作道路,真挚的情感、热诚的处世态度、认真的做事风范、向上的思想精神,始终贯穿着他的文字。他敢写敢言,从不隐瞒自己的观点,完全是一个正直的知识分子的形象。没有谁像季老这样，有在这个年龄里的勤奋与成就，他出版了好多部散文集，还获得过鲁迅文学奖。这位大师的身上，有我辈的祝福啊。

季老九十一岁的时候，我去看他，他依然每天坚持写作。他说：研究谈不上了，就是不愿待着，待着是很无聊的事情，每天接受医生护士的检查照护，吃药打针喝水吃饭，就再没有了什么意义，还是写些东西。于是每天他都要坚持着。后来我见到的就是那本《病榻杂记》。虽是杂记，实则还是渗透着季老深深情感的文学性很强的文字。季老曾写过《牛棚杂忆》，写他的另一个孤独时期。在那个非常时期，五十五岁的季老不愿丢弃大好时光，他让自己做的事就是自1973年起偷偷翻译印度古代史诗《罗摩衍那》。在劳动改造的空隙，他是用一堆堆小纸条抄写的。1977年，这部鸿篇巨制几近译完，新时期开始得以出版。

季老住进北京301医院以后，生活、写作都显得有规律起来，一切按照医院的规定执行。那次我去301医院看他，通过两道岗哨，最后通报得到准许才到了他住的楼上。房门打开，季老正在休息，护士说他刚刚放下笔躺下。季老脸朝着里墙，弯曲着身子，显得瘦多了。秘书说，季老的身体恢复得还可以，国家很重视，季老的身体状况经常是要报国务院的。季老的病房里很简单，除了一些书籍纸笔，就是医院的东西了。回来之后，我的脑子里总是泛浮起病房里的情景，季老此后要一直与医院为伴了。

这让人想到季老的那只长着一身长毛的“大强盗”，那是季老最亲密的伙伴。季老一直很喜欢猫,他曾养过好多只猫,其中就有养了十六年的虎子。十六年的猫可谓是老得不能再老的猫了,可季老始终没有嫌弃过它。虎子最后的两颗门牙也只剩了一颗,不好吃东西了,季老看着心疼,就蹒跚去了海淀,买了虎子最爱吃的小炸鱼。虎子自然感激主人,它叼起来吃的时候,却不好嚼碎下咽。季老看着难受,就拿着帮助虎子。虎子喵喵叫着,眼里流下了泪水。后来虎子趁季老不注意跑了,跑到主人看不到的地方结束了自己的生命。季老知道虎子的意思,说:"它是怕我看到它老死心里难过啊。"季老为一只猫哭了,一个经历了无数苦难的老人为这只猫哭了好长时间。

现在季老有时也会想起"大强盗"来,"大强盗"是季老对大白猫的昵称,说这只猫吃东西有些迫不及待。这只猫曾经每天伴随季老左右,要么随季老去门外看一池荷花,要么在季老看书写作时爬到季老腿上,有时还会上到桌子上。季老从不对它发急,甚至"大强盗"在季老的稿纸上撒泡尿,季老都会笑着抖掉再继续他的写作。我总觉得是季老的情感依托实在是少,老伴儿不在了,孩子不在身边,季老晚年有时像孩子似的可爱,也可怜。季老门前不远有个池塘,季老整天面对着空空的一池子水。一天,季老撒进去几颗莲子,是硬硬的那种。季老想能成活固然好,不成活也无关紧要。可撒进去的毕竟是荷花的种子啊,季老还是有了心思,经常冲着一池水发呆。一年的光景过去了,又一年的光景过去了,季老心里都要长芽了,却连荷的影子也没有见着,季老和

“大强盗”在池塘边形影相吊。等到第三年的时候，池塘里突然冒出了一许嫩绿，而后这里那里的水里都钻出了嫩嫩的绿芽，季老兴奋得简直都要跳起来。我们面前的大师，其实就是一个老小孩儿，未泯的童心使他仍然对一切都充满了关爱和好奇。

季老的内心，有着很多温软的东西。季老早年从清华大学毕业后，赴德国哥廷根求学，在那里邂逅了一位金发碧眼、美丽温婉的德国少女伊尔穆嘉德。那段时光，季老的生命之火燃起耀眼的光芒。但是，季老早已娶妻生子，季老的妻子虽是农村妇女，但她贤惠、孝敬、专情，这使得季老在理智与情感中挣扎、徘徊，苦涩的恋情始终折磨着他。最终，季老选择了离开，回到祖国，并且把妻子接到了北大校园，可惜妻子还是早于季老撒手离世。而在遥远的哥廷根，当年那个美丽的伊尔穆嘉德，在季老离开德国后，终身未婚。她等待了一生。在这些年里，季老是否背负了沉沉的感情的十字架？

每个人都有自己的内心世界，有自己的感情世界，多少年里，我们不知道季老的内心。那次北京电视台请季老录一个公益广告，季老刚说到“从 1942 年开始，我就再没有见到母亲”，眼泪就下来了。季老摆摆手不让继续，而后止不住的眼泪一直往下流。这是一个大师吗？这分明是一个想起母亲的孩子，他没有顾及电视镜头，没有顾及旁边的一堆年轻人。季老是六岁离开母亲去济南上学的，大字不识的母亲知道读书的好，想把儿子培养好，但是季老一上学就再没有了回家看母亲的时间，除了祖父去世和父亲去世回去过，此后八年再也没有回过家。季老是那么上进，他连着多少年都是年级第一，后来同时被北大和清华录取，想着能出去深造，季老选择了清华。也就在这时，季老没有想到，母亲去世了。“我后悔，我后悔，我真后悔，我千不该万不该，不该离开母亲。母亲穷，没有文化，可那也是我的母亲。”这是季老的哭诉。母亲的哭诉常常是“早知道儿出去回不来，我无论如何都不会让他出去啊”。季老彻底地陷入了孤独。因而季老总是对年轻人说，要爱国、孝亲、重友、尊师。季老体会深啊。季老家的“大强盗”整日里等待着季老回来，季老时常会想到它，眼角立即会湿润起来。可怜的季老，可怜的“大强盗”。

我曾经同季老有过多次通信，都是由于自己的疏忽而没有刻意保存，现在季老不在了，我需要细心地找一找了。由于信件太多，加上几次搬办公室，很多信件都处理了，以至于我到现在还找不到冰心为我题写的“王剑冰散文选”，臧克家为我题写的勉励条幅。季老也曾经答应为我写一个条幅的，只是我想着季老的忙与健康，不好催要。现在，先生永久地离开了我们，我今天翻出了季老送给我的他以前的照片，感到有一股热流喷涌而出。

现在，那池荷花还开着，夏天的时候应该是开得最浓艳的季节。那被称为季荷的荷花，不会再等到季老的身影了，但还会在季节到来的时候幽幽地盛开，那或许是季老的另一个身影。还有那只“大强盗”，它已经在池塘边等了好多年了，自从季老住进301医院就一直没有见过季老。它身上的毛已变得有些脏乱，时常发呆、流泪。它也会像虎子，默默地走掉。

想起季老的话，“曾经有很长的一段时间，我孤零零一个人住在一个很深的大院子里。从外面走进去，越走越静，自己的脚步声越听越清楚，仿佛从闹市走向深山。”

季老啊，愿您一路走好，愿您不再孤独。

写于2009年7月11日

侨　批

站在汕头侨批文物馆门口，尚不知侨批是什么，我在心里琢磨着这个新鲜的词，而后迷惘地走了进去。进去才知道，侨批原来是海外侨胞通过民间渠道及后来的金融邮政机构寄回家的汇单，只是这种汇单能够同时写信。

一

那些历史的页片，雪花一般涌来，填满我的视线。我听到了血脉流动的声音，伴随着海潮的翻涌。整个展厅像宽大的船舱，不，像一个世纪的某个部位，我深陷其中。

我的眼前出现了一群人，他们聚集在洋行门口等待卖身出海，有些人在拥挤，有些人在犹豫，有些人在兴奋。签了契约的劳工一群群走上踏板，踏板在颤动，送行的心也在颤动。有人在呼喊，有人回头，而后还是决然地扭过头去。简陋的船舱里，满是闯南洋的人，他们就那么一个挨着一个露天坐着，沙丁鱼一般。船开始离岸，那些眼睛看着越来越远的岸，充满了迷茫。

南洋的码头上出现了一群肩扛背驮的人，破旧的衣衫，淋漓的汗水，痛苦的表情。

而这边，一群群的家乡人仍在离乡远渡。

想起柳宗元的《捕蛇者说》，知道艰险还要迎受？中华民族在多年的战乱以及夷族欺凌中经受得太多，他们甚至把南洋的一个小岛都看成了稻草。

在“每逢佳节倍思亲”的节日情怀中，他们面对故乡，捣头而跪。这一跪使他们永远地成为一种象征，故乡和亲人只能留在梦中了。多少忠骨，埋在了异国他乡的荒岗上。

我似乎看见了那个眼神，那个扭头顾盼的迷茫的眼神，依恋显现在迷茫的后面。船终于还是远去了，去向没有答案的终点。那个眼神却永远地留在了岸上，刻骨铭心！

所以我觉得侨批是与那个眼神有关的，甚至可以说侨批就是那个眼神的延续。一封薄批，几句嘱言，加上微薄的血汗钱，成为海外游子对家乡亲人的拳拳之心。

自船走后，水边就有了仰望的身影，一天天，一年年，无论早晚。那些瘦身弱影下，往往还有更小的影子，像斜树下长出的枝丛。

终于有一天，一个批脚走来，叫着谁的名字，天地一下子豁亮起来。

二

那个时节，“批一封，银二元”是田间小儿跑着唱的民谣。下南洋谋生的人到达目的地会先写几句话，和两元钱一起寄回老家报平安。

然而乡民们看到，一封侨批到了，批银竟然只有一元，连二元的吉利偶数都凑不齐。就这区区一元，还是“有若、贤若、木声三人腰金”。这三人，许两个是兄弟，一个是表亲，三个人凭着一身力气并没有换来念想中的银钱，几乎到了山穷水尽的地步。接到这一元批款的亲人，心内或许比他们更苦。

往家寄款是侨批的重要内容，一个侨批寄来港币一百五十元，交待是要分给四十六位亲友作为新年礼物。一人分得的虽然有限，但还是高兴的，有了说道的资本，那资本不仅是亲人平安。

见到这样一封批书，开头即写“自从二五出门庭，两个余月无事领”。出门不见得就能顺利找到营生，这与先行签好契约的劳工不一样。怕家里惦记，还是寄回了这封侨批。“叹望家山不见踪，欲作家书意万重。雁行折翼愁千种，情怀另与旧时同”，远渡异邦的无奈，愁肠百结的倾诉，凝结在侨批的词句间。这许是个念过书的人，越念过书，痛感越真切，情感越淋漓。不少人出去时怀着的一腔大愿，很快被现实击碎了。不能回去，资金和颜面都拖累着，只好将苦水咽进肚里，同多舛的命运继续抗争。

去往印尼的陈君瑞寄回的批文上写了一个大大的“难”字，后面两行小字：“迢迢客乡去路遥，断肠暮暮复朝朝。风光梓里成旧梦，惆怅何时始得消？”心内和眼中无限放大了的难，多少经历多少心绪都在其中了，原想着很快就能风光乡里，现在看来已成梦境。

也有女性出洋的，或男人长久不归追随而去，或随长辈兄弟出去。陈莲音在给母亲的侨批中忍不住流露出“街边卖霜尚无从维持生活”的艰辛，寄往家中的一分一文沾满了雨露风霜、暮色黎明。

终有闯南洋成功的潮汕人。20 世纪 20 年代新加坡李泽煌寄的四百元龙银，让侨批局吃惊不小，那可是相当于几十家附寄批款的总和！这样的人自然也带动了亲族或者乡邻，最终成为家乡的骄傲。

三

侨批业的兴起，是顺应海外侨民的需求，就像现在的物流快递。最早出现的是水客，水客就是漂洋渡海帮人稍信带物的，以自己的诚信维持生计。侨批局也多是利用了这些人，这些人再苦再难，也要保证客户的侨批不被遗失。谈起批脚生涯，尚健在的批脚徐允生至今还记得人们在村口张望的情形。而且人们对批脚都很友好，远远地跟你打招呼，遇到拜妈祖等节日，还会请你坐桌吃酒。

海内外创办最早的潮帮批信局，是 1835 年新加坡的“致成信局”。据《潮州志》记载，截止到 1946 年，新加坡的潮帮批信局已有八十家。晚一些的是柬埔寨，1931 年有了第一家潮批局，到 1946 年有四家。老挝的华侨人数一直上不去，侨批业也难以发展，业务往往转至越南或泰国办送。这样，据1946年统计，越南的潮批局有二十五家，印尼有七十六家，泰国有一百一十八家。马来西亚最多，达到了一百二十六家，几乎遍及马来西亚各地。由此想见，批信局多的地方，潮汕人就多。批信业务的中转站设在哪里呢？香港。香港的潮帮批信局也有二十二家之多。

潮汕当地也有相应的侨批局，这是一条龙的业务线。翻看早年的《潮州志》可见，各县都有侨批局，有的多达十家，潮阳和澄海都有十三家。汕头最多，七十三家。汕头自1860年开埠，贸易逐渐繁盛的同时，观念也在变化。一些人进入外国商行、商船工作，渐渐又去往国外。像被什么传染了一样，你家有人出去，寄来了侨批，我家也要出去试试。殊不知，跨洋过海，并非想象得那么容易。

多数侨批是找人代写，就像我小时候看到的邮局门口坐着的代写书信者。侨批内容包罗万象，有为刚出生未谋面的孩子取名的，有要求赎回被卖女儿的，有鼓励孩子发愤读书的……一封封侨批，浸透着海外侨胞对家乡亲人的一片深情。当然，也有国内侨眷惦念海外亲人、望眼欲穿的回批。

澄海侨胞陈鸿程在从泰国寄来的侨批中写道："母于上月底不幸跌伤，势颇严重，恕儿在外未能晨昏奉侍，实深遗憾。"有些批信千言万语，有的却只有寥寥数字，如"我在你勿嫁"，这是一种什么口吻呢？命令还是恳求？男人在外辛苦，女人是已娶的媳妇还是未婚的？不知道女人见此侨批是何样心绪。实际上，在家的盼望和等待之情更甚于海外。有一个琐碎的细节留在了历史的记忆中：一个批脚黄昏时分找到一家房门前，拿着批信大叫着主人名字，没想到从屋里冲出一个淌着水的光身子，两眼直直地盯在那封批信上。阿网的母亲什么时候想起来都为那次的失态脸红，阿网父亲去南洋谋生，一直杳无音信，急切的盼望都快把人盼疯了，那声呼唤竟然让她把洗澡的事完全淹没，大脑中全是那封沾满风雨的批信。

为了连接潮汕人的情感，侨批局克服艰难，坚守信誉。1939年，汕头被日本占据，海外寄往潮汕的侨批仍不间断，其中一条汇路是从印尼经香港，然后走韶关到兴宁，再走揭阳到汕头，辗转可谓曲折。抗战结束时，百废待兴，批信常有积压，批局急侨户所急，先以快条形式将批银先发，而后再送达批信。这种严谨不知救了多少急，解了多少难。

有俗谚说，“海内一潮汕，海外一潮汕”，海外潮汕人现在遍布世界各地，而且与潮汕本土的人口相当。如此说来，潮汕的风韵、潮汕的精神也播扬四方。所以一说潮汕，就等于说到了一种特有的文化，侨批成为其中的册页。只要一说到侨批，老辈儿人都会记得，几乎家家都有留存。最先的留存，说不定就夹藏在贴身的衣袋里。该将这些侨批留住，何时翻看都会翻出一个民族曾经的苦难、情感与精神。好在有人这样做了，他们走村串户地上门寻找。没有想到的是，虽然经历那么多风雨，那些颤巍巍的手还能在箱底摸出泛黄的信笺。有的老人割舍时还流下了眼泪，看着那些侨批，依然感觉有温度散逸出来，字迹的温度，喘息的温度，眼泪的温度，念读的温度，呼喊的温度，还有夹藏的温度。

福建、广东与海南三省分布在世界各地的侨胞有数千万之多，我所接触的只是属于潮汕地区的部分侨批，大量的侨批还散落在民间。

五

走出那个大门，我忍不住再次回头，感觉在和谁告别。侨批，它该是连通着金融和邮政史，连通着海外交通和移民史，更连通着民族的苦难史和发展史。天下华人是一家，什么时候，感情的纽带都不可断裂！

颍水旁，黄城冈

一

真无法想象，眼前的这条阴司沟就是两千多年前郑庄公“黄泉见母”的地道。沟自东向西，深十米，宽十米，长却有八十米，西端直通到了水里。

草长莺飞，风走云散，原来的隧道塌成了现在的样子。不变的是田地，依然生长着快乐的庄稼。秋风静静地吹着，玉米穗子干干地在空中摇荡，一把快镰闪过，给风腾出了鸣叫的空间。正是秋收时候，农民一家家紧忙着。牛伴在一边，等着一会儿去拉千年传就的工具。一个红衣小女在田地间跑，手里拿着大大的玉米棒。狗倒是悠闲，这里走走那里转转，看到生人就猛叫两声。

农人见来了外人，赶紧说道：“歇会吧。”好像你进了家门。我忙说不累，说这玉米好啊。农人又道：“拿点去吧，不碍。”怎就那么朴实，颍考叔在时，或也这么说。颍考叔当年也是这样快乐地生活，他在这里建了一座房子，边劳动边唱歌，歌名就叫《耕耘乐》，老百姓听得都会了，就随着唱。于是在颍水河畔，春天的田野上充满了劳动的快乐，那快乐被人叫作“颍水春耕”。现在是秋了，感受的是春释放的信息，收获的是春点播的成果。

可惜颍考叔早已不在，他的城还在，其实也就是一圈不高的土围子了。走到土围子跟前,还能看到版筑的痕迹,城上长满了酸枣树、蓬蓬草,老得不成样子。可是在两千多年前,这里却是颍考叔的管地,叫作颍谷。后来这里叫黄城,黄颜色的黄,不是皇帝的皇。颍考叔负责颍谷的一切,把百姓的生活料理得也好,空闲的时候就和百姓一起劳作。颍考叔欢喜这样呢。

二

让颍考叔不快乐的事情还是有的,比如郑庄公和他母亲的事。郑庄公是个怪人,在母亲肚子里时就不好好待着,生的时候倒着出来,把母亲差点疼死过去,所以母亲武姜给他起了个名字叫寤生。母亲后来又生了个儿子叫段,母亲喜欢段不大喜欢寤生,还一度想把他的王位继承权给段。庄公即位后,武姜总是与段密谋。段发动了内乱,却不是哥哥的对手,被打出了国门。对于武姜的所为,庄公很是生气,气头上狠狠对母亲说:“不到黄泉,就不要相见了。”他把武姜赶到了颍考叔的封地。

善良的颍考叔很是不安,他觉得郑庄公一时生气做过了头。他想了好一阵子,终于上路了。到了郑国国都,也就是现在的新郑,庄公自然热情款待,因为颍考叔在郑国威望很高。可是庄公发现颍考叔偷偷往袖子里藏吃食,于是就问:“你这是干什么,难道怕在这里吃不饱吗?”颍考叔回答:“我家里还有个老母呀,这么好的东西,我想给她老人家带回点尝尝。”庄公脸上就挂不住了,怅叹着说自己也有老母，却不能相见。颍考叔装不明白，听了庄公的叙说就笑了，说："这有什么难的，不就是'黄泉相见'吗？在地下挖一个隧道通到黄泉的地方，不就可以见了吗？"庄公高兴了，立即就命五百人在城西南开挖隧道。

西南是坤，是地，"黄泉见母"也就要在颍谷西南。地道一直挖到泉水处，然后在里边建了一间屋子，将武姜从洞这头送进去先等着，让庄公从那头迎过来。母子俩一见就抱头痛哭，而后便高兴地笑，那叫作"大隧之中，其乐也融融"。当地百姓至今还会唱那句歌谣："大窟窿，小窟窿，窟窟窿窿到黄城。"大窟窿、小窟窿就是从两边挖的隧道的洞口。

颍考叔做的这件事，让古人也感动得不行，"君子曰：颍考叔，纯孝也。爱其母，施及庄公。"古人认可颍考叔是一位真正的孝子。

看得久了，就觉得有哭音和欢笑从沟底传出，宣扬着一个千古佳话。

三

黄城里不再住人，城周围的老房子一座座也颓毁了，那些房子起码上百年了，新房子在它们周围建起来。可是要退回到颍考叔的年代，不知道要颓毁多少老房子。黄城里随便可以捡到以前的瓦片，那个时候人们已经会烧制砖瓦了。我捡起一片瓦，似乎从上面闻到了那个时代的气息。如果不是从现代的高速路上来，还真感觉是回到另一个时代了，田地是一样的，庄稼是一样的，收秋的人是一样的，犁田的家什是一样的，踅来踅去的风是一样的。

远处还是箕山在南，嵩山在北，峻拔高耸而对峙，不远是颍河的源头。长着胡子的老辈人，还说着颍考叔的故事。这故事好老好老了，听的人却总是那么认真，可惜颍考叔死得亏。勇健无比的颍考叔为了帮郑庄公打下许国，硬是在选帅比武中摇起了大旗，直冲许国都城。副将子都也是一员猛将，能征善射，主帅让颍考叔争去他颇为不满。这时见颍考叔先已登城，忌其有功，他便在乱军中发一冷箭，颍考叔从城上掉了下来。

子都有着漂亮的外表，他是全郑国公认的美男子，女子们都以能一睹子都为快。《诗经·郑风》中说："山有扶苏，隰有荷华。不见子都，乃见狂且。"然而这美男子做的事一点都不美，其形象被后人编入了戏中，好一世腌臜。有一出昆曲讲，为赏公孙子都灭许之功，也为解颍考叔之妹颍姝丧兄之苦，郑庄公将颍考叔的妹妹赐嫁子都。新婚之夜，子都见颍姝光彩夺目，颍姝自然也喜欢这位英才，都觉得相见恨晚，情意深浓。但子都心里有鬼，于是上演了一出爱恨情仇的大戏。

郑庄公，还有那个武姜，多少年里都应该会对颍考叔心怀感激，所以应当厚葬这位贤士和功臣，但在史料中我没有看到有关文字。

四

松木带着我来的时候正值午后，四野静悄悄的。刚下过几天雨，地里蒸腾着浓浓的湿气，乡人拉农作物的车子歪歪斜斜走在泥泞的土路上，将路面压出深深的车辙。车辙里积了水，好几天也不干，倒是高兴了田里的鸟，到这水里吃吃喝喝。还有蚯蚓，滚一身泥巴出来晒太阳。我的鞋子和裤脚已经沾上了泥点子，但妨碍不了那种兴致。

黄城应该立一块碑，不为颍考叔也要为这个故事，百善孝为先，中国历来是讲孝的。

回头再望那个深深的隧道，黄草漫漫遮挡了阳光，野菊花开得到处都是。

似乎觉得时光并没有走动，走了的只是郑庄公和颍考叔。

小　事　件

树上的鸟

我是不经意间看见它们的,它们安详地相伴在一些叶子的后面。

我叫不清它们是一种什么鸟,也叫不清它们所落的树是一棵什么树。

它们不时地动一动羽翅,但并不飞走,不时地稍微挪动一下站得有些发麻的红脚趾,而后还是要站着。

是的,它们不能像人一样躺着,也不会有一张舒服的床,它们整夜整夜地站着,睡觉或者不睡觉,说话或者不说话。

它们裹着厚厚的羽,像刚从西伯利亚归来。那羽也少了光泽,真的经了风雨。

有时说不准是公鸟还是母鸟,会啄一啄母鸟或公鸟的脖子,像帮它拉一拉领口的围巾。亲密的举动仅此而已。

这是两只有些岁数的鸟了,它们的子女许飞得满世界都是。也不知它们什么时间亲热,什么时间生产。在我长久观察的时间里,它们就是这样站立着,什么都没发生。

看来鸟也是需要伴儿的,生下的蛋再多,老了依靠的还是一个情。也许已经没有什么情可言,只是为了依,为了靠。这时我便感到它们变得生动起来，它们就像一个哲学名词，或一个寓言，在我的心里朴实而亲切地抖动着羽翅。

两只可爱的鸟儿，在住在周庄的这几天里，我经常会看到它们。

在我的窗外，在窗外的那棵树上，那是两只叫不出名字的鸟儿，那是一棵叫不出名字的树。

凌 晨

一个偶然，凌晨四点的时候，我走出家门，冬天的夜还是有些寒冷，这样想时尚没有人声，却看到了早起的人。

一个小店，昏暗的灯光下，一个男人正在狠劲地揉着一块面。那面似乎很不听话，因而男人就左一下右一下地下狠劲，下狠劲也解决不了战斗，于是男人加上了拳头。

女人则用木柴点着一个炉子，木柴棒子插得乱七八糟。那火一会儿红一会儿灰，一会儿又不见了，聚成浓浓的白烟，反熏到了女人的眼睛。女人揉着眼，咳嗽着，动起了大扇子，一下一下地，终于让火苗撒起欢儿来。

这是一个早点小摊，在一个小巷子里，夫妇两个必定每天都在重复着这早晨的项目。很多熟睡的人不知道他们的这个项目，只知道他们后来开始收钱的项目。

蚂 蚁

一只蚂蚁正在上树,一只蚂蚁跟在它的后面。

前面的蚂蚁爬爬停停,似在寻求最好的路径;后面的蚂蚁也爬爬停停,似在等待着前面的蚂蚁寻求最好的路径。

两只蚂蚁后面的后面,是一群蚂蚁,循着前面的蚂蚁的路径迂回而行。这是一支什么队伍,要到什么地方去?一概不知。我想不明白的是为什么还要有两只先行,是怕中了埋伏,先要两只探路,还是这两只蚂蚁同后面的不是一起的,是自己的行踪引来了敌人?

看着的时候,时光悄悄走过了。一个影子斜了过来,那是一片叶子,所有的蚂蚁都没有被这影子拦住。前面的蚂蚁若果真不知道有敌人在后面,自家的窝门可要处于危险的境地。

我拿起了一根折断的小棍,待两只蚂蚁走过,横在了一群蚂蚁的路上。那群蚂蚁过来,果然顺着小棍横向爬去,少部分越界后又跟回了大部队,横着走了好远,到头的时候,才发现是断崖,队伍发生了不小的混乱。这个时候再看那两只蚂蚁,早没有了踪影。

我不知道这个忙帮得对不对。

一个具有一定能量的人不经意的一个举动,竟改变了一个领域的一次大的事件。

寒冷突降的冬天

雪花飘着,一直也没有飘成气候。时时地去看着,总有些盼望似的,也不知道要盼望什么。其实,雪花飘与不飘,都是无关紧要的。只是那路面,一会儿湿了,一会儿又干了,像一块烤热的石板,在拘谨地拒绝着冷漠。

一只野猫,在这时极快地穿过,像一只鸟儿。随之又有一只野猫从视线里穿过,像刚才那只猫穿过的镜头回放。寒冷中的野猫无家可归,或许是互相用爱情取暖。这个比往年更寒冷的冬天,不知道它们能不能挺过。

上次大雪覆盖的时候,我曾经找过躲在垃圾堆里的一只野猫。我是在头一天夜晚发现它的,它像一道黑色的闪电把我电着了。我感到一股强大的电流穿过全身,随之听到了心跳的声音。后来知道是它,我很快原谅了它。大雪下了一个夜晚,我猛然想到了那只"闪电",很早的时候我就起来,并且没有忘记带上一块馒头。但那个垃圾堆令我失望了老半天,直到大雪重新覆满我的肩头,我想那只"闪电"是永远逝去了。

其实还在早些的时候,我就发现这院子里有野猫。我试图抓住它,但它总是对我的举动怀有警惕,并畏葸地躲避着。我终究没能近距离地表达我的好意。

这些野猫或许是被人抛弃的,或许对人的某些举动有了某种深刻的记忆。

我不得而知。

我也曾在一个有阳光的墙角,看到一只白色的小猫,它钻在一个老妇人的怀里,自在地舔着自己黑色的爪子,还不时地用唾沫洗脸。那是一种从容的慵懒的形象。我不知为什么出现了笑意,走过后我才发现自己的嘴巴咧开了。野猫是否看到过这样的场景?

有些晚上,我能够听到野猫的叫声,叫声十分凄惨,像婴儿寻找母亲的哭声,那母亲不知去了哪里。时间长了,我才知道那是野猫。于是我对野猫有了一个立体的认识。直到有一天,我发现从一个垃圾箱里跑出来几只更小的猫。我知道野猫爱成正果了,但那些小猫很快就消失了,在不容我多想的时候。

有一天,我走出小区的院门,发现大路上有一层东西,过往的车子在那层东西上快速地碾过。等没有了车子,我看到了一张不像样子的毛皮,是的,是一张似曾相识的野猫的皮,已经牢牢地贴在了路面上。

一个寒冷的夜晚,一个车子为一个不屈的生命画上了终止符。

它要到对面干吗?对面有一个很大的关着门的超市,还有一个开着门的小区。当然,还有同样的雪和寒冷。

盲老汉

每天早晨,一个盲老汉都会从巷口走到巷尾,去打一碗豆浆或者别的。

盲老汉边走边哼唱着小调,多是过时的流行歌曲:“洪湖水呀,浪呀嘛浪打浪……”

老汉使用竹竿的方法有些特别,他先将竹竿点在自己的正前方,然后向右边划,直划到路沿,再重复第二个动作。老汉是靠路的一边走,一旦找不到路沿,竹竿会停下来,点划几下,以确定是路沿坏了,还是到了哪个家属院的门口。那正唱的曲儿也立即收住,待再往前走时,接着再唱。

看不到路的盲老汉,像一缕阳光,从巷子的这头走到那头,感染了巷子里起早的人。

有时那根竹竿会别在一辆自行车的轮子里,车子的主人会说:“向左,向左,对了,直走。”有时竹竿会拨着一辆汽车,但那竹竿不是乱捣,拨着的必是车轮而不是车身。司机会摇下车窗说:“向右,向右,对了,直走。”老汉稍稍停顿后,继续他的小曲:“三月里来好风光,家家户户种田忙……”

我多次在早点摊前看到这个盲老汉,唱着那不知重复过多少遍的小曲,用一根竹竿,划船一样,在晨光如溪的小巷里,将自己划向前方。

甜蜜的“哥哥”

我在一个小理发店理发。

一男一女两个年轻人经营着这个不大的店面。来往的人倒是不少，多缘于两人的服务与手艺。两人也没有什么分工，不是一个人理发，另一个洗头，就是一个人忙着，另一个人扫地。而只有一个顾客的时候，倒是女的在忙，男的在电脑前玩游戏或看报纸。

两人还有说不完的话题。女孩一说到高兴处就唧唧咯咯地笑，笑得连活儿也干不了，就停下笑一阵子，然后说：“哥哥可真逗。”

确实听女孩是叫了哥哥的。需要什么的时候，女孩会说，哥哥，给咱把什么什么拿来。哥哥就即刻伸手去递。听口音，两人是来自同一个地方，像是开封东的一个县。哥哥的叫法是一重一轻，前一个字挑起来，后一个拐着弯落下去，有一种甜甜的又犯嗲的味道。但女孩确实这么叫了，男孩也是认认真真地答应着，也就不觉得是故意拿腔拿调了。

快吃饭的时候，两人会商量着吃什么，女孩说：“哥哥看着买吧。”男孩就出去了，女孩继续忙活。

那天，一个人说：“你们兄妹两个还挺和谐的。”女孩就笑起来，说：“哪呀，那是俺那口哩。叫哥哥叫惯了，改不了口。”说了就又笑，“哪有哥哥妹妹开一个店的呀，呵呵。”

原来是个小夫妻店。叫惯了的“哥哥”，使这个小店充满了和谐，使两人的情感蜜上更加了一层甜。

走出去的时候，喊哥哥的甜音还在耳边响着。

收废品的老人

一个收废品的老人正在拆解一件旧家具，他想将其更细碎地装在车上拉回去。

而他的努力是徒劳的，最后割破了手指，不得不打电话叫来儿子帮忙。儿子来的同时还带来了一辆“现代”，打开车门和后备厢，折腾了半天，才将那些破烂儿解决掉。老人捏着手指，笑眯眯地看着“现代”远去。

老人整这一下子能挣二十五元钱，而儿子跑过来再跑回去的费用不止于此。但儿子似乎理解父亲，知道父亲的快乐就在一堆废品上。老人说，儿子可孝顺了。

我早起吃小吃，将这一幕就此记录下来。

这个早晨我很满足。

冬天里的笛声

冬天的街上闲人很少，都被刀子样的寒风堵在了屋子里。出门的人无不行色匆匆，忙着自己要办的事。但如果你哪天走出门，说不准会听到一阵悠扬的笛声，从哪个角落飘然而出，给这个冬天染上一缕畅快的春意。

我出去的那天特别冷，天空灰蒙蒙的，像是要下一场纷纷扬扬的雪。我把衣帽捂得严严的，戴了厚厚的手套，转过街角的时候，忍不住缩了缩脖子。就在这时，我听到了笛声，那种带有水音的声音让我猛一振奋，厚厚的帽子竟也没有能够阻挡住这种脆亮的声音。

回首望去，竟是两个衣着朴素的乡人，一边走，一边吹着手中的笛子。他们的肩袋里，也插着长长短短的笛子。不用说，他们是以这种方法卖管乐器的。

在这个寒冷的冬天，又会有多少人买下他们手里那价钱并不昂贵的竹笛呢？我跟在他们的后边，走了一段长长的路，一直到了另一个街口。一路上，确实没有人向他们问过什么，甚至没有多少人回过头来发出一声赞叹。不是因为他们吹奏得不上档次，他们的演技确实够得上一个水平。我多少还懂一点乐器。是因为人们见得太多了，听得太多了，而更多的人是玩不转这种看似简单的乐器的。别人的嘴一用力，手指一动弹，一串美妙的乐声就从竹管中飞了出来。而你不行，得练。这些人从冬到夏，从夏到冬，无论什么场合、环境，每天都在不停地练习，熟能生巧，总有一天会练到炉火纯青的地步。

我遇到的这两个人，一个年轻，一个年长，浑身透着岁月的风尘。他们已经在这样的街道上不知经过了多少日月了，而又卖出去多少竹笛呢？这种商品，不能说是假冒，也不能说是伪劣，它不会损坏人们的身体健康，反而会给人们带来某种愉悦。他们不会挣到什么大钱，卖出去一支是一支。他们由这个地方走到那个地方，可以说走遍了中国大大小小的城市。应该说他们是把阳春白雪撒遍大江南北，再说得高一点，他们是把祖国的这种民族艺术推而广之。

我就曾在这样沿街“吹卖”的人手里买过一支很不错的笛子，仅仅花了五元钱。我真的算不出来，这些人是如何赚到钱的。相比起那些倒卖车票的、偷拿巧盗的、制假贩假的，他们着实不能发什么大财，而在各个城市的街头，你确确实实会见到这样一些为了手中的那点儿“艺术”而不辞辛劳的人。

笛声依然。在从另一个小街拐过来时，我又听到了那种像树叶欢舞，像水波荡漾，像百鸟鸣叫的音乐。雪就在这时静悄悄地下来了。雪很凉，一片一片落在光秃秃的树枝上，自然也落在吹笛人的手指上。而笛声，却迎着那种飘落直直地盘旋而上，直到消失在无边无际的云端。

风，更猛了。

对面的窗户

阳台的外边是一条不宽也不窄的马路，这马路在两座高楼之间就像一道峡谷。车子和人在“峡谷”里流来流去，声音从下边发出，在上边扩散，临窗听起来就格外清晰或者说响亮。这种响亮是杂乱无章的，让人整天处在嘈嘈切切的环境中。有时这“峡谷”里还会传来吵骂声，传来女方的尖呼细叫的救命声。这是粗鲁的男人在揪打老婆或者情人，这声音在晚间被扩散到很远。由于这条街两旁是为摆摊而搭起的防雨棚，又无路灯把盏，就多有些热恋者、失恋者、闹架者来此凑热闹，传出些愉快或者不愉快的声音。这样的声音多了，时间长了，两边楼上的住户便也见怪不怪、闻烦不烦了。大楼也就像两座山脉一般，冷冷静静地走着它们该走的时光。早晨窗子一个个慢慢打开，让一些空气交换交换位置；晚间那窗子又一扇扇关上，亮起各式各样的灯光，拉上各式各样的窗帘，一个一个的故事在每扇窗子里产生或者延续。在空调多起来的今天，那窗子打开的机会也就少得多了，外边的嘈杂不大好进入，里边的故事也不大好传出，也便使大楼多了点安宁和神秘。

我是偶尔注视到我家对面的窗子的。

那晚，我听到一支歌，声音不算嘹亮，却很清晰，是那种女性清柔的嗓音，从仍然嘈嘈杂杂的街道对面那个窗口飘散开来，在这峡谷中像一股清泉潺潺流动。此时，我正百无聊赖地站在阳台上仰望夜空。夜空中连一颗透亮的星星都没有，似有一场雨正悄悄逼近，使本来就沉闷的夜更显沉闷。然后，我听见了那声歌唱，如夜莺的嗓音立时划亮了我的心胸。这是哪个窗口飘出来的呢？很快我就发现了，一个女孩的背影对着窗子，像是坐在椅子上或是床上，一些声音就那么悠闲地飘出。小屋不大，只一张小床和一张小桌，小床的一半床头露在视线里。这些全借助了那盏不太亮的台灯。白色的墙上，清一色地挂着女孩的衣物和一个精致的小包。窗台上有一束花探出半个脸来，很温馨地宣告着这是一个女孩子的闺房。

我好像对这扇小窗没一点印象，不知是新近搬来的新客还是小屋里原本没有住人，总之在我的印象里从没闪现过这扇小窗的灯光。这女孩独自一人自我陶醉在一首很老的歌曲里，那歌不是现在的流行曲。女孩是半倚着床吧，无目的地将一个少女的情怀放牧于歌境中。她不知道，这歌声有着极强的渗透力，使半条小街都润泽了许多。

不大会儿真就下起了雨，那嗓音也就沾了湿湿的雨。歌曲的第三段还没有唱完，那盏台灯就闭了眼睛，歌曲的尾声裹着最后一丝柔光消失在窗沿上。

此后，我凡站在阳台上总是朝那个小窗望一眼，想听听那个悦耳的嗓音，想一睹唱歌女孩的芳容。我想她一定长得很可爱。而此后多少天那窗子始终是黑的。

一天，我偶然间发现那窗子又亮了灯光，映在窗上的是一个男孩的背影。他一准坐在床边或椅子上，像是同床上的谁在说话。那话像是攒了很久，一直到我回身也没有说完，而他讲话的对象始终没有露面。屋子的墙上，依旧挂着色彩斑斓的衣裙，依旧有束花在窗影中摇曳。

女孩在处朋友了，我想。我为她祝福。这是个开朗的女孩，是个爱美的女孩，她该有个好的家庭。

有一段时间没有打开阳台的门了，那是夏天安了空调的缘故，也就渐渐忘却了那扇小窗。人的兴趣也是一时一阵的，这很自然。

一天，一位诗歌界的朋友拿着两张照片和一些诗作来谈诗歌学会的事，照片上是个女孩笑着的模样，很美，只能用美来形容。朋友说女孩天生有一颗诗心，把一切都看得很美好，守着一群幼儿园的孩子，天天不是唱歌就是写诗。而女孩有着天生的心脏病，她不知道这病有多严重，不知道这病会影响谈朋友，不知道这病会影响生育，而男朋友还非常爱她，非常爱她就不好割舍她，不好割舍她又不能不要孩子。女孩犯难了，打听了医生，决定背着家人，背着男友偷偷做一次手术。但女孩不能背着诗歌，这些天里，女孩写了许多关于爱情、关于生活的诗歌。明天就是女孩上手术台的日子了，写诗的朋友知道女孩早想加入省诗歌学会，想给她一个鼓励，让她高兴地度过这一天。我被这个故事感动了，即刻找人为她特办了会员证。

第三天，朋友来了，说女孩看见会员证激动了好一阵子，说女孩就是带着这证件去做手术的，说女孩最终没有从手术床上下来……

当时我竟惊呆了。女孩步入迷蒙的路上，一定唱着歌儿，采着诗的鲜花，充满了憧憬与幸福。

诗歌学会为这位新会员送了花圈，并委托这位朋友协办女孩的后事。朋友很感动地离开了。

下班去买菜，我转到那条小街的时候，发现对面楼的入口处，赫然摆放着鲜艳的花圈，其中一个，竟就署着诗歌学会，我又是一阵惊讶。

一天后，朋友来访，说女孩走得很顺利，女孩父母把女孩喜爱的诗歌和衣裙都让女孩带走了，诗歌学会送的花圈摆在灵堂的最前面，女孩的灵魂一定很宽慰。我问及女孩的住址，朋友猛然一悟，说："她就在你们单位家属楼对面的四楼上呀！"

这天晚上，我站在阳台，凭某种预感朝那个久违的窗户望去。那扇窗子竟然全部打开了，屋内还亮着灯！但我立时就感到了某种失落。没有了歌声，没有了女孩的身影，没有了墙上彩色的衣裙，也没有了窗台上的花朵，我隐隐约约地看到一幅披着黑纱的相框挂在挂衣裙的地方。那相框使我想到写诗的女孩会员登记表上的笑颜。

又是一场小雨来临，好久了我才感觉到。街上的一切都湿漉漉的。

圃田的列子

一

出郑州东去不远，有一个地方叫圃田。东西向的省道将这个地方打开，陇海线的火车使其合而又分。不知是沿袭还是巧合，列子故里竟就在这道路的旁边。初看到那个标识，我还有些不以为然，现在都在争名人，有些地方打个旗号已经见怪不怪。回来查资料，真有列子居郑国圃田的记载。

哦，那个“杞人忧天”“愚公移山”“夸父追日”“呆若木鸡”“朝三暮四”的作者，战国时期的大学者列御寇列子就在这里啊！

转脚就走进了圃田村。

穿山门，过钟楼，进大殿，绕廊房，一处处看去，我的脚步停在御风台，想象也停在这台子上：列子或可就是从这里御风西去的。《庄子·逍遥游》中，列子是一个能乘风遨游的神仙。《述异记》中也记载，列子常在立春日乘风游八荒，立秋日返归，风至则草木皆生，去则草木摇落。后来列子也真的被渲染成了一个仙人。唐玄宗天宝年间曾诏封列子为冲虚真人，宋徽宗宣和年间也加封列子为冲虚观妙真君。列子升入了神仙的尊位。

看着想着的时候，眼前就浮现一幅画面：荒草疏离，烟霭凄迷，一个衣袂飘飘者鹏鸟斜风，倏忽间没入云霄。

脚步最后停驻在列子墓前。潮河环流，丘陵起伏，林木森森。

长久地盯着这抔老土，我甚至怀疑，那个仙人是否已经安息。这个早就进入传说中的人物，即使在民间，也说不清究竟是怎样的一个人。也许平时爱健身的列子，练就了一身轻功，只是被后人越传越玄，传成了能飞的神人。列子既是仙人，也是凡人，仙时潇洒自如，随心所欲；凡时一介百姓，瘦弱书生，遇困顿，连锅都揭不开。在《子列子穷》里，我终于看到了列子的妻子，这让列子进入了生活或者说从生活中走了出来。正因为列子的平民色彩，他的所述也大都是平常人可以接受的道理。这是圃田的福分，也是列子的福分，圃田能使列子在这里潜心治学四十年，说明列子与圃田是相依相守、互为默契的。

圃田曾是郑州至官渡间的一大薮泽，官渡即是“官渡之战”的那个官渡，是著名的古渡口。圃田在春秋时期名原圃，战国时期名囿中，水润草丰，古树参天，野物杂生，很有些气象，于是成了王侯狩猎的好去处，就像后来康熙喜欢的木兰围场。周穆王姬满统御天下时，就曾多次远离京城到圃田游玩、狩猎。一次，周穆王在狩猎时遇一猛虎，不禁失色。卫士高奔戎上前与猛虎搏斗，最终生擒猛虎并献给穆王。穆王令人将虎就近关在圃田西边的一个村子，这个村子就是现在郑州市中心的关虎屯。而后穆王又派人把那只虎运往了荥阳的汜水，也就是“锁天中枢、三秦咽喉”的虎牢关，是“三英战吕布”的地方。东周时，圃田真正成了王侯苑囿，穆王姬满、宣王姬静都曾于此大会诸侯，进行狩猎活动。由于黄河决口淤塞而渐升为滩地，圃田更是美景加良田，成为人们喜居之所。圃田春草，还是郑州的古八景之一。清雍正年间，郑州知州张钺曾作诗咏赞："薮泽平铺嫩带烟，偶经酥雨倍芊绵。年年占得春风早，怀古重吟甫草篇。"当时学正朱炎昭亦作诗篇："东都行狩几千年，此是天王旧圃田。鸟下绿无春似海，马嘶碧甸草如烟。于今郑野风尘远，自昔周家雨露偏。几处牧歌生铎响，依稀博兽夕阳边。"可想当时的圃田是一处何样所在，那么列子在这里的出现也就不足为奇了。

当时的圃田，即使有战乱，也相对平和安逸，这就使得聪敏的列子成了大气候。圃田因为风景美而成为八景之一，列子当列入战国时期中国文化的"古八景"。说实在的，列姓实为少见，20 世纪初叶，国外有个人叫列宁，但这个列不是中国的姓。列氏当是一个大姓的，有说为炎帝神农氏的嫡传子嗣。在中华文明史中，列子起了承上启下的作用。他在孔子之后七八十年出生，他百年后，庄子出现。

二

从圃田向周边扩展，西部是商代古城郑州，还有先民群居生活的大河村，东去是后来的世界级大都市开封，北部有东方的母亲河汤汤流过，南则有"人祖"伏羲的诞生地。这样一个氛围是适合列子的，而他写到的杞国、鲁国以及太行、王屋，也都在圃田周围。原来读那些寓言的时候还有过疑问,怎么都写的有地有方?却是有来源的,列子从那时就懂得深入生活了。说不好是列子的寓言来自于民间,还是列子的作品变成了民间文学,不管怎么说,列子是被广众认可的最有名的作家之一。

我想重温一下那些启悟我们心智的寓言故事:

从前有个乡下人丢了一把斧子,他怀疑是邻家的儿子偷的。此后,他观察那人的一言一行、一举一动,无不像偷斧子的。后来,丢斧子的人在山谷里挖地时掘出了那件遗物。他再留心察看邻居家的儿子,就觉得他走路的样子、脸色表情、言谈话语都不像是偷斧子的了。这是《疑邻盗斧》。

孔子到东方游说,路上遇到两个小孩子在争论,就上前问缘由。一个小孩说:“我认为太阳刚出来时离人比较近,而到了中午太阳就离我们远了。”另一个小孩说:“我认为太阳刚出来时离人比较远,而中午离我们近。”孔子有了兴趣,问各自的理由。一个小孩说:“太阳刚出来的时候,好像车的盖篷那么大;到了中午,它就只有盘子那么大了。这不正说明离我们远时看起来就小,离我们近时看起来就大吗?”另一个小孩说:“太阳刚出来时,感到还有些凉凉的;到了中午,就热得跟泡在滚汤里一样。这不正说明离我们远的就感觉凉,离我们近的就感觉热吗?”孔子竟一时也判断不出谁对谁错了。这是《两小儿辩日》。

齐国有个人一心想发财。这天清早,他穿戴整齐来到集市,在卖金子的地方看见黄澄澄的金子,伸手抓了就走。官吏捉住他问:“集市上这么多人,你为什么敢公然拿别人的金子?”此人回答:“我拿金子的时候,眼睛里没有人,只有金子。”这就是《利令智昏》。

列子的作品可谓篇篇珠玉,读来妙趣横生,意味隽永。这些脍炙人口的寓言故事带给人很多可以遵循的道理,如做事情贵在坚持;以好心待人,必得有好的回报,以恶意待人,必得有恶报;在学习上不但要知其然,还要知其所以然;真正的本领是从勤学苦练中得来的,知识技能没有穷尽,不能只学到皮毛就满足……我很想知道列子这样一个人物,如何这等聪慧,让所作成为一个又一个经典。也许这样的写作,就是列子融入社会、解说生命的一种方式,他沉浸在一个个寓言故事里,让那些故事伴随自己、提醒自己,也感染他人、警示他人。我觉得,在列子的作品里是有列子自己的,或也有我,这么觉着的时候,就感到离列子近了,就感到了列子的力量,就如汉语里成语的力量。

三

圃田南边的新郑是黄帝故里,列子对黄帝很是尊崇,按刘向的话说:“其学本于黄帝老子,号曰道家。道家者,秉要执本,清虚无为,及其治身接物,务崇不竞,合于六经。”南面还有老子的出生地,列子受这个老乡的影响也很深。“清虚无为”即是由老子提出而由列子发挥的。列子常以故事阐明自己的观点,比如《承蜩犹掇》，说孔子在林中看一位驼背老人在捕蝉，其准确度竟像用手取物。孔子感到奇妙，问可有道术。老人说明练习的刻苦性后，说：“虽然天地广大万物繁多，但我只看见蝉的翅膀，不容任何事物来分散我的注意力，怎能捉不到蝉呢！”孔子顾谓弟子曰：“用志不分，乃凝于神，其佝偻丈人之谓乎！”

列子是个很虚心的人，他学射箭，偶尔射中了一次，关尹子说：“你知道你射中靶心的原因吗？”列子说：“不知道。”关尹子说：“这样还不行。”列子回去后又练习射箭。三年后，列子又向关尹子请教，关尹子说：“你知道射中靶心的原因了吗？”列子说：“知道了！”关尹子说：“好好把握这个技巧，不要让它荒废了。不光是射箭，治国修身也是这样。所以圣人不关心结果，而注重清楚整个过程。”

还有杨布打狗的故事：杨朱的弟弟叫杨布。有一天，杨布穿了件白色的衣服出门去。天下雨了，他把白色衣服脱下，穿着一套黑色的衣服回家。他家的狗认不出杨布，就迎上去对着他大叫。杨布非常恼火，拿了棍子要去打狗。杨朱说：“你不要打狗，你也会是这个样子的。假如你的狗出去的时候是白的，回来的时候变成黑的，你能够不奇怪吗？”

这样富含哲理的讲说在《列子》中是很多的，如列子问：“道德最高的人不会窒息，入火不会烧伤，腾空行走而不恐惧，他们依靠的是什么？”关尹子道：“是纯气之守也，非智巧果敢之列。”就是说，他们依靠的是纯化本性，涵养元气，保持品德，而不是执意取巧的伎俩，所以能够通向自然。再比如，《列子·黄帝》有引鬻子的话说：“欲刚，必以柔守之；欲强，必以弱保之。积于柔必刚，积于弱必强。”

作为一部哲学论著，《列子》对当时思想界关于有无本末的论题做出了独具特色的回应，也更体现了他对个体生命的关怀。可以这么说，《列子》之所以要讨论有无变化的问题，就是为了建构一套形而上的生命理论，以指导人们坦然面对世事自然。列子提出的人生观，就是达生乐死，活则善待生命，死则安逸顺然。知道生命的短暂，就要随心所欲地生活，而不违背自然的欲望，更不要被声名所累，被长生的企图所惑。这与儒家提倡的自我修养、清心寡欲有着本质的差别，更容易被百姓所接受。

史传，列子一共花了二十四年探到了修真的极限。后来，列子连谁是他的师父都不知道了，只把自己与自然融为一个宁静和谐的整体。

四

正月十五元宵节，我又来到了圃田。

好热闹，完全是民间传承下来的带有原始色彩的活动。踩高跷、舞龙的大场面，捏泥狗狗、吹糖人的小场景都构成了独特的氛围。器乐、锣鼓、炮仗、烟花渲染着这种氛围。还有一种热闹，是夹在其间的“列子文化艺术节”。圃田人越来越感到作为列子家乡人的骄傲，他们把列子做成了一种文化，杞人忧天的故事，愚公移山的故事，两小儿辩日的故事，都在这节日里展现出来。春天里，会有列子及其故事中人物的风筝，在圃田的旷野里翻飞。圃田，让人进入这里就会沉迷在一种与众不同的文化之中。

说实话，我觉得对列子这样的人物重视或者说宣扬得还有些不够，列子同老子和庄子应该可以一比的。按照金克木的看法，《老子》是给王侯将相讲的哲学，《庄子》是给读书人讲的哲学，而《列子》是给平常人讲的哲学。既然如此，列子就有了民间的亲切。列子曾经是家喻户晓的，实际上，现在很多人都知道那些成语，却不知是来自列子。而且列子在思想认识与文学理念上也是先进的，按现在的话说，他是一个具有前瞻性的学者和作家。他的创作真的是如传说中那样无拘无束，自由放达，想象斐然，视野极为辽阔，思路极为奇峻，也就不由得让人觉得这人真的是御风而行的非凡者。历史上像列子这样人仙合一的人物实为鲜见，“我欲乘风归去”——除了苏东坡，敢有御风而行的念想者不多。

离开的时候，我又猛然想到了一则寓言：“海上之人有好沤鸟者，每旦之海上，从沤鸟游……”列子知道大海，去过海边吗？在那个年代，那样的道路，那样的交通工具，他怎样从遥远的中原到达海边呢？如果没有到过，又是如何想象了大海和鸥鸟呢？

我只能相信这位神人是御风而往了。

列子，真是少有能列于其侧者。不管是其人还是其作，都是一个历史的奇迹。

小豇豆，歪一歪

告别了周庄，车子一直向苏州驶去。

周围依旧是水的世界，湖、水荡、水上架的网、悠闲的船只……

渐渐地，我还看到了古运河，河上的运输依然繁忙。

火车晚点，等得焦急的人们早耐不住性子，拥拥挤挤地在检票口骚嚷。

到卧铺车厢一会儿后，急慌慌跑上来一个小伙子，左手抱着一个孩子，右手拎着大包小包的东西，一个女子紧随身后，拖着一个硕大的箱子。

还没找到铺位，小伙子就被列车员催下去了，车子一晃，就开动了。

女子抱着孩子，两张脸，全贴在玻璃窗上。

小伙子在外面随着火车跑。

女子就说："喊爸爸，跟爸爸再见。"

孩子不言声。

女子的眼泪早就下来了。

火车越开越快，小伙子的身影就看不见了。

这时孩子突然就叫了："爸爸，爸爸……"

女子就说:“刚才让你叫你不叫,现在你可叫起来了。”

其实孩子还太小,刚刚一岁,还不知道叫爸爸。

女子说:“你叫妈妈,妈妈妈妈。”孩子却叫不出来,发出的声音很含糊。

女子说:“你就会叫爸爸,不会叫妈妈。”

我有些乏,躺下睡了。

醒来时还听见女子在跟孩子说话:

“小豇豆,

歪一歪,

咱们的火车就要开——

看火车开了!”

不知豇豆是什么样子,为什么把它和火车联系起来,是她的作品,还是她小时的儿歌?

“你这个小坏蛋,想爸爸了吧? 想也没用!”

小小孩子如何知道想爸爸,是女子自己想了吧。

她大声地说着,那自然的话语散的满车厢都是。

“你想爸爸,爸爸也想你呀!”

她说的是自己和男人的心思。

“我们不想爸爸,到石家庄就给爸爸打电话。”

话语中充满女子对男子的感情。

孩子掀起女子的外罩,吮着妈妈的乳房。

女子任由孩子摆弄。

让人想起田野上哺乳的奶牛。

这是个小男子汉。

女子显得很享受，就像享受着男人的粗鲁。

刚才那个小伙子个子不高，有些文秀。

有人跟女子聊，知女子方二十五岁，带孩子来看爸爸，爸爸在这边打工。

“九月份，他想爸爸了，带他来了一次。哎哟，正赶上学生上学，那个挤呀，在硬座车厢孩子又哭又闹，可把我累死了。这次他爸说什么都给买了个卧铺，三百零一块啊，太贵了！他想他爸爸，又不能常来。”

“现在他太小，姥姥、姥爷也离不开，不放心，等他再长长，我就不跑了，和他爸爸一块干。”

“他爸爸在周庄啊!”

我立时抬起了头看了看她。

“周庄太好了耶，我们那里没见过这样的地方，有水有桥的，我可喜欢这个地方了，不像我们那里太干燥，地里活儿也太重。”

“他爸爸是当地人，是我来苏州打工时认识的。我就想找个南方人，没想到还真找到了。女人就这样，一找上就有孩子了。这个小坏蛋，可把我拖累死了，这两年我在家里呀，可憋闷了。”

“他爸爸顾不上我们，住的地方也不方便，唉，再忍忍吧。”

“这个孩子也有意思，他不喜欢脏的孩子，在周庄待一段时间，回去碰到脏的孩子他就不和人家玩。南方比我们那里干净，小孩子也干净。南方暖和，好拾掇孩子。”

“他爸爸在一个古旧家具店里，收收扛扛，修修补补，对，干的也是手艺活儿，也是掏力活。什么时候我们自己能开个店就好了，我要在双桥边上，那里人气旺。”

我的眼前就出现了一个小店，一对小夫妻对着门外的游人微笑。一个北方的女子，痴情地守着一个南方的汉子，守着周庄的桥和水。

“一会儿还要关灯吗？那可怎么办，这孩子睡反觉了。软卧不关灯？软卧是什么，这车上有吗？带门的？那多不好，男的女的关在里边，像一家子似的！”

女子的话让大家笑了。

“不要动阿姨的包包。女人的包包，男人是不可以乱动的！”

“他长得不像我也不像他爸爸，人家自己一个样子耶。”

车到蚌埠。

“哎呀！怎么停这么长的时间，烦死了。我们不想爸爸了，一会儿就关灯了，关灯就睡觉觉了，爸爸也该睡觉觉了。”

“你这个小坏蛋，你这个小臭男人，在妈妈身上玩出了一身汗。”

“小豇豆，

歪一歪，

咱们的火车就要开……”

想起小荷子

记忆里一直有一个人，是一个女孩，女孩比我大，年龄大，辈分也大，大到当了我的姑奶奶。“这是姑奶奶。”有人指着她介绍时，我竟愣了一下。要不是在这乡祖之地，可不是在咒我？小荷子才比我大几岁呀，秀巧的鼻子，水灵的眼睛，在人们眼里尚是个小姑娘，别看她说二十四了。

可大家都这么叫了，有些还长着花白的胡子，我便也只好叫了。“姑奶奶。”这是我的声音吗？我觉得好笑极了，这不是在演戏吧。小荷子却是真真地答应了，答应了又一红润涌上来，“叫小荷子吧，别论那么真。”

家乡家族观念重，人人都要论辈分，小荷子的辈分许是很高的。慢慢我也发现，只要知道相互的辈分，同龄人之间还是很随便的，要么谁的辈分高，谁就会早早进入老迈心态，尤其是年轻人，在受崇的环境中，生活并非是快事。

我还是叫她小荷子，她笑了，笑得很真心。偶尔我叫一声姑奶奶，她竟以为我是揶揄了，舍忘她姑奶奶的身份，朝我一噘嘴，让人越发觉得像演戏般好玩。

小荷子是庄里宣传队的主唱，她的嗓子具有天然音质，唱起来如水之流石，清脆且鲜亮。在这个小庄子上，居然有这么一副好嗓子，真让人惊叹，可惜她受不到什么训练和培养。

那时节兴唱样板戏，她唱河北梆子，那拐来拐去的腔调很拿人口味。只是我觉得还是唱民歌好，就让她试了《红嫂》里的主题歌。四个姑娘在前台表演，她在后台伴唱，只我一把小提琴为她伴奏。

“蒙山高，沂水长……”

那声音由麦克风传出来，在冬日的夜晚尤为敞亮、悠扬。庄里小学校的操场上聚满了黑压压的人群，人们对这支由小荷子伴唱的舞蹈感到格外新鲜，许多人挤到后台来，要看看歌者是谁。这个节目被区里来的人选定为区里的会演节目。我感到十分光彩，因为这是由我导演的节目。当然，觉得光彩的还有那四位姑娘，还有小荷子。

“你拉得真好，跟着你的琴唱得可顺口。”

小荷子脸儿红扑扑地从台上下来，眼睛里闪着激动的光波。平常不见她欢喜，第一次看见她这般动情，那模样也越发俊美。

“小荷子，你看你的脸呀。”有人逗她。

“就是，我也觉得好烫。”小荷子双手捂在脸上。

去区里会演的时候，漫天纷扬着鹅毛大雪。在家乡的泥雪路上骑车，我有些发怵，小荷子自告奋勇，由她来带我。

路十分滑，尤其头晚冻了一夜，一路上少不了摔跟头。小荷子骑车技术也确实没的说，好几个姑娘骑单车摔得直叫，小荷子带一个人却和她们拉大了距离，这使我提着的心慢慢放下来。反正是冬天，穿得厚实，坐在漂亮“大姐”(我实在不能把小荷子同姑奶奶联系在一起)的车上，再担惊受怕，未免不尊。三十多里的行程，等到了区里已是黄昏，正赶上晚间的会演。小荷子伴唱的舞蹈，又被县里来的人选上了，春节过后将参加全县的文艺会演。

第二天回返，雪停了，路上已是一片泥泞，走不了多远，就会粘死了轱辘。表叔建议，干脆走水路吧。水路是一片旷大无边的沼泽地，此时已冻了厚厚的冰层。

在冰上骑车？大家看着泥泞的道路，也只有如此了，体验一下如履薄冰的心境也好。

小荷子这回却没了经验，走不出五百米，我们已玩了三次杂耍。倒也好玩，大家一路上摔响不断，笑声不断，可真过足了摔跤瘾。最逗的一次，是表叔先翻了车子，车子在冰上滑出老远，直直地撞在了小荷子的车前轮上。小荷子喊声未出口，我们俩已重重地摔了个四仰八叉。这一下如骨牌一般，十几辆车子无一幸免。大家趴在那里，就知道笑了，哪还知道疼呢？我从好远的地方才捡来了小荷子的一只鞋子，她还趴在那里哭不是笑不是地揉着屁股骂着表叔。

“四姑呀，我可不是故意的呀。”

表叔笑着推脱责任，上前搀小荷子起来。大伙都说累了，走不动了，便支好车子，围在一起吃起各自的干粮来。我不知路途远近，带的干粮昨天就吃完了。小荷子拿了一张凉饼递过来，我接过就吃，吃完了才发现小荷子吃的却是高粱玉米面糅的窝窝。

我一说，小荷子赶忙使眼色制止我。

“哟，姑奶奶，怎不给我们吃块油饼呀。”

“姑奶奶偏心眼儿。”

大伙笑着逗她，自是也逗我找乐。

“偏是偏是，你姑奶奶想给谁就给谁。”

小荷子一时找不出反击的词，如此的回答倒叫我难为情了。

到县上会演，我们是坐了车去的。会演一共进行了五天，住在招待所里，天天热闹非凡，吹拉弹唱，各显神通，直至深夜。

临结束的那天晚上，小荷子叫我出来，顺着招待所的小路走，走了好远，才听见她惊奇的话语。

一个人喜欢上了她，是县文化馆的，原在市歌舞团作曲，因为家庭问题被下放了。

“他多大了，你了解他吗?”

“三十多，他没结过婚，以前有过一个女的，一下乡就跟他吹了。”

“你喜欢他吗? 他都那么大了，你可得好好考虑考虑，你跟大伙说说吧，都帮你出出主意。”

虽然我们辈分不同，虽然她比我大五岁，我竟然有种怕失去什么的感觉。在这之前，我知道小荷子家成分有点高，加上她的心高，才一直没找着人家。那时的女孩子，早在十七八岁就有了对象。难道小荷子心高就是为了找个吃商品粮的?

“只要他喜欢我，能在唱歌上帮助我就行，我也不是什么金枝玉叶，不演节目了，还不是整日泡在稻地里的一棵苗？比不得你，有文化，有才华，走南闯北，心高志远，想得比我多。我们女孩子家，一过了二十五岁就成老姑娘了。他说文化馆正筹办一个文艺演唱队……”

站在我面前的哪是一个姑奶奶，完全是一个迷途羔羊一般的小妹。她让我拿主意，我又如何说才好？我怕那人欺骗她的感情，又怕她失去一次机会。面对小荷子的信任，我甚至惭愧自己不是一个和她同辈的大男子汉。

“要么你明天早上偷偷看看他。”

“好吧。”

我答应了，也答应她不告诉任何人。我觉得小荷子在矛盾中已有所偏重了。

原来那人就是到区里选拔节目的人，那次在区里演出完，他询问了我，夸奖了几句，更是冲着小荷子评说个没完。县里会演，他担任后台组织者，我们节目排得靠后，小荷子跟他一说，就调到前边了。只是他显得很老，像四十多岁的人，戴了副眼镜，和小荷子站在一起真是像老师和学生。

“你看着办吧，我实在不好拿主意。”

见了小荷子，我这样说。我一夜都不曾睡好，小荷子再没有别的选择了？人为什么要结婚呢？

会演结束，如同散了筵席一般。小荷子却要在县城留几天，说看一个亲戚，只有我知道她的谎言。而我也要走了，直接由县城到唐山,办理在郊区下乡插队的手续。

分手的时候,不知为什么大家眼里都涌了泪水,为十几个日日夜夜的友好相处,为齐心合力的演出,为风雪的行程和难走的泥跤。我一遍遍地和我的乡亲握手言别,握到小荷子的时候,小荷子的泪水珠串一般滴在我的手上,热热的,我的心直发酸。在车子开动的时候,我真想大哭一场,我至今都不明白当时为何有那般情肠。

没想到与小荷子竟是最后的一别。

几个月后,大地震发生了,唐山丰南几近毁灭,死难者数十万计。幸免的我回不得丰南老家,不知任何情况,直到又过了几个月,通了车辆,才得以回去一看。碰着宣传队的旧友,不用我问,他们就会告诉我意料之中又意料之外的消息。

“姑奶奶死了,家里只剩了她老爸一人……”

整个宣传队的人,独独砸死了小荷子,这不能不使人痛惜。她没有留在县里?她的婚事成了吗?她是怀着怎样的心境离开了这个世界的?回来的时候,我拿出了那次会演时的集体照。

我认出了其中的一个,那个蹲在我前边,剪着齐耳短发,眉眼笑着的姑娘。

“这是姑奶奶……”

“叫我小荷子吧……”

香山上的香山居士

一

白居易去世一千一百六十五年后的秋天，我来到香山。

天下起了雨，淅淅沥沥的。在茂密的香山上攀，雨不能直接落下来，被那些树淡化了。踏上窄窄的石阶，石阶蜿蜿蜒蜒，通向高处。前面一个女子，白色长裙，露一双穿凉鞋的脚。不知道白居易的墓地在何处，只能跟着这脚一步步地走。女子的前面还有人在攀，指向坚毅。人们到香山上来，多是一个目的吧。

跟着这长裙真就到了白居易的墓前。

我发现这是一个组织，他们还举行了简短的仪式，包括向白居易墓献花鞠躬，然后有人讲说。这时我才知道，这是一群韩国人。他们一起背诵白居易的诗句，回顾白居易的生平。他们从另一个国度冒雨而来，有老有少，年纪最轻的，就是那位长裙女子。

来寻根问祖？我的猜想得到了证实。我后来看到了报道，白居易的后裔三十多万，分布在韩国各地。他们成立了白氏全国宗亲会，是韩国有较大影响的民间组织。我越过那张清秀的脸，看到一张张苍老的面容。直到我离去，他们还在那里，有的绕着墓地，有的抓起一把泥土，有的在树上挂上小纸条。我的眼里涌出了泪水。白居易，我中华民族的杰出先人，依然活在人们的心里！

白居易祖父白湟曾任巩县县令，与当时的新郑县令是好友。见新郑山川秀美，民风淳朴，白湟十分喜爱，就举家迁移到新郑城西的东郭宅村。新郑可是个非同寻常的地方，轩辕黄帝就诞生在那里，而且它还曾是韩国和郑国的都城。那里有片水，叫溱洧，《诗经》中专门写过，至今还清且涟漪。

一代诗人在唐代宗大历七年正月二十降生，他在新郑一直生活到十一岁，那是他童年最好的时光。所以大和元年(827 年)时，白居易自苏州离任返回洛阳，途中在新郑又住了一宿，“去时十一二，今年五十六，追思儿戏时，宛然犹在目。”白居易活了七十五岁，死后没有埋在家乡，而是葬在了他久居的洛阳香山琵琶峰上，应了他“香山居士”的号，琵琶峰又与他曾经作的《琵琶行》相合。墓志是李商隐写的，李商隐与白居易同为河南老乡，同是诗坛奇俊。

二

那次去杭州，迎接我的是一场罕见大雪，壮观的雪降在西湖上，茫茫一片白。白堤，同这场雪对应了，堤上的柳在风中一斜一斜，枝条也成了白条。不知道白居易当年可曾经历过这等美景。白居易修建白堤，原为蓄水灌田，却成了西湖一个胜景。当时朝堂混乱，朋党倾轧，白居易怕再被伤害，请求下去挂职，皇上批准了，先让他做杭州刺史，后又任苏州刺史，去的都是天堂之地。白居易很舒心，干得也好，留下了千古美名。如果不是小人当道，白居易被贬谪或外派，他就没有那么多的体察，中国的文学也不可能那么丰赡。

白居易是一个想有一番作为的人，总是上书皇帝，提出合理化建议。他四十四岁时，宰相武元衡和御史中丞裴度遭人暗杀，当权的宦官集团却不急于处理，白居易上疏主张严缉凶手。那些人能舒服吗？一说他抢在谏官之前议论朝政是僭越，二说他母亲是看花时掉井里死的，他写赏花诗有伤孝道。实际上也受那些讽喻诗的影响，白居易被贬为江州司马。这对他的思想打击很大，于是他自比“天涯沦落人”。白居易在江州水边送客时，逢到了一个歌女，不禁泪洒青衫，写下一篇《琵琶行》，和《长恨歌》同属于他最成功的作品。那种声随情起，情随事迁的歌咏有一种震撼人心的力量。“东船西舫悄无言，惟见江心秋月白”“行宫见月伤心色，夜雨闻铃肠断声”，凄冷的月色、淅沥的夜雨、断肠的铃声，此背景下的人物统统染上了凄伤怅惘之色，读了让人唏嘘不已。

我去九江，江边已有琵琶亭，不知是不是琵琶的弹唱地。爬到庐山山顶，走进花径，倒是白居易消闲的所在。一尊立像显出洒脱自如的姿态，仿他当时“面上灭除忧喜色，胸中消尽是非心”的心境。

三

《长恨歌》也好，《琵琶行》也好，都能从中看出白居易是个很知感情的人。白居易十一岁时，因避家乡战乱离开新郑，随母亲到父亲做官的地方徐州符离。邻居有个比他小四岁的女孩湘灵，活泼可爱，与他成了青梅竹马的玩伴。白居易有一首诗《邻女》，便是追述十五岁时的湘灵的。白居易还有《寄湘灵》《寒闺夜》和《长相思》，可见他与湘灵感情笃深。白居易二十九岁考上进士，回符离住了近十个月，恳切向母亲提出与湘灵结婚的要求，未被允许，他怀着痛苦的心情离开了家。贞元二十年(804年)秋，白居易做了校书郎，要将家迁至长安，回家再次苦求母亲允许他和湘灵成亲，认为门户大于一切的母亲再次拒绝，且不让他们见面。白居易写了《冬至夜怀湘灵》《感秋寄远》和《寄远》怀念湘灵。直到三十七岁，白居易才与同僚好友的堂妹杨氏结了婚，不知道是否与此有关。他对妻子还是不错的，有《赠内》诗："生为同室亲，死为同穴尘。"但婚后仍没有断掉他对湘灵的感情，写有《夜雨》《感镜》等。终有一次，白居易在被贬江州途中，和杨夫人一起遇见了漂泊的湘灵父女。这时湘灵已经四十岁，一直未婚。白居易与湘灵抱头痛哭一场，并写下了《逢旧》，传为佳话。

白居易不仅写有《卖炭翁》这类反映社会现实的诗歌，还有很多写女性的，贫苦的农妇、守陵的宫女、沦落的歌妓、闺中的怨妇等，表现了他对女性命运的关注与同情。但是，他的有些诗作也显现出了对女性的不恭，因而让人诟病。

让人还有说辞的是他蓄养家姬。蓄养家姬是唐朝上流社会的一种流行做派，白居易也未能免俗，甚而过之。白居易当时是正四品，按规定只能蓄女姬三人，但他的家姬知姓名的便有十几个，而且还频繁地更换，最出名的是小蛮和樊素。唐孟棨《本事诗·事感》中载："白尚书姬人樊素善歌，妓人小蛮善舞，尝为诗曰：樱桃樊素口，杨柳小蛮腰。"是说樊素的嘴巧艳如樱桃，小蛮的腰柔细如杨柳。现代人形容美女樱桃嘴、小蛮腰，就是从白居易那儿来的。老暮中的白居易，无力逐风捉柳了，还是让樊素和小蛮离开了，尽管樊素和小蛮跟老白感情还不错。

四

有人不大喜欢白居易，还与他做的有些事情有关。

徐州的朋友邀我去走走，我走到了燕子楼。燕子楼是徐州守帅张愔生前为关盼盼建的别墅。关盼盼原是妓女，被张纳为小妾。张愔病逝后，张家的妻妾纷纷自寻出路，关盼盼却不辞守节，燕子楼因而扬名。而助其扬名的还有白居易。白居易曾到张愔府上做客，张愔高兴地让关盼盼为客人歌舞，白居易看得眼发直，赞叹不已，说关盼盼"醉娇胜不得，风袅牡丹花"。

张愔去世后，关盼盼十五年不嫁，白居易写了一首诗："黄金不惜买蛾眉，拣得如花四五枚。歌舞教成心力尽，一朝身去不相随。"关盼盼边读诗边流泪：我为张愔守节十几年，并非惜命不肯随之而去，而是怕千年以后，人们议论我夫重色，有从死的爱妾殉身，岂不损害了我夫的德行？于是写诗回答了白居易，然后绝食而死。白居易的诗何不如一把利剑？关盼盼死后，白居易很是震惊，却没有为此再写一首《长恨歌》。

多少年前，在成都郊外一片翠竹林里，我第一次知道了女诗人薛涛，还知道了她是元稹的相知，两个人有过密切的交情。后来负心的是元稹，让一个才貌双全的女诗人独守江边。元稹、白居易私交甚笃，相互唱和九百章，两人的文学观也接近，时人称“元白”。元稹离去后，薛涛闭门谢客，远离诗酒花韵之事。但十多年后，白居易却给薛涛写了一首诗，表示出某种暧昧之情。这点做的不是太光彩，所以他编《白氏长庆集》没有收录这首诗，因为《白氏长庆集》要请元稹作序，怕元稹看见吧。

一个人总有他的多面性。白居易的文才是难以掩盖的，“李杜白”在诗史上占有着重要地位。

五

白居易的生活过得没有像苏轼和杜甫那样窘迫过，身边总是有酒又有女人，而且酒还都是好酒，除了自家精心酿制，还有市上购得和朋友相送的。饮者大多是社会名流，多有丝竹伴奏，僮妓侍奉。他走的地方也不是很艰苦，大都临水，古时临水地都较为繁华，晚年久居的洛阳也是繁华都市。

白居易常常边喝酒，边操琴，边吟诗，有时乘兴到野外游玩，车两边的竹竿悬着酒壶，抱琴引酌。白家有池塘，可泛舟，他在舟上宴请宾客,命人在舟旁吊百余酒囊,喝完一只再拉起一只,直至尽兴。

白居易余诗两千八百首,其中饮酒诗八百,可见他的诗作数量不输李白。还记得白居易写的《问刘十九》:“绿蚁新醅酒,红泥小火炉。晚来天欲雪,能饮一杯无?”可见白居易是个性情中人。

白居易去世多时,人们前来拜墓,还是杯酒祭奠,墓前的地上常是湿漉漉的,一片酒的香气。

相逢何必曾相识

似乎听见一声怯怯的柔弱的呼唤。

“有人吗？大伯大妈？”

是一个女子的声音。

我从瓜庵似的旧雨布搭成的棚子里钻出来，一个瘦瘦的却很机灵的姑娘站在我面前，顶多十六岁，风尘仆仆的身后横着辆自行车，想是从震区逃出来的。

“大叔，我好渴，能给口水喝吗？”

她居然叫了一声大叔。我顶多比她大三两岁。她的嗓音哑哑的，眼里满含着渴望。

这是大地震后的第二天。

地震震坏了电厂、水厂及供水设施，整座城市断了水源，幸存下来的人们蝗蚁一般涌向郊区。仅一天工夫，大小坑塘见底，由于连日干旱，河里的水也是浑泥浊汤。

我曾同舅舅家的全部壮劳力，爬山过岗走出数里地弄回一缸水。那个深深的山坑里，排满了提桶的、拿盆的、掂壶的人们，上的下的走马灯一般，弄着水的小心翼翼，生怕晃洒一滴，未排到跟前的，大呼小叫，急渴万分。那积的半山坑雨水，平日里可是人们擦身洗脚用的哟。有了这缸水，可以够全家九口人吃用两天了。

传闻还要有一次回震，比头一次还厉害，要地陷，要喷火山样的熔岩，上次地震中侥幸活下来的都很难逃过这次回震。因而人们没有哭声，没有叹息，没有幸灾乐祸，从早挨到晚，从晚挨到黎明，无精打采地等待着这个时辰的到来。在这种等待中，活着的人还是要吃饭喝水的。为了这点水，全家定下条约，任何人不得浪费一滴。衣服是不得洗的了，每次舀出一盆，先洗脸，再淘米，再洗菜，再洗碗，再澄清倒进锅里做饭。那本来就不清的坑水，成了黄黄的绿绿的汤，舀一勺喝，苦涩之味翻肠搅肚，眼泪都干呕出来。

就这样的水，还作为最珍贵的人情，送一盆给没有弄到水的邻居。

舅舅家的棚子搭在挨着公路的土坡上，来个过路人是可以想见的，然而却是在此时，又是来要水。缸里的水已剩不多，表哥说明天就得到马家沟煤矿的水沟里去舀黑水了。

因还有这污水，也就没有尝过极渴的滋味。但我从姑娘的声音和眼睛里品味出了那种滋味。

我没有征得舅母的同意，偷偷舀了半碗澄好烧开的水递过去。我不晓得这样做，会不会惹舅母及五个表姐妹的反感。

在我递去的当儿，那双小手已同碗连接在一起，随之几声咕咚，一只空碗就递了过来，嘴上没说，眼睛却还在渴望着。

我又舀满了一碗递去。这回她却是慢慢地仰脖，每一口似都在经过唇舌的品味咀嚼，然后才慢慢下肚。

她再一次将空碗递过来，满眼竟含了盈盈的泪水！

这是震后第一次看见的泪水，我麻木的神经突然酸涩起来。一个可怜的小女子，从哪里来，上哪里去？

“闺女，吃块饼子吧，一定也饿了。”

舅母不知何时站在我的身后，手里拿着两块刚出锅的黄面饼子。

在郊区，地震给每一家造成的损失不一样，有的房倒屋塌，所有的东西全被埋在泥堆里，有的还能找出些锅碗米面，便是幸上加幸。我们主要靠煮食青椒、土豆、西红柿为食，这黄面饼子算是金贵的了。

我和一向精打细算的舅母的心相通了？我是那般感激舅母的慈悲。作为回乡知青，寄住在舅母家中，我是没有权利在此种时刻支配生存之水食的。

“闺女哪里人呀？”舅母问。

姑娘说了个地名，我听着陌生，舅母哎哟一声，说起码还有六十里。

姑娘吃着饼子，回答着舅母的问话。

她从废墟里爬出来，父亲已不在了人世，母亲又牵挂市里的娘舅家，非让她来看看。没了父亲，她不敢再让母亲伤心，就第一次出了远门。到了市里，哪还辨得清方位，到处是废墟，有的废墟把路都掩埋了，东找西打听的，好不容易找着姥姥家，却是一大片高高低低的废土了。她问了很多人，也没打听着情况，怕天黑赶不回家，又急急忙忙往回赶，都忘了一天没进水食。

舅母听得呆了，我却感到一种恐惧，这事于我会是如何？

黄昏越来越浓了，姑娘竟要推车赶路。我有些担心她赶不回家。舅母说出了我的想法：

“天快黑了，明儿一早再走吧。”

谁想她执意不肯，怕母亲在家等待。出来一天，不知家里又有啥事。父亲没了，当老大的，得为母亲分担。

她说得没有失落，没有忧伤，显出一种凛然的悲壮来。

“大哥哥，大婶，谢谢你们了，你们是好人，我一辈子都不会忘了……”

她突然哭了，眼泪擦得手心手背都是，又让人看出她未脱的稚气来。

我们终没有劝住她，她还是走了。再让她喝水，给她饼子她都不再接受，她就那么一撇腿上了车子，融在夕阳里，融在晚风中。

她何时会赶到母亲身边，路上会不会再有余震？实际上，强烈的地震已经把道路严重毁坏，有的地方还有塌陷。会不会遇到坏人？不说危难之中人心不古，听说连监狱都塌了，许多犯人都跑掉了。渴了饿了冷了怎么办？那辆破车子会不会坏？

舅母和孩子们在议论着。我没有插言，我想骑上车子护她而去。可一个陌路客，两个异性人……北去的路我也不熟，我终究没有这份勇气。

天黑后，陡然间下起好大的雨。雨中伴着刺眼的闪电和极强的雷声。雷雨中，又有好多没有倒塌的房屋发出了沉闷的轰响。

我正执勤，穿着雨衣也免不了浑身透湿。穿过马路的时候，我免不了向北张望，闪电中本就没什么行人的路上，此时只有白哗哗的水泡翻涌。

多少年，我的眼前都浮现着一个女孩子飞快蹬车的背影。那晚，震后寂寞的雨路上，她也许一路顺利，也许永远没有到家。

想起来总不是滋味，头一次递过去的水，竟是犹豫的半碗……

夏天的雨

下雨了。窗子关着，雨进不来，就在外边撞窗。雨撞得很紧，像有什么急事，撞了这边撞那边。

窗子上锁了，打不开。我看不到外边的雨，只看见雨撞在窗子上就碎了，然后就顺着窗子流下来。雨不停地撞不停地流。也不知道怎么会有那么多的雨。

小兰说是河里的水翻到天上去了，那时河里的水确实越来越多了。母亲进来说，河里都涨满了，正在往这边涌。村子不远处就是河，我有些担心房子会漂起来，像船一样晃。

小兰说那可好，就可以到很远的地方去了。母亲说，下雨的时候不能乱说。“为什么下雨的时候不能乱说?”我问小兰，小兰说不知道，可能说了就真的会被冲得漂起来。我想不明白是连地一起漂起来还是只有地上的房子漂起来。

雨还在撞着窗子，而且夹杂着越来越大的声响。母亲说下雹子了。然后，我听见噼噼啪啪的响声，玻璃随着一声清脆，裂开了好看的花纹。母亲说:“打闪了，快离开窗子!”为什么呀？疑问还没有出口，我就听见很响的一个炸雷落下来。

屋子被震得猛地一颤，窗台上的煤油灯掉了下来，幸亏母亲正要伸手去拿，油灯落在了母亲的手里。母亲说，快钻到被子里去，还要打雷。我们像滚皮球一样滚到了被子里，眼睛却睁开一道缝，看着可怕的窗子。一道白闪电冲了过来，紧接着就是咔嚓一声雷。那雷似乎就砸在了窗子上，窗子猛地一震，又有什么倒了。母亲赶紧去外屋看。冰雹的声音听不到了。

小兰说，闪电和雷是雨叫来的，雨还叫了冰雹，雨太可恶了。又是一道亮光，我知道雷马上就来了。一缩头的工夫，雷就落地了。雷落地了还打滚，直打到小刚家那边去了，然后轰轰隆隆地跳。小刚刚才还在外边玩雨泡泡，被他妈吵到屋子里去了。

小兰这时叫了起来，说什么东西打在了她的脸上。啪的一声，我的头上也挨了一下，然后就出血了。我吓坏了，赶紧去摸，却摸了满脸的水。往上看，就见好大一个水点子直直地落下，我一闭眼，啪的一声在我的脑门上开了花。

房漏了！我们叫唤起来。母亲拿过了盆子，随即屋子里就响起了“音乐”。水落在盆子里还不好好待着，每次都往外跳。被子很快就潮乎乎的了，母亲拿来一件蓑衣盖上。

又有一道闪电过去，天猛然就黑了。我打开一道门缝，院子里成了河，漂来好多东西，还有一只狗在水里挣扎，不知道往哪里去。我叫着，它不理我，随着水流向后边的院子转去了。

天真的黑了，天一黑就只剩下闪电了，雷越来越远，雨还是没完没了。雨非要把天上的水都带下来才舒服，只是没有那么横了。

小兰说：“雹子和雷都没怎么样，雨能怎么样？”院子里的水漫过了台阶,我家的台阶有三层高。前院小刚家没有台阶,水一定找到了进入他家的路。天黑透了,母亲说不能再开门了,水很快就会进来。母亲说得真准,水从门缝一点点地往里钻。

母亲拿了破衣服堵在缝隙中,水还是往里钻。渐渐地,地上积了一层水,母亲说:“都到床上去,看水还能把床淹了!”

地上的盆子漂了起来,还有我的鞋子。我叫着,看呀,船,船!我们的鞋子有的漂起来,有的沉了底。看雨也有看烦的时候,实际上看不到雨了,我就慢慢地睡着了。“随它去下吧。”母亲说,“看它还能把天下透。”小兰也睡着了。

我梦里听见一声雷,亮着火光就冲着我来了。我啊的一声睁开眼睛,却是黑黑的,什么也看不见。

母亲还没睡,歪斜在小兰的旁边。正在这时,我听到了一声沉闷的声响,什么东西重重地倒塌了。

母亲说:“别是谁家的房子吧?”村里都是土坯子垒的房子,有些房子有上百年,早就歪斜着,有的人家在山墙上用木头棍子顶着,就是没有钱修。

这是谁家的房子?我要是男子汉,就跑出去看看。

母亲说,这雨下得忒邪乎,都不让人活了。小兰呀的一声,说:“别是小刚家吧!”小兰不知什么时候醒了,她的话把我吓了一跳。小刚的爸爸不在家,在离家有二十里地的地棚里。我趴在窗子边,听不到一点声音。地上的船儿都进水沉了。小兰这时竟然嘤嘤地哭起来。这下子好了,小兰哭了,我的泪刚到眼圈就停住了。我不能哭，我要是再哭，屋子里就更可怕了。我唱，胡乱地唱起来。小兰看我发了神经，又笑了。母亲点上了灯，灯火摇曳着，驱走了黑暗。我看见小兰的眼睛一闪一闪，她的头影映在了墙上。

小刚的橡皮还在我这里呢，我昨天向他借的。小刚说："橡皮拿去不用还我了，我上回还借过你一支铅笔呢，我都忘了。"我说："那怎么成，明天我用完就还你。"小刚妈妈递给我一块红薯，我说不要，就跑走了。

小刚妈妈长得不高，小小巧巧的，不像农村人。婶子说人家就是城里的，下乡到了这里，找了小刚爸生了小刚就回不去了。小刚妈成分不好，回去也找不到好人家，小刚爸成分好，找上他就不错了。白净有什么用，不当吃不当喝，下地也干不了活，如果不是嫁给小刚爸，小刚妈连自己都养不活。

我喜欢去小刚家玩，去了小刚妈妈就给我们讲故事，都是外国故事，有小矮人、小公主、灰姑娘，比邻家大娘讲的"狼外婆"和"白眼狼"有意思。"狼外婆""白眼狼"好吓人，听了邻家大娘讲的故事，很长时间我都不敢去前院找小刚。我怕黑，我们的院子里人家多，风都顺着巷子窜，呲呲的响。

小刚妈那里有好些书，她说我长大了就借给我看，现在我看不懂。那书好厚，里边都是字，一个一个地看，得多少天才能看完！不知道什么时间能学会认那么多的字，我对自己没有信心。

我见过小刚的爸爸，好黑的一个小老头，自己也不知道洗洗干净，也许洗是洗不干净的，那是太阳晒的，就像二叔。二叔不也是老远一笑就看见一口牙吗？可二叔长得还是好看的，起码有一双大眼睛，小刚爸的眼睛只是两道缝。

雨不知道停了没有，已经听不到声音了。只是天完全黑了，满院子都是水，没有人敢出去。夜把一切都埋住了，包括那一声响的秘密。我惦记着小刚，明天天一亮我就第一个跑过去看。

舞　伴

每天早起晨练的舞场上，总是聚来很多的人，其中，有现学的新手，有精到的老手，时间长了，大都会有一个比较默契的舞伴。这舞伴有老的伴个年轻的，丑的搂个漂亮的。

人们原本不相识，何以跳到一起？这是个不能用言语说明的问题。

就如我跟我的舞伴。

她是那种人群中常见的女孩子，不会一下子引人注目，却有个好身材，细细高高的，绵柔的纤手给人一种女性的语感。

最初，我们都是来学跳舞的，老师教完随便搭手，就有了第一次机会。七月的天很热，跳几步便大汗淋漓。末了她说了句很体贴的话："看把你热的，都是我太笨。"

既然是学跳舞，大家搭手都很随便，老师一声令下，男士便快速主动出击，"抢"一个到手，慢了就只能去一旁站着看，女士相对要少。有了第一次一起跳，接下来就还想找她，又怕她并不在意，走过去的脚步就有些犹豫，这时就早有男士捷足先登了，我的目光只好又向别处游弋，可别处的早已被其他男士搭上了手，好不局促。就在准备"靠边站"时，我发现她还在那里站着。

我走了过去，揽起她的手时竟有了一份感激。以后便是我朝她走去时,她也向我走来,我再也不愁找不到舞伴了。有两个早上,我因事没到场,怕她又有了新伴,犹豫中她向我走来。我问她这两天学了什么新花样,她说她也没来。巧也不巧。有几天下小雨,早晨起惯的我必须出去活动,到体育场一看还有人在跳。雨停的时候,人来得多起来,可就不见她的影子。临时找个舞伴,还真不和谐,再换个还是如此。看来这舞伴非她莫属了。

她不善言语,我也不善交谈。舞曲一个接一个,响得震耳,交谈什么呢?舞场散了,各自道一声再见,推车上班去。

有那么一天,她说:“跟你跳这么长时间舞了,还不知你姓啥。”“姓王,你呢?”“姓柴,是个冷姓。”真是个冷姓,想起《水浒传》中有个柴大官人,这里出来个柴小姐。

舞曲仍在早晨嘣嚓地响着,我们的舞步慢慢娴熟,时常低着的头也抬起来了。

早晨的舞场不讲素质,且多不自带舞伴,舞伴的组合多有一种随意性。总是有舞曲正进行着,女孩突然摆脱对方独自退到场外的事发生。男的必很尴尬,站在舞场中央不知所措。这男的有年轻的也有年老的。一天,散场逢着本单位一女士,问她为何没好好跳。她言语了一套理论,说有的男的不是来跳舞的,没法和她跳。这理论着实让我惊奇,有的男的不是来跳舞的是来干什么的,占女性便宜的?舞场上人多,尤其是在双休日,总是人头攒动,摩肩接踵,男人的手无意中碰到对方的某个部位也是常有的。可没想到女性会如此敏感,把你看成一个“不是来跳舞的男人”,

多么可怕。于是,在接下来的两天里我都显得谨慎不安,同柴小姐隔着一定距离,弄得柴小姐说我心不在焉的怎么了。之前柴小姐被人碰撞站立不稳,我还下意识地揽过那柔韧的细腰,跳自由步的时候,手腕也曾碰到过柴小姐不大丰满的地方,柴小姐可曾在意?

我说:"我怕碰了你。"

"你那么君子。"柴小姐露一口白牙笑了。我也笑了,原来女孩看人不一样。

这么跳着的时候,我就在想柴小姐是干什么的。学生?有点儿像,暑假学生没事,早晨锻炼锻炼;要么是职员,每天七点四十分乐曲结束,她都走得很快,像是赶着上班。学生也有假期打工的。她把我想成是干什么的?银行的。我笑了,我不知哪儿沾了银行的气。我们却始终是未言明各自的职业。

问她的名字,她说不好听。两个字还是三个字?"三个字。""不是花叶枝梅什么的吧?""那倒不是……"

我说:"我们俩何时不想再来了,就先打个招呼。"她说那是。

有次早上我遇见个朋友,去舞场的半路散了会儿步,告别时已经七点半了,赶到舞场一看,她还站在舞场一角。我问:"你没有跳?"她说:"我在看人家跳。"没有埋怨也没问原因。我们跳了最后一曲就结束了。

每天的跳舞,就像是赴什么约会似的,不去或是去晚了,总觉不好。

可有一天,她没有来,我也等了半天,找别的舞伴怕跳不和谐,或被人拒绝,或被敏感者莫名地甩在舞场上。

第二天,第三天……她一直没来。

我有些茫然了,一定是出了什么事,不然她会事先打声招呼的,我们曾经有约。

会出什么事呢?她本是个性情温和、稳重的女孩子,是过马路时不注意或晚上遭了什么不测?我忙翻这几日的报纸,就见晚报上有这么一条短讯:防疫路口今晨6时发生一起严重车祸,一骑车女子被违章卡车横撞身亡……那个路口好像是她的必经之路,不,不可能是她,绝不会是她!柴小姐还会来的,一定会来的。

又是多少天过去了,那位笑容可掬的柴小姐还是没有来。

这之后我又有了一个合适的舞伴,可不知怎的,我总是时时目光游弋,在舞场上找寻那个熟悉的影子……

瓜　　庵

一

瓜庵是个出故事的地方。瓜庵不大，作用不小，一大片瓜地，一个瓜庵在那里，就像一个衙门，判别或端正着你的行为。行为稍显不当，一声断喝，你的心里就少了支柱，出的气也细了三分。为避嫌，即使要从那里经过，也要寻别的路径，故意要离瓜地远一些，实际上，是要离瓜庵远一些。

这样说来，瓜庵也是让人不舒服的，少了些许的自在，让人见了立时要反省自身。实际上，在乡村，不自觉的人有的是，玉蜀黍地没有人看，玉蜀黍长在那里，就有人掰去了棒子。进去方便时看着没人，顺手牵羊者有之。也有人专门打着歪主意，左顾右盼之间，噼里啪啦一阵声响，一些棒子就进了草筐子或口袋中。庄稼地看不住，太大太多，几个棒子也值不了几个钱。瓜地相对少，种着也不容易，一片土地种了玉蜀黍，即使被谁掰掉些棒子，也仍然不影响吃食。可是种了西瓜、甜瓜的，产量就少得多了，过往来人，你顺手摘一个，他顺路得一个，人家种瓜的就没有了营生，何况还有抹不去的脸面，见了熟人给摘一个两个的。所以一般都不会种瓜，如果种了，就得整个瓜庵，在那里日夜守候。你见了别不舒服，农村就这样，瓜庵也就像稻草人，只是个摆设，防君子不防小人，真正打瓜主意的人，你是看不住的。

陡河产一种甜瓜，白色，那种透亮的白，不是很大，却贼甜，一口下去，嘴里就像含了一块玉，温润爽滑，瞬间满口汁液，还没下肚，就有一股浓浓的甜香传出来。没有尝到的人，闻到那甜香的味道，也被甜醉了。那瓜到嘴里，不是吃掉的，好像是化掉的，再吃第二口感觉又不一样了，每一口都不同。一个瓜到了肚子里，只感觉神仙一般，那种滋味还没有品够就没有了，不知道是怎么吃到肚子里的。瓜有一个好听的名字，叫银瓜，一说其色泽，一说其金贵。

每年五月前后，是银瓜收获的时候，瓜的价钱也很让人咧嘴，那可不是桃黍(即高粱)、玉蜀黍的价钱，比白灵灵的白米价还高。古时，银瓜一直都是给皇上的贡品，每年朝廷都有人来收，挑最好的，一级一级地献上去。

陡河这一带多有种银瓜的，其他地方的瓜都没有这里的长得甜。有人说是这里水土的问题，就像东边地里种桃黍。桃黍咱回头再说。

人坐船从陡河过，见面打招呼，有人顺手扔过去一个银瓜，那可比一盒烟令人高兴，赶紧在手里擦擦，顾不上弯腰在水里洗，一个脆音就自口中发了出来，一块儿出来的还有那股子甜香的汁液，而后说:“好着呢，真好着呢。”船上的人而后就会从身上摸出一块东西扔过来，招招手，船就离去了。

五月串亲戚带的最拿得出手的东西，也是这陡河银瓜。

二

二孬在瓜庵里待了好多天了。二孬说，明年再也不看瓜了，看得人心里烦烦的，一天到晚都是绿泱泱的瓜秧子。

只是一样好，看瓜的可以偷着吃瓜，谁还能把看瓜的看住？好在二孬不爱吃瓜，种瓜的三叔就是看中了二孬这一点。二孬到三叔的地里去玩，三叔给二孬揪了一个甜瓜，二孬说："三叔，你不忙，俺不喜好吃瓜，俺吃了光坏肚子。"三叔说："你吃吧，我都拽下来了。"二孬说："真的三叔，俺打小就不喜吃瓜，吃了光肚子疼。"

三叔就笑了，心里说：都说二孬不喜吃瓜，看来这是真的。三叔就说："二孬啊，三叔求你帮个忙，给三叔看一季瓜如何？工钱嘛，好说，你要瓜要玉蜀黍都行，照着高的说。"二孬就嘿嘿笑着答应了。其实二孬也是想着这个活儿去的，去之前二孬听说三叔选了好几个人都不满意，就是因为人家吃他的瓜，一天吃两个，一季儿下来就受不了了。二孬就记住了，二孬果然就得到了这么个好营生。

二孬白天光睡觉，晚上就扛着个铁锨在地边上转上几圈，主要是前半夜，后半夜二孬就又到梦里去了。说实在的，前半夜防小贼，后半夜来的都是大偷，防也不好防，夜黑风高的，二孬转到这头，那头就有了动静，等二孬赶到那头，动静又到了这头。二孬有时会喊："要摘就少摘俩，给俺留个饭碗！"

一个人在瓜庵里好也不好，好是累不着晒不着，还有好东西吃，不好的是孤单，尤其是黑夜，孤单得害怕。小虫子叫得人心烦，蚊子咬得心痒，好在二孬是个觉虫，一沾席子呼噜就响了，好像席子和呼噜是一体的。

有人就作弄二孬。一天清早，二孬醒来一看，自己身上一丝不挂，裤衩子不知道去了哪里，赶忙爬下瓜庵猫着腰掐一枝瓜叶捂住下身，好不容易看到那脏兮兮的裤衩子在一个西瓜上套着。最好笑的一次，是二孬睡觉时竟然被人用大裤衩子套住了头，像一个大麻虾。二孬被捂得直叫唤，好不容易才挣脱开。人们就有了一个俗语，叫“二孬看瓜”，谁想收拾你，就说，再那啥就弄你一个“二孬看瓜”。

二孬这次知道是因为小顺子。小顺子顶着个瓜秧，从玉蜀黍地里爬过来，想偷摘个甜瓜，其实二孬看到了。二孬想：小顺子他娘不好惹，泼妇一个，大街上敢跟人大吵，没有她怕的。二孬就在瓜庵里不出来，假装看不见。可是小顺子也忒不像话，他摘了一个，看看没有二孬的影子，就又爬着去摘，专拣大的找，二孬又忍了忍。

二孬后来就看见小顺子把摘到的瓜顺着地沟扔过去，扔到第三个的时候，二孬就掂着铁锨跑过去了。小顺子爬起来想跑，却没想二孬早到了跟前，一个腿绊子就把小顺子给摔倒了，小顺子嘴上带了泥，吓得哭起来。

二孬说：“偷瓜没有这样贪的，知道不？你偷一个也就算了，总不能把这地里的瓜都拿你家去吧?”小顺子说:“我又不是偷你家的,是我三叔家的。”二孬说:“我在这儿看着,就是偷我的。”小顺子说:“我告俺娘说。”二孬就软了,说:“你不告诉你娘,我给你个瓜吃。”小顺子抹抹眼睛说:“那你得给俺个大的。”二孬就把三个瓜中最大的给了小顺子。“可不敢跟你娘说。”二孬说。小顺子抓起瓜就跑了,跑上了土岗,说:“就告诉俺娘,就告诉俺娘。”

二孬抓起铁锨要追,小顺子大叫着娘,兔子一样跑走了。二孬觉得顺子娘不会善罢甘休,不过理在二孬这里,何况他还给了小顺子一个瓜呢!二孬没有想到那个娘儿们会想出这种阴招儿。她领着两个妯娌,趁着夜黑到地里来了,二孬正睡着,三个娘儿们商量好了,几下子就把二孬的头塞在了裤裆里。二孬正蒙怔着,没有怎么反抗就就范了。

要不是三叔到地里查看,二孬还在那里嗷嗷叫唤呢。二孬还好,收缴的两个甜瓜还藏在瓜秧下面,二孬本来想送给二妞的,三叔来了,正好拿出来说明情况。三叔还是夸赞了二孬几句。

三

第二年三叔就不让二孬看瓜了。三叔说,二孬太老实,不中。其实,三叔只说对了一半,二孬看瓜可不大老实咧。二孬喜欢村子里的二妞,别看都是二字排的,俩人可不是一个姓,一个姓张,一个姓刘,大名也隔得远,二孬大名叫张喜来,二妞大名叫刘桂枝。不过村子里知道他们大名的不多，就是二孬、二妞叫着。二孬早就看上了二妞，只是一直找不到话说。看瓜庵是二孬的一个心计，二孬知道二妞好薅野菜，二妞家里喂着猪，她就每天挎着篮子去薅野菜。

瓜地的四周大都是庄稼地，庄稼地高高低低地布在原上，沟沟坎坎交叉在原之间，就把地一块一块地隔开了。地块的下面和边缘，长了许多的野菜和茅草。野菜多开着黄色或白色的小花，花不怎么香，却让人想到它的香。漫野里绿色的庄稼和这种黄黄白白的花，就让人感到了田地的好，何况还有二孬的瓜地呢？二妞把草编成帽子，戴在头上，一晃一晃的，也像一丛庄稼，远远地摇。

二孬自从看了瓜庵，就瞪大两眼朝野地里望，望见了二妞，他就顺着瓜地绕过去，假装在巡视，而后就猫腰拽起一个瓜来，用袖子捂着，与二妞差不多走近了，就说："二妞，给。"二妞一看，立时就红了脸，说："俺不要。"而后疾步而行。二孬慌走两步拦住去路，说："给嘛。"手又伸出去递那个银瓜。二妞说："俺不要嘛。"二孬就看着二妞从自己的脸前走过。二妞走过时有一股风留了下来，那股风绕着二孬的鼻孔转。二孬吸了吸鼻子，就吸到了二妞的味儿，那是田野里的草香味儿，二孬很受用。

二孬看着手里的瓜，白晶晶的，一道一道的浅花纹，他就狠狠地咬了一口，咔嚓，咬得满嘴汁液，心里说不出来的爽。晚上，二孬做梦了。只要一看见二妞，二孬就做梦。二孬就是做梦的时候,被人脱去了裤衩子。有人说,脱二孬裤衩子的时候,二孬的家伙像个柳木橛子支棱着,像荒野里支个帐篷似的。要不是因为这,才不会有人脱他的裤衩子。二孬想媳妇了,二孬知道女人了,知道村子里的女人谁最好了。

二孬那回远远地看到二妞挎着篮子顺着地沟过来,看着看着,二妞就像被地沟给一点点地吸进去,慢慢地连头也看不见了。

二孬就跑,而后就看到了好奇的一景——二妞在蹲着尿尿。二孬心里跑了兔子,那兔子越跑越快,都快跑出地边了。二孬的眼前是一片白光,白生生细盈盈的白光。然后,二孬听到了一声喊叫,二孬被那声喊叫吓着了,眼前还是那道白生生细盈盈的白光。那声喊叫在跟前,在二孬的对面。二孬慢慢醒了,想撒腿开溜,却又被一个声音定住了。"你不得走。"是二妞的声音。二孬的脚就被二妞的声音定住了。

下面的事情你应该想到了。二妞很厉害,非要二孬把看到的倒出来不可。二妞说:"你说你看到什么了,你得给俺倒出来。"二孬说:"俺……俺可啥也没有看到。"二妞说:"瞎说,你看到俺的羞了,你得把俺的羞倒出来。"二孬就觉得不好办了,看到眼里的还能倒出来吗?二孬急得恨不得两只脚都跳离了地儿,能飞走最好。二妞还在说着:"俺娘说了,那是俺的羞,羞不能给人看,你却给俺看了,你说你想咋的吧。"

二孬听到这话,眼前又晃荡起那片白生生的光了。二孬就说:"俺赔你,俺去给你摘两个大银瓜还不行?"说着二孬的脚就想脱滑，但是立刻就被二妞的话给揪住了。二妞说：“不行，一码说一码。”二孬说：“什么是一码说一码？”二妞说：“你看了俺的，你得让俺也看看你的！”二孬立时就捂住了那个东西，好像那个东西随时有被二妞摘走的危险。不行不行，二孬想着，自己那个腌辣椒似的东西，怎么能跟那片白光交换？二孬后悔得想钻到地底下去了。但是不掏出来，可能今天是过不了这个死妮子的关了，二孬抖抖索索地提着裤子。二妞说：“快点呀，快点呀！”二妞的眼泪都快掉出来了。

形势更加不妙，二孬觉得那两只手已经不听自己使唤地挪向了一个地方。二孬的裤子是用一条布带子围着的，现在那布带子的头开始一点点地松开了。二孬的心里一片漆黑，眼睛也一片漆黑。

就在这时，二妞却突然呼呼啦啦撒腿跑了，像只野兔跑了。二孬的裤子茫然地垂落在他的脚下，就像一摊瓜秧。

这都是二孬后来告诉我的，二孬告诉我的时候，他已经和二妞睡在一个炕上了。人们说二孬捡了个便宜，也有人说二孬捡了个杂碎。不管怎么说，二孬是和二妞睡在一个炕上了。二孬好长时间都在炕上掐自己的大腿，然后偷偷地摸着垂在炕沿的二妞的辫子。二孬想，要不是那个桃黍地，自己还得不到二妞哩，还真亏了那块桃黍地！

你应该知道，不是因为瓜地，跟瓜庵也不沾一点关系，是桃黍地，那块离瓜地不远的桃黍地，给二妞带来了灾难，却给二孬带来了福音。这个我在另一篇文章里说到了。

永远的少女

我的家乡就在渤海湾的一个小庄子里，人称那里是富饶的鱼米之乡，是柔风秀水之地，其处虽然偏僻，却有一种独特的魅力。

一群少女从我的面前走过，她们竟是如此细腻水灵、红润健美，使我在偶然回家时感到惊喜。她们用异样的目光审视着我这个归子，寻找我不同于家乡的“外边人”的特点。

我也打量着她们，眼睛、鼻子、嘴唇甚至裸露在外的手臂。她们叽叽咯咯地笑着，那么大胆地向我走来，又那么羞涩地逃走。

我想我爱她们，因为我是这块土地的儿子，她们是那般美丽而鲜活，使我的内心多了一份自豪。

她们中多数也许没有出过远门，甚至没有到过附近的天津、北京，可她们的心灵并不空落。她们从你面前撑船、担草或荷锄而过，让你觉得她们活得十分充实而自信。

她们该是我的姐妹，因为我的堂妹和表姐就在她们之中，一样的聪明健美。

她们最开放的时刻也许就在插秧时节。那时新春刚过，雨露正润，她们将裤腿挽得高高的，露出一双健美而白皙的小腿，叽叽喳喳跳进绿色的秧田里，欢笑中涌动着一股春情。这是她们一年中露出肌肤最早而对有些姑娘来说也是露出肌肤最多的时候。

那白嫩的肌肤同莹莹绿色融在一起，同花红衣衫融在一起，让每一个男人都感受到天地的宽广与生活的温馨。

她们是这世界上最幸福的点缀。因而，插秧时节是每一个人都盼望的季节。少女们盼望在此时一展羞涩的风采，甚至有意将裤腿挽得高高的，露出那柔美的腿弯和圆润的膝盖。男人们则为能一饱眼福而干劲十足。那么秋天的收获一准是丰硕有余的。无数的恋情便也在这一春一秋中产生，并滋润成可爱的家庭。

我曾在高中毕业时动过念头，下乡到这里，同她们一起欢笑、播种、收获，然后娶她们中的一位，垒两间草屋，享受一生田园之情。后被人劝阻，斥为目光短浅云云，方未成此大望。

多少年过去，十几岁时的那份痴想仍然使我动情，以致后来走过多少村村寨寨，都没能引发我对家乡少女的那份偏爱。她们是我美丽的记忆，是我怀念家乡的衷情。

至此我还想起一个少女，她只有十七岁，在众多关于她的回忆中都统一有这样的口径，她长得十分耐看，细腻、温存中含有刚毅。

走进庄子时，我首先遇到的是她。她是作为一个坟墓向我表示着一种意思。我是从她的旁边走过时遇到了那些同她一样年轻美丽的姐妹的。我那年也是十七岁，一同她永远的年龄。

她的坟很平常，只有一些小松柏伴在那里，遇清明的时候，孩子们来这里献花。而平时，她就坐在村头，看那些少女走来归去，看生活的色彩和欢笑。

我不敢拿我的十七岁夸口，在她面前我依然是个脆弱的孩子。

我不敢想象面对敌人的酷刑与刺刀会是什么样的心理，而她却经受住了考验。她是共产党员、妇女主任，但不能就此说她是一个解放型少女。除非她也是在插秧时方裸露自己的小腿，其他时候她会一如现在的家乡少女，将自己包裹得严严实实。而罪恶的匪徒却在一个夜晚在空场上扒光了她的衣服，当那少女的全部肌肤被无情地裸露在残暴面前时，羞辱与信念是多么尖锐的对立！

我的姐妹，不，她该是我的姑姑，她毅然地选择了信念，以一个乡村少女的羞涩换取了无数条男子汉的生命。匪徒当着众人的面抽打她柔嫩的身子，烙她的双乳。丧心病狂的毒刑没有摧毁她的意志，她就是以这样的无畏面对了羞辱和死亡。

那么多的亲人落泪了，现场一片闷雷滚动的哭声。那么多亲人，甚至那些刽子手，都永远记住了老王庄女子的美丽与悲壮。

那些被少女以羞辱和生命为代价掩护下来的男子汉们，后来都活得很好，有的甚至进了大都市住进了高级公寓；那些残暴的匪徒，则带着数不清的罪恶与惊恐了却一生。

人们永远怀念着那个不是亲人胜似亲人的少女。直到我回家的时候，问起她的名字，许多人都会像述说自己姐妹一样，述说着王翠兰。

她没有得到过大人物的题词，因此她的知名度仅限于一个几百万人口的地区。

我曾在一次笔会上遇见了当时报道刘胡兰事迹的老记者。他也是偶然听到刘胡兰的事迹而写在战地小报上,刘胡兰方得成为一代女杰。

可贵了这战地记者之笔,若这笔偶遇的是王翠兰,则我的家乡就会更有光彩。我之所以对王翠兰有无限的感叹,不仅因为她是属于我们家族的成员,还因她同我的祖父祖母有着一段缘分。敌人打进庄子里,王翠兰没有逃脱,跑进了我祖父的家院。

祖母将她隐藏在草屋里。匪徒搜遍村子都没有发现,又进行第二次细查,结果抓走了她。祖父王化朋的名字是作为堡垒户而出现在了描写王翠兰的小册子上的,这本小册子被我发现后认真地保存着。

该称作姑姑的王翠兰如果没有死去,她会找一个如意郎君,生儿育女,在家乡或某个都市享受天伦之乐。而她没能享受到这种天伦之乐,她不知自己为之奋斗的事业究竟会是怎样的模样。她只是以自己的青春验证了自己的誓词,也验证了一个女孩子的纯洁,永远停留在了年轻的十七岁。

为此她永远绚丽,对于活下来的人,对于我们后来人,尤为在她以后走来的少女。

那些我家乡的少女,那块奇异土地上的少女,和平时期她们一个个水灵艳丽,非常时期也一定如王翠兰那样壮美而刚毅,我把她们同王翠兰一起联想,或者说把王翠兰合在她们中引发回忆……

天上的公路

我们的车子在青海到玉树的公路上行进着，这是一段海拔三千到五千米的公路线，行程八百千米。青海和玉树都是很美妙的名字，让人想到诗歌。路两边的风景也是美妙无比，那有巴颜喀拉山的雄浑，有三江源的广袤，有大大小小的湖泊，有大块飞舞着的洁白的云彩，有一片片散漫的黑色和白色的牛羊。车上放着悠扬的青海民歌，我们愉快的心情可想而知，当然这些还都需要有一条平整、安全的公路相伴。

公路要穿过一个个无人区，要翻越海拔四千到五千米的雪山的垭口，要穿越沼泽地和冻土地区。是的，这些都穿越了，一路上没有遇到什么险情，有些危险的地段都有着仔细的标识，冻土实验区也架着说明的牌子。

在这样的路上穿行了很长时间，我才猛然想到，路必然是有人修有人管的，谁来管理和维护这样的路呢？

这种想法引着我们拐进了一个公路段，我方发现，原来还真有这样一支队伍。一个不大的小院，几排简陋的房屋，几个男人和女人，这样的公路段几百千米会有一个。这些常年在公路线上忙的人都十分黝黑，但是同他们聊起来他们却又是那么乐观。乐观的背后呢？我曾经问起他们的生活，由此我知道了他们中间很多人年龄不小了还在打着光棍，甚至也有老姑娘，长久地没有把自己嫁出去。

有的虽然成了家，但只是个名不符实的家庭，对方或者在几百千米外的省会，或者在几百千米外的另一个公路段，一年见不了几次面。有一个职工说，过年回家连孩子都不认识他。晚上休息了，孩子会撵他走，说："叔叔你走吧，我和妈妈要睡觉了。"有一个职工娶了媳妇，生了孩子，媳妇过不惯艰苦的生活，抱着一岁多的孩子跑掉了。

这些人同平坦笔直的公路联起来想，是多么不好重叠。我们车子开过公路的时候，我有时会看到路基下面，几个人守着黑黑的沥青桶，朝我们摆手致意。路是高于两边的山地的，由于路面不宽，工人们维修只能爬上爬下。在一个个严裹着的脑袋中，我会看出有一两个露在肩上的马尾巴。我真的不明白，在这么艰苦的地方为什么会有女人。

在玉树公路总段，我看到了韩敬辉总段长，这个高高大大的撒拉族汉子，也是黑黑的，说明他也常常在养路的一线。是的，哪里艰苦哪里就会出现他的身影。有一次路面塌方，他在指挥抢救的过程中还碰肿了腿。他同职工一样，家属远在四百千米外的西宁，儿子在另一个艰苦的养路段上班。老韩没有搞一丝的特权，把儿子安排到西宁去工作。

我和韩段长出行去巡访过其他的公路段，路上修路的工人们见着他的车子都会高兴地伸手向他致意，而他也总是停下车热情地和这些普通职工打招呼。没有谁不认识他,在这个叫作养护工的大军中,每一个人都显得那么亲密,是艰苦的条件铸就了他们生死相依的情感。我还注意到,玉树总段已经形成了一个习惯,凡是段里的职工出行或者回来,韩总段长和职工们都会站在院子里送行或迎接,让职工们有一种家的感觉。

玉树要举办四省区的康巴赛马节了,韩段长除了领着大伙维护道路,还把职工们的家属从老远的地方接过来,在赛马场搭好帐篷,让他们住上几天,和职工们增进增进感情。

高海拔的条件是艰苦的,空气稀薄,饭都煮不熟,衣服裹得再厚也挡不住刺骨的寒冷,我看见过巴颜喀拉山口附近有一个废弃的养护站,它正处在巨大的山风之中。建这样的养护站,是因为山口的这段公路常常积雪,每次积雪养护工都会跑出来清扫道路,否则山道上就会挤满大大小小的车辆。有些车辆是长途客车,能冻死人啊!当然,随着交通工具的改变,这个养护站最终撤销了。但更多的时候,遇到抢险,工人们还是要住在帐篷里的。薄薄的帐篷又潮又冷,往被子里一钻,铁硬铁硬,时间久了,很多职工都有风湿病、胃病、心脏病,往往四十岁左右的汉子,看上去十分苍老。有一个职工在工地上突发胃穿孔,职工们拼死拼活把他送往医院,但他还是在半路上断了气,职工们只好把他埋在了公路旁边,让他成为这条公路上一个永远的坐标。还有一个女职工,也是胃穿孔,当时连车都没有,有人去路上拦车,拦不住,几个人拉起手来横挡在路上,终是把这个女职工的命救了下来。

我从玉树赶回西宁的路上，在玛多的公路段吃饭，便有了高原反应。有人要求住一夜再走，那时候天已黑了。另一个同伴说，他曾在这里住过一夜，一夜都没有睡着，心脏被挤压得十分痛苦，呼吸也不畅。他有些害怕，建议连夜往回赶。于是，我们就出逃一般离开了这黄河的发源地。晚上，万籁俱寂，灯光反射使天空显得十分低垂，两面高高低低的大山挤压着这条公路，公路一会儿翻到了山顶，一会儿下到了谷底，一会儿又像走到了尽头。危险的行程中，剧烈的高原反应在晚间更加浓烈地向我们压来，翻过巴颜喀拉山口之后，还有一段高过五千米的山梁，这使我感觉到了前胸和后背同时被挤压似的刺痛。我想让车停下来，但停下来又有什么办法？只有忍着，一秒一秒地让车子前行。

可想而知，筑路工人有了病或发生了工伤事故，在这样艰难的天路上，他们是多么无助。我只是走了这么一趟，只是有了这么一晚的经历。而这些养路工们，却要长久地与这条路相生相伴。假如这条路的某一段发生了雪崩或者塌方，他们就要在晚上出行奋战，哪有什么危险、睡不着觉、吃不好饭的顾虑。

由此，我对这些玉树养路段的工人们敬佩起来，确实是他们用肩膀和生命担起了这条八百千米长的生命线。这是一条精神的天路，没有工段长的以身作则，没有工人们的忠于职守，这个队伍恐怕早就散了，因为凡是来的人都会有疑问，在这么艰苦的地方守着干啥？去有人烟的地方做一份普通工作的生活质量都会比这强，那里有人间烟火啊，有歌舞厅，有洗澡房，有棋牌室，那里还有数不清的男人和女人。而这些地方什么都没有，好不容易在山头架一个天线，可以收看电视，但是职工们说，没有心劲看，干一天活，往床上一倒就睡着了。单调枯燥的生活没有阻挡住他们对这条天路的热爱，时间长了，他们对它有感情了，那些男人们对它有感情了，那些女人们也对它有感情了，他们把所有的感情都倾注在这条路上，修补、打扫。天黑的时候，你会远远地看到一片红红的火光，那是尚没完工的路段，工人们在生火烧着巨大的沥青桶。

可是当你融入他们中的时候，他们又是那么热情，盘子端来满满的六杯酒，唱着歌献给远道而来的人。他们觉得凡是能走入他们中间的，都是他们的贴心人。他们扯着嗓子在你的面前高唱，直到唱得泪光闪闪。你还能不喝吗？你会与他们一同喝得醉醺醺的，说着胡话，关于青海，关于玉树，关于公路，关于男人和女人。摇摇晃晃地走出屋子，你会看到天上的星星特别低，一弯月亮伸手可触，你看着眼前的公路上那闪烁的车灯，一道道就像往天上开行，你不会怀疑，那真的是一条神奇的天路啊。

诗豪刘禹锡

一

唐大历七年,也就是公元772年,中国发生了一件大事,一代诗人刘禹锡诞生了,同时诞生的还有一个人——白居易。

公元793年,又发生了一件大事:刘禹锡与柳宗元一并进士及第。

二

秋天的长安,突然刮起了一阵风,天立时冷了,树叶纷纷落下来,翻卷得到处都是。

一辆车子走出了东门,另一辆车子也出了东门。

一个人从车上下来,那是刘禹锡,他向着从另一辆车上下来的柳宗元走去。自此后便是漫漫的长路了,旱路加水路,不是一天能走完的。自此后,“刘柳”的称号就刻在了中国的文学史上。

刘禹锡和柳宗元都是有政治抱负的,当然不是想把皇上拱下来自己做,而是想帮着把李唐王朝经营得更好。那个时候,唐朝经历了安史之乱、宦官专权、藩镇割据,政治越发不清明,并且直接影响到了民生。皇帝李诵有心改革,但是朝政要比想象得复杂得多，不是一人想做就做得了的，况且李诵的身体还不大好。这件事王伾、王叔文干了，加上朝中其他大臣的赞同，尤其是刘禹锡、柳宗元，他们可以说是赤胆忠心。改革开始时进展得还算顺利，但是皇帝那里不大可以了。李诵得了中风，口不能言，只得交权给太子李纯。唐宪宗李纯一上台就开始对革新派加以迫害。王伾、王叔文被逼身亡，刘禹锡被贬为连州刺史，柳宗元被贬为邵州刺史。半途中，朝廷又传圣旨，加贬刘禹锡为朗州司马，柳宗元为永州司马。其他人也都一概贬为了司马，去到离朝廷很远的地方，并且说“纵逢恩赦，不在量移之限”。

数月后，两辆车子上的人已经在船上了。那船一直向南，穿过了洞庭湖水，还在往南，长安越来越远了。长安的这场风一刮，就将刘禹锡刮到了朗州十年。朗州就是现在的湖南常德，那可真是“西北望长安，可怜无数山”了。按当时的说法，朗州就是蛮地，饮食、生活习俗都和中原差得远。十年的生活，对于一个中原人来说可想而知。

而皇帝也不是总按照既定方针办的，偶尔哪一天看到园子里的桃花开了，就会在心里起一个雷鸣，想起这么多年的一些隐忍，刘禹锡们就被召回到长安来了。来了就先稳住神再说嘛，刘禹锡是谁？还是那么随性，刚直不阿，到了长安就写了一首诗：

紫陌红尘拂面来，无人不道看花回。

玄都观里桃千树，尽是刘郎去后栽。

有些人也真会闻味，一闻就闻着不对劲，到皇帝那里添枝加叶，就把刘禹锡又添回去了，于是刘禹锡被贬为播州刺史。刺史比司马高一级，看似是提升，但是播州比朗州还远还偏僻。

柳宗元得知自己被贬至柳州，要比播州好些，不禁大哭起来，说刘禹锡还有八十老母，如何受得这苦，请求朝廷以自己的柳州换刘禹锡的播州，终使得刘禹锡改派连州。

那些人没有想到，由于自己的阴暗，成就了一代诗人的辉煌。没有朗州、连州、夔州、和州、苏州等地的经历与生活，刘禹锡不可能写出那么多深入其境的诗文。也可以说，政治上的不如意，对刘禹锡来说，是他个人的不幸，对中国文学史来说，却是一种大幸。

又是多少年过去，刘禹锡再次被召回京城，他还是写了一首诗：

百亩庭中半是苔，桃花净尽菜花开。

种桃道士归何处？前度刘郎今又来。

较前一首诗，这一首诗讽刺更为辛辣，态度更为倔强。这就是刘禹锡。

说起刘禹锡与柳宗元的友情，可真是叫人感叹。那次两人又一次一路同行，旅途劳顿，到了衡阳，该分路了。人生还能有几个十年呢？看来是最后一别了，刘禹锡含泪站立船头，向柳宗元告别。柳宗元也站立船头，发出了这样的感慨："二十年来万事同，今朝岐路忽西东。皇恩若许归田去，晚岁当为邻舍翁。"衡阳一别，刘禹锡越过五岭，南下连州，柳宗元从湘江入漓江而赴柳州，从此，二人天各一方，只能凭窗瞭望，以书信聊寄相思。南方不适的气候加之工作的辛勤，柳宗元病倒了，了却不了归田比邻的愿望了。他临终写下遗嘱，要仆人在他死后将全部书稿交付刘禹锡，“我不幸卒以谪死，以遗草累故人。”刘禹锡收到柳宗元病故的噩耗，悲痛至极，即刻派人料理柳宗元后事，并含泪给韩愈写信，希望他能为柳宗元撰写墓志铭，后又倾注精力整理柳宗元的遗作，筹资刊印，使其得以问世，以慰好友之灵。

三

人们对刘禹锡的敬慕与仰止，不仅仅是因为他诗文言辞的精锐与意境的妙道，更在于刘禹锡热情、坚毅、真挚、豪爽的人格魅力。他同柳宗元的莫逆之情让人感叹，与白居易的相知之谊同样令人称道。

白居易虽没有直接参与永贞革新，内心却是支持的，并对刘禹锡的遭遇深表同情。后来白居易也因事被贬为江州刺史，还没到任又追诏再贬江州司马，同刘禹锡的遭际差不多。白居易一直很仰重刘禹锡，曾寄诗百首给他，把他当作知音。

在贬谪的生涯中，两个人终于在扬州相遇了。这是他们的第一次见面，因而高兴异常，二人到酒馆里好好地喝了一场。刘禹锡醉没醉不知道，反正白居易喝醉了，“你该当遭到不幸，谁叫你的才名那么高呢！可是二十三年的不幸，未免过分了。”白居易的

《醉赠刘二十八使君》的诗，既是同情，又包含着赞美，透着白居易式的真情与幽默。刘禹锡也是感慨万分，两个人推心置腹。“真的是啊，我谪居在那些荒凉的地方，都已经二十三年了呀。”回的一首《酬乐天扬州初逢席上见赠》，也成了名诗，其中有句“沉舟侧畔千帆过，病树前头万木春”，带出一种大胸怀。

白居易对刘禹锡是掏心窝子的，尽管他的诗十分了得，还是十分赞赏刘禹锡，说他是“诗豪”。由于两人的友情和影响，人们把他们称为“刘白”。大和五年（831 年）十月，刘禹锡由礼部郎中、集贤学士转任苏州刺史，赴任途中路过洛阳停留了十五天，与时任河南尹的白居易朝觞夕吟。白居易的感情又上来了，“刘郎刘郎莫先起，苏台苏台隔云水。酒盏来从一百分，马头去便三千里。”刘禹锡也感慨：“洛城洛城何日归？故人故人今转稀。莫嗟雪里暂时别，终拟云间相逐飞。”白居易对刘禹锡的知遇让刘禹锡深受感动，刘禹锡到苏州后弄了一只华亭鹤寄给了十分爱鹤的白居易。

刘禹锡与白居易二人间唱和诗很多，白居易先编了《刘白唱和集》上下卷，后来又成了上、中、下三卷，再后来扩编成了四卷。白居易和刘禹锡在诗歌上都有很深的造诣，一个是“诗魔”，一个是“诗豪”。我觉得，这种评价，包括他们的作品，也包括他们的人。他们没有忘记相互学习，白居易的竹枝词就是从刘禹锡那里学来的。

两人的生活和工作状况，白居易要比刘禹锡好，即使被外贬，白居易去的也都是好地方，回来得也快。白居易似乎也很会生活，用现在的话说，就是想得开，会玩。而刘禹锡就差远了，艰苦的环境可能影响了他的身心。会昌二年(842 年)七月，刘禹锡先白居易长辞于世，白居易挥泪写下了《哭尚书刘梦得诗二首》，“今日哭君吾道孤，寝门泪满白髭须。”可见一片真情。

四

说起刘禹锡，大家都知道他有一个住处，一间文学殿堂里的“陋室”，那陋室有很多年了，还是那么简陋，但是上千年不颓，依然苔痕上阶绿，草色入帘青，散发着幽香。住金銮殿的人为数不少，富丽堂皇中也未见让人记住几个。

或许只是一时的住处，却感觉那陋室伴了他一生。这么说刘禹锡是沾了小屋的光，自然也是沾了境遇的光。如若在朝廷里顺顺当当地做着大官，政治革新推行得无阻无拦，刘禹锡就不会有那么多的遭际，受那么多的排挤，吃那么多的苦，也就不会有这样的陋室。这陋室让刘禹锡冷静、警醒、自励、思想，所以刘禹锡把陋室搞成了思想殿堂，谁进到这个殿堂里都会被感染得浑身温暖。

刘禹锡还走入了乌衣巷，看到了寻常百姓的生活；刘禹锡的小船进入了偏僻的少数民族地区，这里有好听但难懂的方言和唱曲，刘禹锡学着适应。司马不是什么大官，刘禹锡不在乎那个权力,他泡在读书写作上,将自己写成了一个理论家和哲学家,并且逐步熟悉了那些地方民歌,他觉得来自于民间的歌通俗易懂,极富深情,慢慢喜欢起来,并自行加工创作。他的诗歌也就加入了演唱,有了更多的读者和听众。“杨柳青青江水平,闻郎江上踏歌声。东边日出西边雨,道是无晴却有晴”,就是刘禹锡的作品。后来这些作品传到了内地,同样受到了欢迎。

刘禹锡后来又走过很多地方,一直到年老了才回到宫里。在外漂泊的这些年,是他文学上最好的时光,因而说刘禹锡虽然在政治、生活上是一种“陋室”状态,在精神、文学上却是“殿堂”结果,就像刘禹锡来到乌衣巷看到的那只飞入寻常百姓家的燕子,自由而快活。

有说《陋室铭》是刘禹锡被贬和州当通判时被人刁难而写的,可能是一种误传。刘禹锡去和州当的是刺史,而通判的官职直到宋代才开始设立,他不可能去当宋朝的官员。

说起传说,还有一个因刘禹锡的一首诗而起的。刘禹锡在大和五年(831年),经宰相裴度推荐,回京当了个礼部郎中,挂集贤殿学士衔。不巧的是,也正是这一年,裴度罢相,刘禹锡又被贬苏州。

司空李绅仰慕刘禹锡才名,设宴款待。司空在唐代只是给予贵族的虚衔,地位待遇很高,却不管什么事。席间高兴,李绅就让自己的宠姬出来唱歌侑酒。此姬不仅身段妖娆,舞姿曼妙,而且眉眼带电,歌声带雨。刘禹锡心中多云转晴天,早忘了一干不快事体，禁不住脱口吟道："高髻云鬟宫样妆，春风一曲杜韦娘。司空见惯浑闲事，断尽苏州刺史肠。"这么魅力四射的美女在司空大人身边，还不是天天见得寻常，感觉不出什么，但是却让我老刘心恼肠乱啊。李绅不傻，还能听不出来？他也是个豪爽之人，当即笑着说："哈，你喜欢，就归你了。"刘禹锡不仅得到了一位美人，创造了一段佳话，还留下了一个成语，就是"司空见惯"。刘禹锡是性情中人，又有诗为证，肯定是带着醉意的、调侃的，至于是不是得到了人家的美人，就不好说了。

五

刘禹锡多是做刺史，是地方的一级长官，做得都很好，深受百姓的爱戴，比如苏州就把在此担任过刺史的韦应物、白居易和刘禹锡合称为"三杰"，建立了三贤堂。皇帝也对他的政绩予以褒奖。刘禹锡晚年回到洛阳，任太子宾客，死后被追赠为户部尚书。

刘禹锡一生勤于著述，传下的诗有八百多首，文二百四十多篇，其中不乏脍炙人口之作，不仅反映出他的文学成就，也是唐代社会状况的真实记录。有人说后世对他文学地位的评价不大公正，如明代肇始的所谓"唐宋八大家"，就没有他的份儿。可能刘禹锡以论说文成就为大，比如他的《天论》，那是他在中国思想史、哲学史上地位的奠基之作。他的论文论述范围包括哲学、政治、医学、书法、书仪等方面。"唐宋八大家"指的是散文成就，刘禹锡未入列也说得过去。

刘禹锡死后葬在了荥阳。他说过,“家本荥上”,荥是一道水,那水很老了,可我现在见不到这道水。刘禹锡的墓园倒是流着一道水,水中有白白的芦花在风中写诗,还有绿色的蒲草摇着诗的月光。荥阳人还记着这位老乡,记着他生前曾住过简陋的房子,特意为他建了一处敞阔的庄园,安放他的梦。

白居易死后葬在了洛阳,荥阳离洛阳不远,两个人想对方了,还可以遥相呼应。只是,他离葬在柳州的柳宗元远了,那可是千山万水。我想,他们或许会经常在梦里见到的。

哑巴朋友

他和我住在一条街上，我在南头，他在北头。街不长，靠北头的地方有我的小学，因而我上学下学总能在街上或学校门口遇见他。我闲时去北头找同学玩，他有时也过来凑热闹，大家彼此不陌生。

他那时也只是比我大两三岁，十一二岁的样子，长着一双大眼睛，透出精明的神气，黑黑瘦瘦的，个子却不低。我见过他趴在窗台上看老师讲课，也见过校长嫌他干扰教学撵他出校门的情景。

听说他也曾是这所小学的学生，学习还挺用功。二三年级时，母亲一个巴掌打在他的耳朵上，他就再也没有了语言和听觉，也就永远地失去了上学的机会。

平日里，同他差不多的孩子们都背着书包蹦蹦跳跳走向学堂了，他就一个人寂寞地坐在校园门口。那时年纪小，不懂事理，顶瞧不起哑巴，就总是闹出学生起哄逗哑巴的事，学他咿咿呀呀地说话、打手势，笑他生气着急骂人的样子，直到把他逗急捡地上的石头，才笑着一哄而散。

其实哑巴极无聊，他曾上学的教室再也不能进去，他的学名大号早被人们忘记了，唯他自己还把代表一种尊严的符号记在心里。他没有一起玩的伙伴，没有语言的交流，他知道自己常常受到歧视，却没有力量反抗这种现实。他恨过吗？痛苦过吗？没人知晓，我想他一定有一种悲恨深深地埋在心底。

他在家也常干活，他的弟妹也在那所小学上学，他就得担水、和煤、下地。当然，更多的时候是见他在大街上闲逛。

小城除了我居住和上学的那条小街，不远还有一条平行着的大街，挤些小商店、小摊贩之类。除了这条大街，小城就再无热闹处，因而这大街上就总是聚了各类人等，包括哑巴，包括那个叫小根、小伊的智障者。他们的出现，总是招来一阵围观，一阵笑闹，大街上也就显出小城的气氛来。

叫小根的，天生是一个智力障碍者，个头比哑巴还高，年龄比哑巴大，每天的项目即装成瘸子囔唱着从街这头拐到那头，惹一群群小人儿跟在后边嘻嘻哈哈地跑。这傻小根虽精神错乱却不招惹人，遇小人儿扔了石头到他身上也不生气，只把两只胳膊架在头上躲闪，自然就有人出来打抱不平。时间久了，人们都知道他的本性，也就常有人送他块饼子窝头之类的零嘴吃。

另一个小伊，女的，二十来岁，胖胖的，总是在街口或墙根立着晒太阳，时不时傻笑两声，说些人们听来可笑的话。

这三个人成了小城生活的一台戏，有时三个人莫名其妙地遇到一块儿互相观摩，就更惹人笑。不过主角还是哑巴，哑巴不造成世风“污染”，他只是以另一类型的残疾人存在着。

哑巴在街上闲逛久了，就逛出些小偷小摸的本事。不过，他不是掏包，不是贪图发财，他偷摸的只是些瓜果之类，以此填补肚子。我曾见过他端的饭碗，黄面汤里漂几片菜叶，再就是一块窝头。他的弟妹就比他吃得好，他不知道。他总是光身子穿一件不系扣子的黑大褂，大概是他父亲的旧衣。卖甜瓜黄瓜柿子之类的车子来了，他也挤在人堆里，挑拣似的拿着一个在鼻子上闻，趁卖主看秤时，那个瓜就到了衣服遮着的腋下，随即手里又拿起一个照样闻着看看，最后摇摇头，当着卖主的面放下离去。他不带篮子又空着两手，卖主自然不会怀疑，他就总能赚个瓜果充饥。

当然，那些常在街上卖东西的老主，知他是个哑巴，瞧见他这套把戏也就让了他，或者在他围摊子时干脆送他一个两个，惹得哑巴当街举着赠物竖起大拇指，也落得个好名声。哑巴对待好人坏人的标准即是竖大拇指或伸小拇指，谁要是让哑巴在街上伸了小拇指，当是件难堪的事。哑巴受了别人的好处，总是记着，比如他就帮助卖瓜的抓过“小偷”，以保护“好人”的利益。

我曾送给哑巴半个白面馒头，哑巴就算记住了我，总是在人面前竖我大拇指，意味着我是个“好人”。

一个星期天，我抱弟弟上街，哑巴见了挺高兴，向我摆手，让我一同到一个卖瓜的车旁，比试着让我买瓜。我有些犹豫，出来时父母没给零花钱。就这么个功夫，哑巴又拉我挤出人群，把一个香喷喷的大甜瓜递到我的面前。原来他肩挎着一个大篮子，那篮子整个横扣在他的背后，没有人想到他会把瓜放在篮子里，他却正好利用这种心理，把一个甜瓜放在了唯一能盛点东西的篮帮上。

我怎好意思要这窃来之物，可他急红了眼，一路跟着我咿咿呀呀大叫，最后伸出小拇指在我面前划了两下，恨恨离去。那意思必是说我不懂得他的一番好意，不够朋友。

后来我上了学，家也搬离了那条小街，哑巴见了我还是很友好的。我那时在校宣传队演节目，他就学着我表演的节目向人们告知，还嘻嘻笑着学我拉小提琴，然后再竖大拇指，意为我不简单。我奇怪他在何时这么真切地认准了我的形象。

哑巴总能轻易地进电影院、戏院，小城不大，人人都认识他，知道他没钱买票，就让了他。哑巴极有艺术细胞，他学电影、舞台上的表演总是惟妙惟肖，十分逗人。人们都说哑巴要是不哑，准是个好学生苗子。

哑巴心善，在街上遇有坏孩子欺负街上的小人儿，就上前相助，而换来的总是下次挨打。

一次看戏，我就见两个大小伙子在剧场角落里打了哑巴。哑巴平常不穿鞋，两个人穿着鞋踩哑巴的脚，疼得哑巴躺在地上大叫，引来好多人干预了事。原来是哑巴在白天打了一人的孩子，那孩子恰恰是欺负了街上的一个小女孩，把小女孩的书包带子都扯断了。

哑巴越大越觉出自己的痛苦，因为孩子们越发不愿跟他在一起玩耍，包括他的弟弟。他父亲曾想让他帮家里挣点钱，让他赶了小驴车去火车站拉沙子，可差点儿就出了人命。哑巴听不见火车叫，要不是人们七手八脚把他连同车子推出道口，他也许就被卷在了火车轮子底下。

有人劝过哑巴的父母，到大医院给哑巴看看，说不定会出现奇迹。哑巴不是完全听不见，有时感到他有听觉反应，再者他咿呀呀表达的跟有些词意相近，尤其他生气着急时骂人的话语。懂医的人说这种后天的聋哑说不定有治，可他的父母到哪儿去弄这笔钱呢，生活本还艰苦着，哑巴的弟弟小学毕业就再不让上中学。哑巴也许永远地失去了治愈的机会。

再后来那些小人儿都大了，有的下了乡，参加了工作，或上了大学、当了兵去了外地，连哑巴的弟弟也娶了媳妇过起了又一代人的生活。

哑巴呢？我十几年中多少次回家都没见他，也没有再见过那个小根，倒是偶尔见过小伊。她依然揣着手靠在墙角晒太阳，时不时有一两声傻笑，或说些不明不白的话语，只是花白了头发，小伊变成了老伊。

去年春节回家，我上街修鞋，街面上依然是拥挤的店铺、众多的闲人，只是印象中那热闹非凡的大街怎么这样窄小？推车走到一个鞋摊前，旁边的一个鞋匠突然兴奋起来，丢下手里的活儿伸出拇指指着我笑，并且把锤子放在下巴底下很悠扬地做拉琴状。

啊，我认出来了，他是哑巴！

这么多年不见，我已是这小城的陌生人，哑巴竟一眼就认出我来。没想到他还是小城生活中的一个角色，且变得本分。他不再在街上闲逛了，没有由小偷小摸走向大偷大摸，没有成为家庭乃至社会的负担,他找到了自己的位置,以他的精明和劳动证明他自身的价值。

我也那般高兴,向他竖起大拇指,意指他是老朋友。这极大地维持了他的面子。他兴高采烈地冲着围观的人指着我,表演我小时表演过的节目。二十年前的事情,倒弄得我不好意思。继而他又要过我的鞋,叮叮当当三两下就修整好,那手艺蛮精细。我掏钱,他立即阻止,再争便像小时一样伸出小拇指来,意即小看了他。

我就这样离去了,一整天我都显得很舒心。在那个街角,在那个百货门市的屋檐下,有一个挺好的故事需要我讲给人们听。

女　间

一

女间，那么陌生地出现在我所能掌握的词汇中，是指女子占用的居所还是所用的时间？数次来东莞，我竟然第一次听到这个词。

雨越发大起来，在屋檐下、墙壁上弄出暴烈的声响。风没地方去，带着雨乱撞。我急迫地走到这里，浑身淋了个透湿。难道这里仍是男性的禁区？

在桥头镇，我曾在另一地寻找女间，一个老人指着一块地说，就是这儿。它完全塌成了一个平面，一缕绿色在上面缱绻。在它的旁边，整条古巷都颓废了，不再住人。

于是，镇里的人带我来了这里。来时还晴着，快到地方了，天立时变得黑暗，乌云闪裂，骤雨轰然而降。进了一个村子，路却越来越艰难，车过不去，雨又没有停歇的迹象，只得弃车而行。一脚下去，新买的鞋子立时遭受了灭顶之灾。踩着漂流的水泡，过了一片残垣又一个毁弃的祠堂，拐上一个斜坡，转进一条窄巷，一排老旧的青砖瓦房裸露在雷雨中，五六个逼仄的屋门紧闭，锈迹斑驳的锁将我挡在了门外。

没有了女子的欢声笑语或低吟浅叹，也许屋门再也不会开启，永远沉睡在这雨中了。

二

为什么是未婚女孩聚集的地方？女间，不是女监，却也有着一定的不方便之处。十三四岁离家，直到出嫁，她们都会住在这狭窄的地方。

前面没有窗户，边墙开出的一扇窗也很小，里面所有的光都靠门的开启，门关上了，就将一切关上了。晚间，一抹月光投射进来，照在谁的床上或脸上，睡不着的时候，心事就随了这月悠悠地晃。

屋前是一排干打垒的土坯房，无论是高兴还是忧伤的目光，都会被黄黄的泥土墙挡住。守着屋门看天，也只有一线天光。下雨天，瓦上垂下“珠帘子”，水顺着门前窄巷极快地流，门口挤着一双双温润的眉眼，成为不为人知的一景。

地上起了绿苔，滑滑的，瓦上的青草摇摇摆摆地生长着。日子就这样一天天过去，女孩们等着幸福来敲门。

那些年里，凡女间所在，无不逸散着诱人的芳香，那是一个让人魂牵梦绕之地。走过那里的人会步履放缓，提眉侧目，怀一腔温暖。

我从门缝里看不清漆黑的屋内。高处一道电光，让我突然想到，我已经踏进了雷区。

三

女间，绝非为大户人家女子而设，正是这样，那些普通人家的女孩才会聚在一起，传染着纯朴的情愫，结交着真挚的友谊。一个家庭的温饱问题尚待解决，居住条件成为次之一等的事情，而女孩子渐渐长大，在狭小的空间里，无论是大人还是女孩的私密都成为一个问题。于是腼腆而羞涩的、处于青春萌动期的女孩，被家长送到了一处，“女间”这个词便从民俗的岁月里艳艳而出。

这应该是一个比之家庭更为自由的场所，其实不然，它也有规范的管理，女孩到这里要学习女红，学习礼仪，学习做人，不允许随便接触男性，更不许男性接近。家长们把自家女孩放心地交到女间的原因，就是女间恪守的礼教与规矩。这使得女间盛装走过百年时光，直达20世纪七十年代。

青春的种子聚在一起，就会开出一片闹嚷嚷的花朵，即使这园地有些逼仄和晦暗。可能女孩子就盼着天黑呢，那样就可以逃出家庭的陋习、歧视甚至打骂，也有的或因家庭或因性格原因，整日地留在了女间。一年中有那么多节日，清明、端午、七夕、中秋、春节，女孩们最盼着过节，一过节就有好些事做，就会回家串门，穿新衣，吃节饭。一个个节日过去，人就长大了。

有一种情况可让女孩提前离开，那就是这个女孩受到了女间主和大多数女孩的嫌弃。据说，凡是新进女间者都会接受品行的认定。不是在哪个地方有“遗落”的钱物，就是谁会给你说了谁的不是，若你见了不昧又不嚼舌头，你就顺利地成为女间欢迎的人。其实大部分女孩都带有着乡村质朴的良好的品质，几年后再从女间走出，就更有了一层信任。女间就像一所学校，出嫁犹如就业与实践。

四

我不知道男人们是怎样选中女间中的如意人的，也许还是媒妁之言，父母之命；也许在这样的雨中，男孩趁一群脸儿挤在门口叽叽喳喳，装作误识路径，眉眼中认准一个心仪。还有，荷塘在前面，井在近旁，女孩会走出来，手挽腰挎，浣洗或者汲水。男孩躲在那里偷偷观察，或在女子回家途中“偶然”相遇。异性的引力会跨越千年束礼，《西厢记》《牡丹亭》提供的参照还少吗？

一个女孩出嫁了，别的女孩跟着忙碌，衣饰穿戴，所用被盖，怀着各自的心思，羡慕、嫉妒、忧烦，全随了吹吹打打的声音和红红绿绿的色彩。这个女孩走时也会哭得泪眼婆娑，几多友爱、几多不舍，将永远留存在记忆里。

关于女间的传闻中，两件事特别有意思：一个坏男孩跟随一个夜间晚到的女孩，并且要了流氓，女孩们听到哭诉，在另一个晚上设计用石子和棍棒狠狠将那个坏人教训了一顿。女间的一个女子出嫁了，却总受到丈夫的打骂，女孩们上门去打抱不平，那丈夫赔了许多好话才算罢休。这或许就是女间的力量。

我们回到车上，镇文广中心的小刘说，她的奶奶就是女间出来的，对自己管教可严了。她在说着奶奶的时候，似乎还有某种炫耀的意思。一代一代普通人家的女孩从女间走向婚姻和家庭，成为少妇，成为母亲和祖母，又把一个个女儿或孙女送去，使女间成为一种寄托和象征。

小刘一路上嘻嘻哈哈地说笑着，唱着当地的情歌，女间的生活早离她远去了。

五

雨越发大起来，瓦上起了白烟，缭绕着摇曳的草。

许多女间在岁月中或已远去，或正在远去。真怕眼前的这处房子，也会于哪场雨中轰然倒塌。

在宏大的中国历史以及落满尘埃的地方典籍中，女间只是一个微乎其微的字符，或有或无，我却觉得应该把它挽留下来，视为民俗遗迹中的潜在象征。

楠雅河畔的攀枝花

在孤独的行程中，经常能看到一种树，没有叶子光开花，花是红的，一棵树就是一束花。花落在地上，就像万头的鞭炮响过，一地的红。什么树呢？有人说了一个名字，竟又再问，那名字怎么像诗——攀枝花。越往大山深处走，离要去的湾甸傣家寨子越近了，湾甸傣语称勐雅。

车子慢慢停下，两棵大而庄严的古树立在寨口，那是寨子的象征，归家的人看到了，老远都会涌起幸福。车子被一个水洼挡住，人们弃车步行，一路泥泞，但清爽无比，各种花的香、叶的香、风的香迎面扑来。雨润在香里，斜斜地像进行着一个节日，泼水节快到了。

引着我们的女子叫依香，典型的傣家后人。看到一棵树上红红的果，我以为是树结的，仔细辨认竟是一根藤装点了树。果子有个好听的名字——羊奶果，像羊的奶子，长熟的很甜，有人一颗颗地采了吃。依香说，喜欢就多摘点，寨子里有的是。

寨子静静的，似乎在雨中睡着懒觉。时而会看到有人坐在檐下，狗卧在一旁，墙边不是开着三角梅就是开着白露花。寨子的佛塔前，年轻的姑娘小伙在锣鼓声中跳起了欢快的舞蹈，细雨霏霏，只穿薄薄的裙衫会很冷。依香说，要不是下雨，他们想以泼水的形式来欢迎的。果然,我看见一个个红绿小桶盛满了清水。而后,他们送上来甜的或咸的糍粑,大家围着说话,问着好奇的问题。

我认识了纳香,在别人围着傣文传承人的时候。纳香很愿意跟远来的客人说话。

“寨子还有这么多年轻人在家?”“有出去的,但好些家里不让,担心,就留下来。”

“离县城远吗?”“坐车要十七块,两个多小时,别说去别处,想家了回一次都不容易。年轻人就在家里种茄子、辣椒什么的。寨子里的年轻人傣文大都是会说不会认,寨子就组织夜校,大家自愿来学。寨子里有初中,上高中要去昌宁。”

傣族可以和汉族通婚,那要看缘分,对上眼就行。人们对学历不大在意,就在意人好。这里的人婚前是自由的,看上了就可以在一起。

听说还有小伙子晚上“猎少”(串姑娘)的习俗,还是要看女孩子喜欢不喜欢。两人有了那个意思,才会有小伙子晚上的行动,要不也是白忙活。

说了大家就笑了。

茶上来了,是观音草泡的。喝的汤是苦荆荆,吃的有枞树花、撒撇,有一股苦涩的味道,还有酸扒菜、腌酸肉、帕哈鸡蛋、酸刺尖煮牛肉、野姜春干巴。我好像知道为什么傣家女子苗条了,她们多吃野生菜和酸味菜,还有鱼和田螺。纳香吃田螺时特别精细,一个田螺在手里摆弄半天，她认真的样子像做眼科手术。

纳香的爷爷曾是马帮头，带着一帮人伴着铜铃和马灯走南闯北。爷爷走过这里的时候，看上了纳香的奶奶，就留下耽搁多天，也不提赶路的事，终于在一个月黑风高的晚上，“抢”走了纳香的奶奶。马帮来的时候，那个寨子里最漂亮的妹子在寨子口看到了，奶奶和爷爷的目光撞在一起就有了一种电光，奶奶知道要有什么事情发生。后来爷爷遇到土匪，就又带奶奶回到了寨子，安安心心和奶奶生了一堆孩子。爷爷家里供奉着好多傣文书籍，说可以避邪佑宅。书的内容很多人都不知晓，爷爷能看懂，人们对爷爷很敬重。后来万德美等“民间文化传承人”将这些书翻译出来，是《金孔雀》《六头飞马》《蜘蛛王》等好看的神话传说。

纳香小的时候还见过爷爷，爷爷看起来比奶奶大多了，脾气古怪，一脸的威严，但对奶奶很好。纳香说她要是奶奶才不会跟爷爷跑，爷爷的心野，亏是遇了事，要不奶奶会后悔的。纳香还是觉得自己的寨子好，傣家讲和谐，人与人之间没有那么多事情。男女有缘结合的时候，就拉一根红线缠在各自手上，意思是连在一起。不想一起过了就再拉一根线，当着人剪断。离婚了有事照样可以找对方，对方一定会去的，什么事大家都乐意互相帮忙。人死了也要在院子的柱子边剪断线，说明生命断了，祭拜时不再去找升天的人，只去寺里跟佛爷说话。

寨子到处是攀枝花和芒果树，一红一绿映衬着。三月也是芒果树开花的时节，一树的小碎花，不知道怎么能结成那样大的果实，而且长得快，五月端午就可以摘了。年轻人交流的时候说着傣家话，我听不懂，像从口中蹦跳着出来，脆脆的，好听极了。我相信纳香的话，这是一个和谐舒畅的民族，即使跳舞，也是柔软多姿，不张扬也不狂放，像他们喜爱的水。

这里也是男二十二岁、女二十岁结婚，大都是自己找或小伙伴介绍。婚后可以要两个孩子，有的家里三个的也有，一般都不要那么多。似乎纳香不想让秘密隐藏或者说秘密满得藏不住了，我问十九岁的纳香有没有找朋友的时候，纳香就给我讲了她和男孩小义的相识。

大绿山弯成了一道弧线，衬托着古老的寨子，山下的楠雅河水静静地流淌着。女孩们喜欢去河边戏水，洗很多的衣裙，晾在草地上。而男孩子乐意到山上去，经过楠雅河，会看到河边的女孩。人站在高处往下看的时候，那些衣裙成了彩色的画。有一天“彩画”被风吹进水里，女孩大声尖叫，男孩极快地跑向山那边的河湾。后来，男孩走过时，会用石子溅起一片水花到女孩的身上，女孩毫不留情地还击，过河过成了泼水节。男孩遇到女孩把晾干的“彩画”装进篓子，会一弯腰背起来沿着楠雅河走。绿野里的小路弯弯曲曲，小路上走过马帮，石头上有马蹄踏过的痕迹，风吹着，攀枝花默默地盛放。那个时候，两个人即使都不开口，也像是说了一路的话。有时女孩会问男孩楠雅河会流到哪里去，男孩说一直流到澜沧江。然后呢？男孩就不知道了，女孩就咯咯地笑。女孩回头的时候，男孩看到一股温情似楠雅河的目光，而发射这目光的眼睛更加好看。男孩就呦呦地喊一声,一些攀枝花被声音带进水里,漾漾地涌动,涌向好远。

纳香说着的时候总是朝着一个地方瞟,瞟的时间很短,像一束光,极温暖。其实我早就发现了,我是从她旁边的玉罕的诡笑里发现的。进门时,玉罕先给我拿过一个糍粑,我想知道一些傣家的故事,她给我引荐了纳香。纳香目光里的男孩叫小义,是那个高高瘦瘦的鼓手,刚才小义递给我一片风吹粑粑,说这个很好吃的。风吹粑粑到嘴里就化了,轻轻的如一片月。

纳香说:“你没去过楠雅河,去了你就不想走了。”我信。看着纳香和小义,我还信那根红线会永远将两人连在一起。

离开湾甸的时候,我又看到了火红的攀枝花,它们开在一个迷人的地方。

沈万三带给我的激情思绪

一

初春时节，从东边来的煦风带着某种悸动的情调，白蚬湖涌动着神秘的波涛，闪着光亮的水田升腾着生长的欲望。

槐树开始抽芽，而柳树早已将花粉四处张扬。

一场小雨紧接着走来，将这包裹了一冬的一个个旧的庄园好一阵清扫。

在晨晖刚刚漫过的时候，只有雨珠一串串通体透明，在永久伏卧的瓦片上，在只有光阴知道那些细微变化的石桥上和承载着周庄人悠远的过去与未来的船篷上，恣意地展现着自己的天性。

最后柳绦将余韵一点点一点点地渗透在了只属于周庄的水中。

这个时候，无论你从陆路来还是乘船来，都能感到周庄有一种冷馨而幽深的气息，扑面而来，使你灵醒而激奋。

二

下午，费幸林叫了一只船。

我们下到船里，小船便出发了。两个人使船舱显得有些空旷，船娘划起来比平时轻松了许多。

小船到达双桥的时候，一改往日的路线，直接右拐穿过石梁桥，往银子浜而去。

这里的水路略显狭窄，下面是相传的沈万三的藏银处。

沈万三作为周庄人致富的代表，从田亩耕作、水产渔猎一点点做起，竟然成了方圆百里的首富。没有人知道他有多少钱，他的富有后来让朱姓皇帝都感到吃惊，那可真是富可敌国。

沈万三的商人气中恐有着较多的文人气，起码他少了某些富人的奸猾。

有了钱，按说他可以办自己的事情，这些钱是他一点点挣下的，其中不知浸染了多少汗水和心血。

但沈万三却向刚刚取得新政权的朱元璋表示友好。

想为国效力，完全可以花些银两弄个地方官职，尽心尽力实现一方宏愿，而沈万三做的竟是答应朱元璋修建南京城墙的三分之一，这是何等浩大的工程和开支。

可沈万三想都没想就应承下来，不仅出资还亲自督办，其中的心血不比挣取这些银两省力，这是中国历史上鲜有的商人之举。

沈万三的作为也许让我们看到了周庄人的性情。

城墙很快就筑好了，沈万三完全可以以名载史册的功绩回家修道养身去了，朱明皇朝还应该嘉奖他一个名分，使这个周庄人世代安享这个名分，不说“免死牌”之类的，起码有一块巨匾挂在门头。

但事实不是这样。

沈万三看着由自己的力量建起的宏伟的城墙，拍拍身上的尘土，从这头巡视到那头，高兴异常，这简直就是一座用银子堆筑的墙，这比藏在水底下要强得多。

沈万三一高兴，就又想起那些银子了。

他要犒赏三军，让朱元璋的弟兄们好好吃上一顿。

沈万三也许是想显露一下江南商人的富有和大度。

当时在中国是很少有人能弄懂商人们的底细的。很多富有的商人，更多的是回家筹建乡宅田亩，一个商人这么为国家着想实为少见。

这不仅让一般人吃惊，也让姓朱的皇帝吃了一惊。说实在的，他这是二度吃惊。这位靠农民起义发家的皇帝，还真没有见过什么有钱人。起初，他让沈万三出资修建南京城墙，也只是出于国库空虚的无奈，将来说起来对自己也并不是什么光彩的事。那不是建国之初嘛，待坐稳江山之后呢，他的心态就不大一样了。

一个无名无分的江南商人怎敢向军队渗透呢？你来犒军，我朱家王朝的地位、脸面放哪儿去？况且农民的意识使这位皇帝对富人本就仇视。

朱姓皇帝脸一黑，就差点要杀了沈万三。

沈万三慌乱之中还没有想明白自己犯了哪条大忌，经营了几乎一生的财富和名声就这么不值一谈地被抹掉了，他还差点搭上了老命。

沈万三不是冒了傻气才怪。

三

船划过银子浜时，我看到两边仍有整齐的房舍，看不到门，只有一排排的窗子。

黄昏时分，阳光从水面打上来，给这些房屋和窗子罩上了一层柠檬的色彩，那是一种神秘的色彩，让人生发许多联想。

费幸林说，当年这一大片都是沈万三的宅地，住宅、花园和仓房鳞次栉比，气派无比，每天都有各式船儿划进划出，不知有多少金银出入。

遥远的南洋人或许不知道，那些让人心仪的越地茶叶、丝绸，江西的瓷器，吴中的刺绣、织品，徽州的商货，发运总部就在这个并不吸引人的庄子里。

国内人并不知，那些由一只只小船装回的银子就堆藏在了周庄的浜底。

四

船穿过周庄，来到了野外，那是一片水与田的世界。

水汊纵横中，田地上生长着绿色的庄稼和一丛丛的树木，一派田园风光。

小船转水过汊，最终来到一处较为宽广的湖面。

一座拱起的桥上驮着一个人，远远地向我们挥手。近了才看清是沈晓烜老师，沈晓烜引我走进了由他主持营造的沈万三故居。

这个故居实际上是仿造的，里边自然没有沈万三的遗物，但把沈万三的生命历程展示得却很全面。有人说朱元璋想要沈万三的聚宝盆，沈万三不给，因此获罪。

聚宝盆是传说中的事，不好成为史料，但沈老师说这也是从史料中来的，明代谢肇淛的《五杂俎》和清人的著作中都有提到，而非周庄人的臆想，且一代代的周庄人也是这么传下来的。

我后来看材料，还真看到这样的文字："沈万三贫时，见渔人携蛙百余，买而纵之池中，翌日，见蛙聚一瓦盆之中，姑取归，聊以濯手。其妻偶遗一银钗于盆中，已而见银钗盈满，不可胜计，乃以金银试之，亦然，由是其富甲于天下。"

看来在多少年前就有关于沈万三发家的传说了，也就正好说明还是没有人知道沈万三致富的确切缘由，只好编造了很多的奇思怪想。

我在这里第一次知道了沈万三有五个儿子，分别叫金、银、铜、铁、锡。在沈万三被发配云南的路上，其中的老五在个旧留下，建立了锡城。

我对这点也提出了质疑，他有五个儿子也是可能的，但名字不可能叫得这么齐整。沈老师说这也不是随便来的，也有出处，在民间也是这么传的。

但有一点，沈万三被发配云南途中留下了不少人文足迹，他在大理，在丽江，还有贵州都有传说。

周庄人为了验证这种说法，曾几次派人专程考察。担当这一任务的就有周庄的几个名人，如张寄寒、沈晓烜、费幸林等。在我来的时候，他们正要起程再下云贵。

周庄人这种对历史、文化的认真态度让我感佩。

听说上次他们在丽江考察了纳西古乐，感觉同周庄一带流传的昆曲有某种相通之处，怀疑是不是沈万三带去的曲种。沈万三富足时，喜欢听昆曲，家中就有三班女乐。他常以此招待各方客人，在大摆宴席时让女乐班子边弹边唱，以助酒兴。

沈万三到云南后，发现了利用茶马古道的生意经。这个满脑子都是经商才智的江南人，到了山高皇帝远的地方，自然会利用当地的资源做当地人并不十分精通的茶叶、布匹等生意，并很快积攒了钱财。

远居异乡，不免有怀乡之情，最好的方法是从故乡请来一些艺人，这样就有了一些混合着高原曲调的曲子流传下来。

当然还有另一种说法，朱元璋派三十万大军平定云南后，允许官军家属随军迁往，这些人大多来自江南一带，这样江南的曲种就被携带而来。

每到晚间，细腻绵长、耐人寻味的《一江风》《一封书》曲调会随着月光，随着微风传到很远很远，那里有他们的思念和迷恋。

对于两种说法，周庄人更为前一个推论而感到兴奋，这是多么大胆而重要的设想啊。就算是两种说法都被承认也是好事。

他们的想法也得到了有关人士的支持。

这样说来，沈万三这个人物就更有传奇性了。我期待着他们的研究成果。

五

船再向外划去。

沈老师指给了我一处地方，那是远方的一片水。

水边有一个奇怪而美妙的地方，叫牛舌头滩，是一块狭长的露出水面的陆地。

沈老师说，以前那里很好玩，周庄的大人和小孩都愿意去那里玩，上边有草也有平地，可玩水、钓鱼、放风筝、割草。

老辈人都这么玩过来的，谁也没有想到，时间走到了 20 世纪 70 年代，一些玩水的深潜下去时，突然发现了滩地下边有一个个的木桩。

于是有人偷偷地挖掘起来。

消息传出，引来更多的人。那木桩是越挖越多，多到让人吃惊、让人兴奋的地步。

没有人研究为什么会有这么多这么整齐的木桩。挖出来的木桩都是很好的木材，可以做家具什么的。在那个物资奇缺的年代，能够找到不花钱的好木料，谁能袖手旁观呢？

最多的时候，会有几百条船围着牛舌头滩，就像打一场攻坚战，场面那个热闹，连周围庄子的人都来了。挖出的木材被一只只小船运回家去，或盖房，或打家具。

消息传到了乡政府，又传到了县政府，县政府立刻派人制止，并调来工程队，找来专门的潜水员、挖桩机，直把牛舌头滩的木桩全部挖出来。

没有谁能想到，挖出的木料会堆积如山。

在这个牛舌头滩的旁边，就是周庄过去的造船厂。造船厂必临深水，以便造好的船能就势下水。

沈万三总是从家里乘一条小船过来，问一声"好了吗"，发令声起，就有无数的船整齐地出发。这就是沈万三的商船队，他们或沿不远的京杭大运河北上，或走东南出海直达东南亚。

从这样多的木桩可以看出，沈万三是动用何样的力量建造了周庄第一个深水码头，一个可以调动巨大船队的码头。这是沈万三心志的出发地，也是他精神的回归地。

远航回来，他还是乘一条小船划回那个久别的家，将一身辛劳和满腹自在搁置于自己的床上。出去再久再远，他回望的还是周庄。

一个曾经的深水码头消失了，还有那个远去的船队和远去的传说。

六

人们也许只顾因意外的收获而高兴了，没有深想这些牛舌头滩木桩的来历。当年沈万三的深水码头就这样永久地消失了。

这也许是沈万三留给乡亲们最后的一点资产，这是真正属于沈万三的。沈厅从严格意义上说不能算是沈万三留下的，那是他的后裔的贡献。

至于银子浜，周庄人没有人去集体性地挖掘，许木料离生活更近，银子只能是想象中的东西。

至今，仍有老辈人重复着老辈人的话，说沈万三发迹后，并没有为富不仁，他为周庄修桥铺路，周济穷人，做了很多的好事，当地人都称他为沈善人。

沈万三最后又葬在了银子浜，周庄人倒是对这个传奇性的人物给予了特别的照料，给他修了墓，还给他立了碑。

沈万三的生命又回到了原点。

人活着的时候，不愿意虚度光阴，总是要奋斗的，沈万三把自己的奋斗目标定得很高，并且基本上都实现了他的目标。他生得可谓逢时又不逢时，他奋斗并且收获的最好时期是元代，元代的社会环境非常有利于商业尤其是海外贸易的发展。而他又经历了明朝初年的战乱和朱家王朝对富商的倾轧。他的人生也可说是辉煌又黯淡。

有人说，挣那么多钱干吗？这不是他所能想的事，他从银子浜发家，最后又归入银子浜，倒是给后人留有了某种想象的余地。

哪达达也不如咱那个山沟沟好

一

原来觉得它很遥远又很偏僻，到处都是沟沟坎坎、山山峁峁，来到这里才知道这是一块多么迷人的地方。先民们很早就在这里开疆拓土，这里居住过多个游牧民族，很多个朝代的战马为争夺这块地域而驰骋踏击。当年汉军出没的秦直道至今能寻访到它的遗迹，这里竟然还有“嘉禾遍野、牛羊塞道”的记载，难以想象。

在志丹采访的日子，几乎每天每时都是在一种兴奋的情绪中度过。黄河、黄土造就了一个民族，而这里就是层层黄土厚积的地方。纯朴的乡亲，叠涌的窑洞，悠扬的民歌，尤其那浓浓的乡土气息，让我时刻有一种感恩的意识。

二

我还是感觉到了平阔的吝啬，到处都是山，一座连着一座，山中间的缝隙又是那么狭窄，稍稍有一点平阔就会出现几户人家，再宽点的会出现一个镇子，像县城这样的地方就更难了，这是少有的宽阔。

在这样的地方，哪怕是开发出一块房基地，都要动用很大的力量。我依然看到了县城的发展，他们在开山辟地，为了拓宽一条道路，不惜动用巨大的人力物力。为了能把一些散乱的百姓聚集成一个集体的村子，他们不惜铲平一座山头。我看到一条叫周河的水环绕着志丹，让这个被大山包裹的小城灵秀异然。

生活在黄土高原的陕北人民，世世代代依靠黄土地为生，死后也长眠于黄土之中。那些窑洞就显现出这一点。窑洞同黄土结合得那么紧密，人生活在里面，就有一种说不出的安稳感。怪不得凡上岁数的都不愿搬离已经很老了的窑洞，后代们给他们盖了新房都动摇不了他们的眷恋。

在大山里转，竟然发现山上山下都有着红颜色的抽油机，那慢悠悠摇动着臂膀的机器，同黄土高坡产生了强烈的反差，显得那么不协调，但是拍在镜头里的时候又是那么动人，画面感十分强烈。这是志丹人这些年奋斗的结果，志丹人不仅在黄土高坡上开拓了一片现代化的油井，而且使大片的荒地变成了林地。能够想象得出，多少年以后除了这些摇动着的红色铁臂，漫山遍野都会变成一片葱绿，这是多么可喜的让人心动的景象。

镜头里出现了一个老人，他守在自己的窑洞前，身旁一条狗卧在阳光里，还有一只母鸡，带着一群小仔悠闲地啄食，这是原始的生活场景。我说的不仅是这些，而是在他的旁边出现了一台红色的抽油机，抽油机就那么一起一伏地摆动着，同老人与狗和鸡的画面构成了一动一静的特殊效果，实际上也构成了一个现代的和生活的、鲜艳的和质朴的反差的画面。这是陕北吗？是那个贫苦的荒瘠的陕北吗？在我来志丹之前，我真的感觉陕北仍然是“我家住在黄土高坡”的陕北，没有想到竟是这样的一幅景观。

陕北的枣子红了，几乎家家都有晾晒红枣的传统，一片片地摊在窑洞前的空地上，窑洞是一层层的，那红也是一层层的。

一群孩子正在翻越山头，三个女孩子和一个小男孩，女孩高高挑挑地背着书包，男孩小一些，也背着书包。他们正在走向学校，他们比城里的孩子在时间上需要有更早的提前，但他们兴致勃勃地走着。

我在这里还看到了猪，在山顶上的围圈里。山上应该是养牛羊的，漫山遍野的牛羊，但是羊也到了圈里。山正一点点地变绿，层层梯田上也种了树，退耕还林的工作已经做完。农民拿到了补贴，盖起了新的房子，剩余的劳动力走出了深山，到了更大的城市，将一笔一笔的钱汇进家里。人们甚至翻新了窑洞，甚至从窑洞里搬出来住上了新房。

我在山头上见到了一间教室，孩子们已不用再跑那么远的路了，他们同父母搬进了由政府资助建起的新村。这个新村集中了各个窑洞的人家，他们向窑洞告别了。高高的一片平阔，既有整洁的房屋，又有篮球场、花圃和学校，柏油路正在铺设，已经快到村口了。走出院子站在路边四望，一片辽阔，万千山头尽收眼底。

这是多么好的一片净土。我不会唱信天游，要么就会亮亮地吼上一嗓子，这样的地方就该出民歌。

三

我是从中原来的，中原没有可吼的地方，中原人生活不行可以逃荒，可以走山西、闯关东，可以迁到沿海地区，因此中原人留下的民歌极少。陕北交通不便，山山岭岭很难越过，因而只有扯出嗓子，发出自己内心的吼声。

我们去见陈应章老人，用现代的交通工具还走了近一个上午的时间，绕过了多少沟沟坎坎，翻上最高的山梁，又下到最低的山谷，才找到这个被县上人称为“民歌活化石”的老人。他们说，去年举行民歌大赛时才发现的陈应章。那么以前呢？这个老人就一年年生活在只有几户人家的山峁里。我们来了就在他家吃饭，他热情地走来走去，跟谁都说着同样的话，吃好啊，吃好。而他自己却不吃，就等着我们吃完了给我们唱歌。

那天太阳正毒，火辣辣的太阳烘烤着起伏的黄土，带来滚滚的热气，陈应章老人就在热气翻滚的窑洞前唱了起来。原来在我的意识里，总觉得陕北民歌是那种粗犷的、洪亮的声音，而实际上陈应章老人唱起来的时候，我才发现是那种细溜的如女人似的嗓音，就像阿宝的嗓音，但是阿宝的唱法绝对不是十分本色的黄土高坡人的唱法，陈应章是。

陈应章吼起来的时候，立刻给人一种震撼，一种撕裂的声音，一种划破什么的声音。他的声音带有一种质感，让四野立刻变得沉静，而又变得宏阔。让人想不通，在这干旱少雨、黄土飞扬的地方，怎么会练就这样细嫩的嗓音，我们简直是惊呆了。老人唱的曲子都带有故事情节，一段一段的，有的有几十段，直将一个爱情的开始唱到爱情的结束。

老人的表情十分丰富，他一会儿闭着眼睛，一会儿瞪大着眼睛，一会儿张着嘴，一会儿咧着嘴，一会儿伸出一只手，一会儿把两只手都举上天去。老人裹着一条白羊肚毛巾，穿着普通的粗布大襟衣裳和手缝制的粗布鞋。他完完全全就是一个老陕北的形象，他真的不是一个演员，他不是在演唱，他在被县里发现以前的几十年里都是这样唱着，他能唱给谁呢？他只能唱给他自己，唱给大山，唱给黄土高坡，唱给那些牛和那些羊们。他兴许也在多少年前唱给过一个美丽的女子，在他近八十年的人生历程中，他该经历过多少酸甜苦辣。我看见他住的窑洞，尽管现在盖了新房，实际上多少年来，他的生活一直保持着原始的风貌，真的就是那么几孔窑洞，一圈牛羊，几棵歪歪的老树，这就是他生活的全部。

我没有见着他的女人，不知道去了哪里，在老人又唱出一曲爱情悲歌的时候，我看见他的眼里挂了泪水。如果不是县里发现他，他从来也不会走出这深深的大山，从来也不会有这么多人开着车来听他唱歌。他感动啊，他真的想把自己肚子里所有的东西都唱给这些来听他唱歌的人，但是热热的气浪好像使人们产生了厌烦，或许是大家听不懂他的歌词，或许是在一阵新鲜感过后减少了兴趣。组织者就阻止了他，并且引我们上车，因为还要考虑回去的路程和时间。这使得老人感到莫大的遗憾,老人一步步地送我们下山坡,见着人又几乎说着同样的话,还来啊,还来啊。

我给老人照了一张相,他的身后是那孔古老的窑洞和那棵老榆树。我不知道自己还会不会来,不知道再过多少年,老人还在不在,他的歌声在我们的车子踅上山梁的时候,我隐隐约约地又听到了,听得我心里发酸。

绕过这疙梁梁,
拐下了那个弯,
这达达没人呀,
咱拉呀话话。
马驹驹那个撒欢哎,
羊羔羔那个跳哎,
哪达达也不如咱那个山沟沟好……

四

我们又一次向黄土高坡行走的时候,县委书记祁玉江引来了一个民歌手小翠。刚开始我们只想这是谁家的孩子跟车一块儿出来玩,因为她确实太瘦弱,一脸的孩儿气。当老祁把她引荐出来时,我还有点怀疑,这小孩唱起来必是一口童腔,但是真没想到,小翠的《五哥放羊》《兰花花》一出口竟迷住了汽车上所有的人,那是一种原汁原味的纯情少女的腔调,就像歌子里的女主人公的声声泣诉，充满了感情的真挚。假如她不是在车上，而是在山间，倚着一棵小树，或者挎着一个荆篮而唱，那就更让人惊异万分了。

下车的时候聊起来，小翠还真是出自陕北的农村，是地地道道的深山沟里的人。小翠的歌是跟爷爷学的，这个爷爷一定是像陈应章那样的老陕北。还在小翠刚刚懂事的时候，她就听到爷爷常常唱这样的歌，聪灵的小翠就慢慢记下。现在刚刚十九岁的小翠，已经在当地唱出了名，并且被人们推荐到县上的歌舞团。陕北农家的后代，因为民歌而成了陕北的代表，她把陕北人的热情、陕北人的质朴、陕北人的精神播扬得到处都是。

门卫张师傅

张师傅是这个院里的住户，起先他不是门卫，只是原来的门卫不干了，院子里又总是被盗，尤其是经常丢车，这车甚至包括汽车，张师傅就自己走马上任了。张师傅自家也丢了好几辆车子，当然不是汽车，张师傅家里没有汽车。有人一撺掇，张师傅就搬到门口的小屋里去住了。那小屋实在是小，小得仅仅放下一张小床，其余的地方就只能放脚了。张师傅还用自己的钱买了灯泡，安在了主要的通道口。

张师傅个子高高的，看起来还真像个门卫。张师傅就是牙不好，一口牙剩了没几个把门的，其余的都溜走了，就像这小区的保安。所以张师傅对人笑起来的时候，总是让人先看见他的牙。张师傅还总是对着人笑。但对于生人，他就会把嘴紧闭上，透出一副严肃的神情。到了晚上，张师傅的手里就多了一根棍子和一支很亮的手电筒。张师傅当着门卫，可他并不总是在门口的小屋里待着，而是在前后两个院子里来回地巡逻。

这是一个人员十分杂乱的小区，里边住的人干什么的都有，但不缺少汽车，一到晚上院子里就会停满了各式各样的汽车。有人就建议收一收停车费，这样还可以充一些处理垃圾的费用。可是有人不同意，这事就搁下了。还有一些人连十几块钱的门卫费也不愿意交。由于这些人的影响，其他的人就总是愤愤然，然后也就不交了。不管这钱能不能按时交到张师傅手里，张师傅都是任劳任怨地干着。

张师傅爱写写画画，没事的时候，他就在地上用粉笔画一只大公鸡，再画一个坏蛋，旁边题上“让小偷人人喊打”。门口的小黑板上，张师傅总是写一些让人愉快的话，比如到春节了，他就写上祝大家新春快乐。或写一些警示的话，比如：这一段是案件高发期，望大家提高警惕。由于有了张师傅的精心工作，小区的治安明显好多了。

但是由于每月不到五百元的工钱一直不能兑现，人们给张师傅找的搭档就被人拽回去了，尽管那也是个好老头儿，也是风里雨里地受苦受罪。这样就又剩下了张师傅一个人。去年冬天的雪下得特别大，而那间小屋里就特别的冷，没有人知道张师傅是怎么度过那一个个白天和夜晚的。张师傅有孩子，偶尔会看见他那并不小的孩子提着饭盒给他送来饭菜，就像给一个正常上班的父亲送饭一样。

不知道从哪一天起，人们发现张师傅没有在那个小屋里了，而且院子里又丢了东西。有人说张师傅是被人气病了。一次是张师傅拦住了一个不经常在这院儿住的人，这人冲张师傅发了一通火，还说了难听话。一次是有人丢了一辆自行车，责问张师傅是干什么吃的。别看张师傅人高马大的，但从不会跟人高声说话，更没有见过他跟人吵嘴。张师傅完全的义务的行为反带来了许多的尴尬，他就病倒了。后来的一段时间，小偷频频光顾这个小区，警察也来过无数次，但是没有人挑头再管门卫的事。

又一天，人们看见张师傅又露着缺少门牙的笑，站在了小区的门口。有人问：“张师傅，要交门卫费吗？我现在就交。”张师傅只是笑笑说：“这事看居委会怎么说吧，我反正在家也是闲着。”有人说应该给张师傅写封表扬信，终是没有见贴出来。人们表达的方式，就是走到门口的时候，向张师傅送去友好的笑意。

大家知道，张师傅是待不住啊，他有一种本能的责任感和一颗良善的心。

独坐桥头的影子

我不止一次看到她了。

起码在我小住的这几天里，我时不时地会发现她的身影。

那有些过于单薄的身影，或在寺院，或在街巷，或在水边，而更多的是在桥上。

我就是在桥上注意到她的。我没事的时候，会坐在某个桥头，静静地坐着，没有目的地坐着。

也就在这样的时候，我会看到我坐着的不远的桥头，或我将要去坐着的某一个桥头，总有一个女子也像我一样，没有什么目的地坐着，什么也不干。

起先我以为她在等人，或坐一会儿就会赶路的，因为来周庄的人大多数是匆匆而来匆匆而去的。但我发现我错了。这个女子没有即刻离去的意思，她定定地长时间地坐在了那里。

她或许同我一样，喜欢这里的水，这里的桥，这里的人文气息。

在我发现她后的几天里，她总是这样，几乎同我一样，坐遍了周庄大大小小的桥。尤其是在黄昏后，她会一直坐到月光迷离的晚上。

对事件的好奇或是对女子的好奇使我有些关注起她来。

我发现她是忧郁的，在她往水中看的时候，她的眼睛里没有水一样的波纹。而且她的头发扎得很随意，不像沉浸在青春热望中的女子，十分在意自己的发式。

我的猜测通过一场雨得到验证。那雨到来的时候，我们都没有带伞。按说这个季节是不该有雨飘落的，但这样的雨还是在这样的季节来临了。这就是南方的季节，南方的雨，它不论时节，更不论人的心情。

雨来临的时候，我跑掉了。起先我没有跑的意思，我是喜欢江南的雨的，我总是看那些雨如何沉落到桥下的水里去，看得久了我就会有一种感觉，觉得雨不是落下去的，而像是从水里钓上来的。但我终于承受不了这次的雨，于是我跑掉了。

我走的时候发现她在我坐的这个桥对面的另一个桥上，但她好像没有回头的意思。

等我打了伞出来的时候，小街上的人已经不多了，我有意无意地向那个小桥走去。果然，她还在那里。

我打着伞慢慢地拾级而上，我竟然看到了她的泪光。

那是一个女子忧伤的泪光，在雨的陪衬下，悄悄地自她的心内涌现。她的发丝更乱了，那是雨和风共同的杰作。

我知道，这女子一定是有着什么烦心的事化解不开，而且她不是周庄人，她甚至离周庄很远。但她为什么选择了周庄并长时间地留下来，我就不好猜想了。

在我回到所居住的“贞丰人家”的时候，我竟意外地遇到了她。她好像刚刚从外边回来,正向服务员要房间的开水。她一身湿漉漉的,显得有些冷。我们住在同一个旅馆好几天,我竟然不知道。

"贞丰人家"没有多少房间,两进院子加之楼上也就十几间吧。我住在大门口的厢房里,而她住在后边,所以出来进去就很难碰到了。

那个后边,是我最先放弃的,我有些害怕那阴森古怪的气氛,尤其是在晚间。怎么她就不怕呢,还是前边没有了房间而无奈地住到了后边呢?

我从来没有见她打过手机。在通信工具如此普及的今天,那个小玩意儿竟然没有在我的视线中出现过。她回到房间是否使用便未可知了。

此后有两天的时间没有看到她,我借故问服务员是不是她已经离去了,服务员却说她病了,躺在房间里发高烧,刚刚去给她买了药。

我不禁有了一丝恻隐,但我无论如何找不到理由去帮她。一个心境不爽的女子随时都会染病在身,她这是有点折磨自己。

两天后,我吃早餐的时候遇到了她。这个旅店是没有早餐的,每回都是小张经理给自己做时,捎带给我一份。

一张小桌子,多摆了一双筷子。她坐在了我的面前。

我说:"我认得你,你来了好多天了。"

女子说:"我也认得你,你也一样。"

我说："可能我们在这里的心情不太一样。人遇到什么难事，一定要想开点，时间一长就过去了，没有绕不过去的坎儿。"

女子说："谢谢，我已经绕过去了。我知道你在观察我，我是遇到了难事，我本打算到自己从没有到过的江南走一走，花完所有的钱了却一生的，但我现在不这么想了。"

我说："也许是周庄救了你，也许是那些小桥救了你，也许是那场雨救了你。"

女子说："你是写诗的吧，说得这么好，实际上是你救了我。"

我惊愕了，问："我怎么会救你呢？"

女子说："你对生活太有激情了，你总是每天起得早早的，不停地拍啊拍，不停地写啊写，你总是出现在我的孤独与忧伤中，实际上是你把我的孤独与忧伤冲淡了，让我沉不进去，并使我在你的暗自关注下觉出了羞愧。"

"是吗？"我高兴了，我们没有一句话的交流，竟然已交流了很久。我有了老熟人的感觉。我说每个人都是很脆弱的，我也在周庄小桥上一个人落过眼泪，那是想到了永远离去的母亲。

"是吗？"女子说，"为什么周庄会让人有这么多的念想？"

我说："可能是这里的环境同我们有一段距离，亦真亦幻的氛围常常会影响人。"

我想让她谈谈自己的内心，她说不用了，不想说了，已经过去了，随着周庄的水流走了。

我们说这话时，是坐在贞丰桥上，风吹着她的发丝。那头发打理得很好，我发现有一枚周庄卖的竹簪别在了她的头上，朴实自然又大方。

她其实还很年轻，说不上漂亮，但很秀雅。

后来就真的不见她了，她可能返程了，我想她的心情同来时是真的不一样了。

“我走了，谢谢你，谢谢周庄，这种情意将朗照我的后半生。”这是服务员递过来的纸条上写的。

再到桥上的时候，我感觉就缺了点什么，心里空落落的，竟有了某种遗憾，写出来未免好笑。

其实我连她叫什么、是哪里的人都不知道。

知道了又能怎么样呢？

只是在我的照片里，有着一个女子独坐桥头的影子。

你们谁想看了，我传给你们。那真的是一幅不错的作品。

落　日

一

一个老人无私无畏地走完了他九十六岁的人生里程。这个老人就是我爷爷王化朋。许多老辈人及阅读过儿童读物的青少年，对这个名字都不会太陌生。他以当年掩护过女英雄王翠兰而一次次上过报纸、电台和书籍。

王翠兰是我的家乡河北丰南老王庄的骄傲。十七岁那年，她被叛徒出卖，为掩护自己的同志受尽酷刑，并被敌人剥光衣服在乡亲面前折磨致死。王翠兰是刘胡兰式的女英雄，多少年来冀东人民以各种方式纪念她。她在老王庄的坟墓几经整修，每至清明都有人来扫墓献花。

爷爷活着的时候，总是跟我讲王翠兰。爷爷经历了近一个世纪的坎坷，他把两个儿子送出去工作，自己仍守在辽阔苍茫的苇乡。他一生憨厚耿直，不求于人，不向困难低头。生命的最后，他不吃不喝，不拉不尿，干干净净地躺在那里，一直挨过了十一天，直到吐出最后一口长气无疾而终。

爷爷是中国农民形象的代表，也是世纪的见证。如今他同王翠兰埋在同一块土地上，漫天的苇草在他们的周围飘荡着绿波，飘荡着一片耀眼的阳光。

二

爷爷拒绝进水进食已是第十天了。爷爷依然没有闭眼，他时不时地翻动着身子，随意地摆放着手和腿。停食第七天，我和父亲赶来，拉着爷爷的手，爷爷说："我哪儿都不疼。"爷爷他没有疾病，没有任何病毒强加于他身上的痛苦，没有饥渴的感觉。他甚至没有了便尿，体内完全地排空了。他是想干干净净地进入天堂吗？

一拨一拨的晚辈来看他了，一屋子又一屋子的人，从早到晚不停歇地来，摸摸他的手、他的身子，同他说说话。爷爷穿着白色的上衣，黑色的裤子，整洁地躺在炕上。他时不时微睁一下眼睛，向人们示意，话语已经没有了。

风从敞开的窗子吹来，屋子里阳光明媚。大家热热闹闹地说着家长里短，气氛那般自由、和谐，完全没有压抑的感觉。

爷爷为大家提供了一个聚会的场所。有矛盾的平时不来往的也在一起递烟对火了，面对一个对生命看得如此平淡的老人，谁的心灵都会开窍的。

爷爷的棺材拉过来了，那是用上等的木料制作的。爷爷曾亲自看过它成材的过程，就如过去皇上钦定过自己的陵寝。那即是爷爷的新房了，爷爷睡在里边从一个世界进入另一个世界。棺木是大红色的。死亡多是由白色或黑色代表着，不知为何将棺木漆成了红色。这是喜庆的色彩，是表示爷爷九十六岁的喜丧？

姑夫在给爷爷剪发。这是爷爷最后一次剪发了,硬硬的头发依然体现着爷爷的性格,刚直不阿,宁折不弯。爷爷翻了翻身,也不问为什么剪发。周围的人们看着爷爷一点点又变得精神了。那些头发,爷爷不再带走了,就像土地被割去最后一季稻子,爷爷把该留下的都留下了。

感觉爷爷情况不是太好,众亲人七手八脚给爷爷穿上了新装,戴上了一顶仿古的官帽,然后等着爷爷魂入天堂。爷爷脉搏渐弱,呼吸困难,人们开始张罗一切。亲人们在晚间九时从庄子各处相拥而来,围在爷爷身旁。

这时爷爷却扬起手来,扯掉了头上的官帽。

爷爷心里清楚还是糊涂呢?冥界的路不太好走,还是门太难进呢?爷爷这个一生耿直的汉子,不知如何打点。尽管这一会儿工夫,亲人们动手又是折又是剪的,为爷爷准备了充足的纸钱,让爷爷大把地去花。那是个什么样的官帽呢?相当于几品几级?一生不入官场的爷爷看不上这些,死后也不需要这样的东西。甩掉帽子躺在那里,爷爷又捱过了十五个小时。

三

家乡紧靠渤海,爷爷同海有着深深的情感。我看着爷爷,眼前是一片大海。

海水正一点点漫过爷爷的身子,几近一个世纪的沧桑在他身上的每一处都留下了斑斑烙痕。骨节粗大的手掌、结实的脊背、硬朗的腿脚，那是沙粒、贝壳、盐末变就的化石。多少年过去，庄子周围的海已消失了，人们不再撑船、扎箔、撒网了，更多的苇塘变成了良田。野鸭子遍地腾飞的时代已进入了爷爷的梦乡，白色的盐碱地早已爬过爷爷的发梢。

爷爷渐渐地随海远去了。

五点二十分，这是什么时刻呢？是个落日的时刻，是个农人回家的时刻，是个炊烟袅袅升腾的时刻，是个表示着一天即将完结的时刻。就在这个时刻，爷爷吐完了胸中最后一口废气，乘着那轮太阳，一同落进了大海，落进了他生活了近一个世纪的田园大地。

爷爷像一颗巨星陨落，将六月十三日的黄昏砸得辉光四溅！

从此这个世上的人，少了一份劳烦，也少了一份牵挂。

四

爷爷的棺椁穿过庄子，悠扬的唢呐声叫开了一个个街门，街门里走出一个个老伯、老婶或小辈的儿童，手里拿着早已准备的纸钱，送葬的队伍路过门口便献上来，男的还要三叩九拜。

庄里人都知道爷爷是个好人，是个大家仰慕的老者。爷爷的棺椁上了村路，路两边全是清一色的芦苇。在风的拂摆下，芦苇发出莹绿的光芒。

回头望去，爷爷的棺椁像一艘船漂浮在绿野间，红色的罩幕好醒目、好辉煌。

“常回家看看，回家看看……”乐队奏起令人回味、令人一咏三叹的乐曲。

没想到乐队会把这首曲子吹奏出来。爷爷，您走了，可要常回家看看啊，带着您的关怀、您的冀望，回家看看这些街道、这些老屋、这些乡里乡亲。

爷爷的棺椁正在乐曲声中庄严地下葬。我跪在一片草上，草几乎将我遮没了。

草虽然都是绿色的，却有好些种样子。离草这么近，我闻到了阵阵悠扬的草香。真真正正的草香，浓浓地扑面而来，伴着我的悲伤直冲头顶。

那是一种哀伤的味道。只有这时，我才闻出了草的真正味道。

这片三面环水的坟地，被草们完完全全地覆盖了。爷爷的到来，使忧郁的草们兴奋地狂舞。

爷爷是热爱草的。爷爷生在草里，长在草里，拥抱着草，收割着草，用草烧饭食。一年一年，草就是爷爷的生存方式。没有这些草，就没有爷爷灶膛的炊烟。

草们知道爷爷多么喜爱它们。爷爷割不动草的时候，就拄着拐棍到庄头望着草，从露珠初升草尖一直望到夕阳在草尖上跌落。晚上寂寞时，爷爷也会出来听听草们在风中唱起忧伤的调子。

爷爷终于归入这片草了。爷爷不会孤单，他终会变成一棵硬草，从土里摇曳而出。

爷爷十一天拒绝饭食，不再笃信“民以食为天”，将人间的杂物全部排泄干净，就是为了要变成一棵草。

草的香味更加浓烈起来。

爷爷完完全全地入土了，又是五点二十分，正是爷爷闭眼的时刻。夕阳又一次坠落，坠落在一片绿色的草莽中。

五

下雨了。昨天爷爷刚入土，天便落雨了。爷爷自前天随日头一同坠落之后，天就一直没有好脸色。“天若有情天亦老”，是人有情还是天有情呢？昨天满街还是送葬的人们，今天街上一片空寂。人们忙着插秧去了，这就是生活。

雨落在坟上，滴入新土，土里的草籽被滋润得发涨，过几天就会同稻秧一同泛绿。那是爷爷念叨的话语。

雨在下着，唰唰的响声顺着南风阵阵掠过大片大片的苇草。

又是落日时分。

明天该是个艳阳天了。

老屋·老人·老树

我们住的房子后边，有一处老旧的小屋，几乎每天放学去后边玩，都要经过这座老屋。老屋碍了道路的事，到这里总要拐过房子方能继续前行，因而在拐过去后总忍不住回头望望小屋的门、门里小屋的设施、使用这些设施的小屋的主人。

主人很是平常，两个腰板都弯了的老人。老人没儿没女，也没有小儿绕膝的快乐。我几乎没见两位老人笑过，老人总是两眼木木地直视着，毫无表情地对待我们的好奇。有大人说，这是一家“五保户”，一切都由队上照顾，而队里是照顾不了什么的。老两口有一门独特的手艺——打麻绳。

天气好的时候，就见老屋前摆着一套木制的“机器”，一缕缕的麻被扯得直直的，老妇在中间忙来忙去，舒展不顺的地方，老头儿摇动着“机器”，将碎麻一点点“拧”成指头样粗细的绳子。

这活儿看起来很好玩，路过的时候，我们总要去帮忙摇几下“机器”。那无非就是一个木架子上的摇把，我们自然是掌握不好节奏，不是摇快了就是摇慢了，就被老头儿要过去。这么玩的时候，总有小伙伴趁老人不注意偷走一点麻或别的什么。有一天，胖胖竟然神秘地从怀里扯出一个摇把来，说起码能卖五分钱。当时的五分钱可以买一两牛肉或一个五香兔头。胖胖扯出这铁东西，是在我们几个相约带了各自寻找的“废品”到收购站换钱的时候，应该说还就胖胖这铁东西值钱。就在大家兴高采烈之时，我感觉这东西有些眼熟，好像是那个老屋的主人打麻绳的主要工具。一问，果然是，胖胖说话都有些自得。这行吗？我有些犹疑。我说老人找不到摇把一定十分焦急，还是送回去吧。胖胖有些恼火，说：“要送你送，我是不送。”

结果这天应该最有“贡献”的胖胖成了无功者，但我们依然将买得的零食分给胖胖一份。往回送的时候，我让大伙跟着壮胆。拐过那个墙角，那架打绳机还在那里工作，两个老人还是无声地忙碌着。我们都往那“机器”上看，没有了摇把，老头儿用一根铁丝和一根木棍绞在一起，双手扳着让绳子一点点打成股儿。老头儿操作得很不轻松。这时，我确实有些愧疚了，因为我是这帮小人儿的头儿啊！老头儿并没有问我们见没见到摇把，按说想也应该想到是我们这些调皮鬼干的。我趁乱将摇把放在了老屋的门后，那门似乎一直都是开着的。

第二天我们再去玩时，老妇人端出了一小筐红枣。这可是我们平日里就馋的红枣啊。枣树就在老屋的窗子前，长得又高又弯。枣树长得慢，论年龄怕跟这老两口差不多呢，许是老人儿时栽种的也未可知。为了那棵枣树，我们可费了不少心思。每年从青枣泛红起，趁老人休息或出门的时候，小馋猫们不是扔石头，就是找根棍子敲。而这样的时候太少了，我们的动作总能惊动老人，被老人直直的目光吓跑。

一天胖胖设计了一个“高级工具”，长长的小竹棍上绑一个小钩子，钩子下边是一个很小很小的篮子。我们跟着胖胖去试，还真好使，一个一个红了半边的枣儿在钩子的扯动下，都掉进了小篮子里。几个人分着尝，好脆好甜呀，真让人过瘾。于是胖胖就再去，我们全都缩手缩脚地跟在后边，以体现“集体力量”。就在大家把精力集中在那个颤颤巍巍的竹竿上时，一只手将那竿子硬硬地给收走了。正是那个老头儿。他是何时开的门呢？我们连声音都未听到。我们全跑了，毕竟做贼心虚。

想着老头儿会告诉家长，一告诉家长我们准挨吵。多少天过去，竟没什么动静，这不，还给端出一筐红枣来。小人儿们乐得吃开了。

老师出了个作文题目，叫《我做了一件好事》。做什么好事呀？我想了半天，约上伙伴们去帮两位老人干活吧，抬水、扫地、晒麻，老人这回给了一人一根细长的麻绳，说让家里大人用。那麻绳打得又紧又柔，显现出两位老人的好功夫。这可能是老人最好的礼物了，而我们只是为了一篇作文。

在那个时候，会打麻绳应该是一项不错的营生了，足以贴补两位老人的生活，可老人端着的碗里，仍然是稀汤寡水，很少见荤腥。

忽而有那么一天，胖胖跑来说那个老妇人死了。胖胖的父母同老人在一个生产队。

记得是一个下午，太阳将落的时候，我们下了学约好了一同跑去平日打麻绳的地方，只见两条长凳上架了一口尚未油漆的棺木。棺木很简陋,不属于上等木材做成的,倒像是几块薄木板拼起来的。棺木没盖盖子,老头儿和一个人正在那里忙着,我们围上去看。这是我第一次看见躺在棺材里的死人。老妇人此时瘦小得像个孩子,脸色如蜡纸一样,但很安详,如果不是躺在这特殊的地方,不是脸色蜡黄,说睡着了也有人信。

老头儿仍然是毫无表情地忙着,他在往老妇人的头两边塞一些发黄的草纸,还放了些红枣和核桃,最后放进去的竟然是一盘崭新的麻绳。我们只是不声不响地看着。老头儿没有撵我们走。我闻到了一股浓浓的酒精味,不知是哪里发出来的,我想是老头儿洒在棺材四周的,胖胖说或许是老妇人身上的味道。人死了都有那个味道吗?

晚上,我们都睡不着觉,吓的,多少天都是。真后悔看了不该看的一幕,可不知当时为什么没有害怕。

后来我们再经过那间老屋,院子里再也不见打麻绳的“机器”。老头儿一个人坐在门口,木木地看着前方。他没有吸烟喝酒的嗜好,如果他手里拿着个烟袋也许会好些。我们跟他年龄相差太远了,不知如何走到他心里去。

再后来的事情还说吗?再后来是那年下了一场连阴雨。那雨下得威猛,不停地打雷闪电,我们的房子漏得不成样子,地上、床上放了好多盆盆罐罐。城外发了大水,好多人到城里来避难,有人住在我们学校的门洞里。而那雨还是没有停歇的意思。

中午听到消息,我们跑去看时,那座老屋已经完全坍塌了。

垒墙的土坯被水洇湿了，几乎看不到什么物件露在外边，就好像多年堆在那里的一堆废土。

老人是在雨中被人挖出后草草埋葬的，我至今不知老人姓什么，也不知他身上有什么故事。

只是苦了那棵枣树，从此再也没结出过甜脆的枣子，不知是长出来就被人打光了，还是就没有长出来。农村有一种说法，说枣树不长枣了就是长“疯”了。

也许这树真就是“疯”了。

俊男潘安

一

郑州古时候多美女,《诗经·郑风》就写出了男人在郑都东门外见到众多美女的惊讶和赞叹,那可是笑靥灿然、缤纷照眼。可是你知否,郑州还出俊男。你或许会笑,咱翻翻《晋书》,上面说,这俊男在洛阳走。洛阳你知道,当时的首都,有话说"洛阳女儿好颜色",洛阳也是美女如云的地方。美女一多就互相当镜子照,照自己也照他人,互相照着的时候,就照见了这个俊男,就为之癫狂不已,忘掉礼教矜持,跟着搭话说笑,还联手相拥,把俊男围在中间,向他投掷花果。俊男少见这个阵势,善意地笑着逃离,回去的时候,车上已经是满满的花果。这件事情,如果不是当时传得到处都是,也不会进了严肃的史书。这个人就是潘安。

潘安从洛阳这么一走,就走成了"大众情人"。有个叫左思的,就是那个因写《三都赋》而造成"洛阳纸贵"的人,一直觉得自己很男人,听说了潘安的好事,也想上街走一走,走是走了,却没有得到什么花果,而是一口口韵香味艳的唾沫。左思好懊丧,左思右想去了。还有个张载,因写《剑阁铭》被晋武帝派人镌其文于石的那人,也想上街一试,却被一群小儿用瓦片和石子撵了回来。两人上演了一场男版的东施效颦。这世界是个世俗的世界,花遇蝶的感觉和花遇蝇的感觉是不一样的。左思、张载，文章上得了市面，人却不容于街景。这件事依然传得满洛阳皆知，就又传到了《晋书》上。

俊颜也是会影响他人的，这里有着说不清的问题，其中可能就因被妒忌而开罪什么人。有个人就表现出了不满，这个人叫山涛，就是“竹林七贤”中那个被嵇康写绝交信的山涛山巨源。山涛在皇上面前说：“潘安之美，并不是真美，是他化妆化的。”然后他给皇上献计，在烈日炎炎的夏天，宣潘安穿冬衣上朝，必然见分晓。潘安急匆匆换上冬天的朝服，顶着烈日在殿外候旨面君。等了很久皇上才召见，这时的潘安早已汗流浃背，脸上被汗一冲，愈加玉润凝脂，粉里透红，哪有什么粉妆。皇上龙颜大悦，极赞潘安的美是空前绝世。山巨源又一次陷入了尴尬的境地。

二

有人说，潘安不就靠那么一张脸？非也，潘安不仅长了张锦绣皮面，还写得一手锦绣文章，很早就名冠乡里。潘安祖父名瑾，做过安平太守。父亲名芘，曾是琅琊内史。这么好的条件，他十二岁就写诗作文，被乡里称为“奇童”，二十岁就写出著名的《藉田赋》。

潘安大名潘岳，字安仁，人家叫着潘安仁的时候，或许就把那个“仁”给省了。《文赋》将他与陆机齐名，“潘陆”就是潘安和陆机。钟嵘《诗品》中将潘安作品列为上品，并有“潘才如江”的赞语。潘安的《西征赋》《秋兴赋》《寡妇赋》《闲居赋》《悼亡诗》都是诗赋中的名篇，流传后世的有《潘黄门集》。

说归说，人们知道的还是那个俊男潘安。中国历史几千年，潘安始终稳坐着“大众情人”的民间地位。不都这么说吗？“才比子建，貌若潘安”，“才比宋玉，貌似潘安”。再有，《金瓶梅》中，王婆总结出完美男人的五项指标，第一点便是要貌若潘安。王实甫的《西厢记》里以潘安代张生，“看你个离魂倩女，怎发付掷果潘安。”现在的黄梅戏《女驸马》中还有“我也曾赴过琼林宴，我也曾打马御街前。人人夸我潘安貌，原来纱帽罩婵娟”的唱词。

潘安小名檀奴，后世文学中，“檀奴”“檀郎”“潘郎”都成了俊美情郎的代名词。韦庄《江城子》中有词：“缓揭绣衾，抽皓腕，移凤枕，枕潘郎。”李后主《一斛珠》中言道：“嚼烂红茸，笑向檀郎唾。”这些都够骚艳的。

可见潘安对于审美的影响，潘安已成为千年来俊男的代称。

三

虽然长得帅，潘安却没有以此为资拈花问柳，而是对妻子用情专一。潘安十二岁时与十岁的杨氏定亲，杨氏是晋代名儒杨肇的女儿。咱没见过杨氏，但可想象那人一定是既有内质的美，又有外在的秀，所以让潘安一生迷恋忠诚。二十多年，两人相濡以沫，感情甚笃。杨氏先其而殁，潘安悲痛欲绝，涕泪凝成三首《悼亡诗》，看到者无不跟着悲凄。李商隐就说过“只有安仁能作诔，何曾宋玉解招魂”。多少年后，苏轼的《江城子》不知有无从这里受过感染。潘安此后一直独身未娶，更为千古佳话，“潘杨之好”成了一个美词。就这一点，也够他成为无数女子梦中情人坚若磐石的理由。

还有一点让人感叹，潘安是个孝子。有一年，母亲有了病，潘安就毅然辞官照顾母亲。他在洛阳城南洛河旁造了一所房子，周围种了花草，栽了柳树，与母亲相亲相守。他怕母亲烦闷，还经常驾车带着母亲出游。这段时间，他留下的名作就是《闲居赋》。事业和母亲，母亲为重，这很值得人们的称颂，二十四孝中“辞官奉母”说的就是潘安。

但是，后来却也因潘安的一时之误，母亲被牵连，多少带有悲剧色彩。

四

还得提提那个《藉田赋》。潘安二十岁时，逢晋武帝司马炎下乡耕田作秀，当时文人纷纷作诗奉承，潘安也凑热闹，一首《藉田赋》一下子声震朝野。人俊美，还写得好诗，被嫉恨带来的结果就是他被排挤出朝廷，赋闲十年。青年人再有抱负也让你无用武之地。直到公元 296 年，潘安回到京城做官，年龄已经四十有九。

这中间“历尽坎坷路，少有顺畅时”，升升降降，似乎没有什么可说道的，他很快就该“知天命”了。潘安没事儿就与一些人坐坐，喝喝茶赋赋诗，陆机、陆云、左思、刘琨以及大名鼎鼎的富翁石崇都在这个圈子中。潘安曾有《金谷集作诗》，写出他们欢饮笑谈的时光和清啸赏乐的友情，最后两句是“投分寄石友，白首同所归”，写得豪气冲天。

那个时候的社会背景很乱，搞不好就站错了队，或被人诟病。这个圈子就给人弄成了以贾谧为首的二十四人“政治集团”，贾谧是著名的丑皇后贾南风的侄子。贾谧欣赏潘安的才华，上朝的文辞多出自潘安之手。贾南风对潘安也不错，不错到什么地步，就只有潘安知道，反正也有传说称潘安和贾皇后关系有点儿不一般。这或许是那些想杀潘安的人故意弄出来的，或许是一种无奈的应付，因为贾皇后着实是黑丑无比。潘安毕竟是个小人物，左右不了自己的命运，或者说也想有一个好命运。别忘了那个时候正是“竹林七贤”的年代，一个个精神上都有点儿问题，不是人出了问题，是整个社会出了问题。贾皇后不会生子，又想长期左右朝政，就想把太子害了。有天晚上，贾后以惠帝生病为由，唤太子入朝，并设法将太子灌醉，哄他抄写一篇草书。太子醉得一塌糊涂，就照着乱抄一遍。太子哪里知道，抄的东西被进行了“技术处理”。

做“技术处理”这个活儿的，有人说是潘安，皇后安排潘安去做，潘安不做怕是不行。结果，太子被废为庶人，太子生母也被杀了。不久，司马伦发动兵变入宫，尽诛贾后党羽，贾后被以金屑酒赐死。潘安势在难免。晋惠帝永康元年(300年)，潘安在洛阳被杀，并“夷三族”，时年五十三岁。

被槛车载送东市时，潘安眼见白发苍苍的老母也身披锁具，这个孝子不禁泪如雨下，哭拜在地喊着：“是儿负了娘啊！”回头时，他又看见好友石崇一家几十口背插罪标，想起以前写的那句“投分寄石友，白首同所归”，本是讲两人友情笃深，一起终老田园，却一语成谶，血溅黄壤了。刚才说了，那个时代就是一个扭曲的时代，光命丧权力争斗的就有万人之众，潘安只是其中一个小人物。非是美女多薄命，美男也如此。这次“杀身灭门”之祸，只有因回老家扫墓等事由不在京城的潘家四人逃脱。

按说潘安作为文臣才子、知名人士，谁要是说说话，或能让他逃脱一死。潘安去找了孙秀。早年潘安随其父在山东琅琊时，孙秀是父亲手下的小吏，潘安那时讨厌这人虚伪狡诈、两面三刀的本性，曾多次羞辱过他。但是仕途上走得顺畅的还多是这种人，现在人家当上了中书令，成了司马伦的红人。

人在屋檐下，也得低低头了，潘安说：“还计较过去不愉快的事情吗？”孙秀正得意之时，自然不把以前的潘公子放在眼里，他对了一句《诗经》里的话：“中心藏之，何日忘之。”潘安气愤地拂袖而去，说：“愿杀愿剐，潘某恭候！”

当时还没有给潘安定罪，他只是受了牵连，孙秀落井下石，诬告潘安辱骂相国。司马伦珍惜人才，想留潘安为己用，没有理会。

但小人孙秀怕潘安不死，又诬告潘安及石崇、欧阳建等人阴谋奉淮南王司马允作乱，司马伦这才做出决定。

石崇的被杀也与孙秀有关。孙秀早就看上了石崇的婢妾绿珠，非要乘人之危夺爱。石崇将其婢妾数十人叫出让孙秀的使者挑选，尽管这些婢妾个个艳绝无比，但孙秀就要南国美女绿珠。石崇也算男人，坚持不给。孙秀大怒，极力劝说司马伦诛石崇，绿珠也跳楼自杀。

孙秀得逞一时，却不能舒心一世，后来也因陷害国家英才而触犯众怒，最终在宫廷斗争中被乱刀砍死。

不过，很多人认为潘安的死是个冤案，因为其死因在东晋南北朝的史书中没有记载，只是三百年后的房玄龄写到了，所以很可能是误传。潘安的死因到底是什么，就真的不清楚了。

五

潘安是中牟大潘庄人。这里叫中牟，是因为境内有个牟山，一千八百年前的官渡之战就发生在中牟。去时问路于老乡：可知道潘安故里？“可是知道，从这里往南再往东，一大片树林的地方就是。”老乡很是热情，那里面含了几分自豪呢！

走进潘安故里，曲径通幽处，池水荡漾，垂柳依依。墓地在树林后面，据说这墓经受了黄河的多次决堤，被埋在了黄土下面。棠梨点点在墓的四周白着，是潘安喜欢的花。

潘安在三十岁后，重新被任用，当了河阳县令，河阳就是杜甫诗中的“急应河阳役，犹得备晨炊”的河阳。内心具有美质的潘安，治理山水时，引领百姓在道路两旁、田间地头、农家院落遍植桃李。几年后，河阳境内一片鲜花烂漫，秋天则硕果累累，时人号称“一县花”，潘安也被百姓戏称为“花县令”。

这里花草缤纷，想是潘安喜欢的环境了。

你的歌声我永远不懂

那只可怜的“绿牡丹”还是死了。

我不知道它死于什么时间，等我发现它时，它已经躺在笼子的底部了。那是我曾经设想的它睡觉的地方。我想着，鸟儿为什么不能那么躺着睡觉，而是要站在那根横杠上睡，而且是一整夜地站着。我就想了，鸟儿的另一根神经一定是醒着的，它得时常地支配那两只爪子。现在，那根神经睡着了，以致于两只爪子再也抓不住横杠，掉在了笼子底部。

我心里好一阵难过，一种酸楚就泛了上来。我现在知道了什么叫心疼，什么叫感情。

前一阵子看电视，一个老人的狗叫打狗队收去了，原因是没有办狗证。老人眼睁睁地看着那只陪伴了她十二年的老狗被装进了笼子，那只狗看着老人流出了莫名的泪水。老人的女儿赶忙到处跑着办手续，以解救那只可怜的狗。女儿知道，解救那只狗也是解救妈妈。等一切办完去领狗的时候，那只狗却在笼子里被挤压得气息奄奄，没到家就死去了。狗死去时的眼神很慈祥，它起码知道它又可以回家了，家里有一个待它像儿女的老人。可老人不知道，老人一直在念叨着。老人很快就成了呆傻人，天天地念叨着这只陪了她十二年的狗。我当时有些理解，但理解得不深刻，我不明白为什么一个人会同一个动物感情那么好。

现在我懂了。我轻轻地拉开笼子的小门，伸手进去将我的“绿牡丹”轻轻托出来。在我的手心上，这只可爱的小鸟那绿色的羽毛依然那么光亮，红色的弯钩嘴依然那么可爱，只是它的眼睛闭上了，它永远地睡着了。

我是觉得对不起这只鸟的，昨天它还给我唱着好听的歌，小嘴唱得可真是响亮，满屋子都回荡着它的声音。它不会说话，不，它也许说了，只是我没有听懂。

我也就错过了一天的时间。这几天还真是事情繁多，没有按照我的计划去办。上个周日，我曾经去了一趟鸟市，差一点就给它带回来一个伴儿。付钱的时候，突然想起，我问：“这鸟儿是不是也要分公母啊？”卖鸟的说：“那是呀，你家里那只是公是母呀？”这个最重要的问题让我忽略了。我只是想着赶紧为它找个伴儿，而没有想到要找个对象，差一点就犯了一个错误。

正冷的那几天，它的那个伴儿死去了。原来两只鸟整日整夜地待在一起，尤其是睡觉的时候，在那根横杠的一角挨得那么紧！一只突然离世，使得另一只鸟整日里不停地哀号。是的，我确实听到了那种哀号，因为它叫的声音与以往不一样。它也许不明白那只鸟去了哪里，为什么突然就不见了。这只鸟在笼子里上下翻舞，可叹那一根根稠密的铁丝。当时我曾经想放它出去，可它又能去哪里呢？这么大的雪，这么冷的天。

实际上在早些时候我也有这样的念头，我不知道这种鸟怎么成了家养的笼中鸟。假如放归大自然，它们能生存吗？我真的不知道，但看到它们在极小的笼子里跳来飞去的，总觉得不是那么回事。当然,有时看着它们蹦跳和歌唱,我也是免不了会有一个好心情,而这种好心情是鸟带来的。我能给鸟带来多少好心情呢?

于是我冒着漫天飞舞的大雪走出家门,深一脚浅一脚地去四处寻找卖鸟的。我终是徒劳而返。经过这一折腾,我的心里就好受些了,觉得对得起这只鸟了。鸟怎么能知道这些呢?它还是不停地叫,而且我发现它比两只在一起的时候叫得还好听,声音也大。

现在我才感到,它或许是想着赢得我的好感,让我尽快能给它找个伴儿来。

那么这是一只公鸟还是一只母的呢?我倒是希望是一只公的。于是我没有买回那只鸟来,我想着就这几天提着这只鸟让人家看看,给它重新婚配一个"小姐"。怎么就坚持不住了呢?这让我感到十分的歉疚。我想什么都要往前赶,不要拖,不定有什么事情会来呢。世界上的事情就是这样,鸟最后给了我一个启示。

我轻轻地托着这只鸟,将它放进了一个大纸袋子里。那纸袋子曾经装过一本文学书籍,现在这只鸟在里边。我托着它,走到了园子的一个雪堆边,挖开一个地方,将一只鸟儿隆重地下葬。

绿牡丹,你也是一条生命啊,来在这个世界上,并且还有了一个伴侣,你的那个伴侣就在这堆雪的下面。

忽就想起,为什么要叫"绿牡丹"呢?是因为它周身是绿的吗?牡丹是名贵花种,一年开花只有短短的时光,最短的时光里却要把自身开得娇妍无比。短命的"绿牡丹",是否也暗合了这样的一种花儿?

兔 儿 情

一

终于有了一对小白兔，红玛瑙般的眼睛亮亮的，透着温顺，茸茸的毛比纸都白。人说这叫安哥拉兔。安哥拉在哪里？我不知道，可因为这对小兔，那个地方在我心中美好起来。

我是打听着跑到几里外的付庄买来的。只听说那里有人养兔，并不知道人家卖不卖。去到付庄村里，一路茫然地走，问哪一家养小兔子，问了几位都没有结果，便有些灰心，觉得这道听途说的事情未必真切。

眼看要转出去了，在一个颓垣外，我竟然看见一个人在里边忙活，几只小兔子在院子里蹦跶。一阵欣喜涌上心头，我大着胆过去就问："大哥，你卖小兔吗？"那人看了看我，说："你要呀，我这可贵。"

就这样，两只毛茸茸的小兔就到了我的书包里。那是院子里跑着的小兔的孩子，它们刚出生不久，我算是来巧了。虽然邻家小同学是五毛钱买了一对，而我花了两块钱，可我不后悔，我的小白兔是长毛兔，纯种安哥拉兔！

我给小白兔搭的窝就在房门口，怕它们丢了，上边罩了密密的铁丝网。我每日里关照无数次，担心它们饿着渴着，粪便及时打扫，以防染病。那个年代，半日学习半日劳动，劳动即是帮助生产队割麦子、翻地、摘棉花、割草之类，回来时我的书包里也就塞满了。那大哥告诉我，小兔最爱吃苦菜、苦苣、菟丝之类，我记住了，每次都细心地剜来。喂小兔前，还要先一个个择过，草根、黄叶全去掉，有小虫子的也不让它们吃。它们可比在那个颓垣里幸福多了。它们已经感觉出我的友好，每次喂它们，它们都会亲热地拱我的手，向我发出善意，有时候我还会听到它们的叫声，那声音好奇怪，但是对它们来说，就是最好的表达了。

二

一连下了几天连阴雨，小兔早吃光了“积蓄”。这日黄昏雨才停下，有兔草的地方远在城外，一个来回几里地远，我不会骑车，这时再去剜菜，回来一准要升了月亮。母亲看小白兔着实可怜，就动员父亲骑车带我去。一向正统的父亲竟然同意了，我们跑了五里路才满载而归。撒一把苦菜、苦苣给小兔，它们那般撒欢，清脆的咀嚼声使我忘记了饥饿。

到底是安哥拉兔，那毛越长越长了，它们白茸茸的，卧在那里竟像小羊羔。有人说，快梳了去收购站卖吧，很贵呢。

我用梳子梳了半天，也没掉下多少毛来，狠狠心便动用了一把剪子。原本漂亮的“服饰”被我剪掉了，那对小兔被剪得丑丑的，让人怜爱，它们是被动地为我付出呢。拿去收购站，竟卖了三块多钱。我想着，如果有那么一群小兔子，剪一次毛能卖三十块吧,真盼望着它们早早抱窝。

转眼到了冬天。

一天,我忽然发现小兔不断把干草叶子拖进窝里,赶忙去问邻居。小同学说,小兔在做窝了,许是要生小兔了。我高兴极了。邻居的小兔窝是挖在地下的,小兔抱窝时,刨出了厚厚的一堆土,想那地下的窝一定很潮。我从农场上抱来麦秸为它们铺了厚厚的一层,这比地下好多了。

那些天里,我时时操心去看,却一直没有发现什么新的迹象,心劲儿也就渐渐松弛下来。田野里苦苣早已没了,苦菜在料峭的寒风中虽还有些顽强的影子,但得要花好大功夫才能找到。以往挖菜还能叫个伴儿,天一冷谁都懒得出门,自个一人也再无信心跑出三四里地去。什么事长久了,许都要失去热情,我就只好学着邻居,把菜根、萝卜头之类扔给小兔。母亲更是想了办法,把喂鸡的剩饭倒给小兔。小兔闻闻舔舔地都接受了,看来并不为此"绝食",我的懒心释然了。

这晚外边刮了一夜的风,沙沙的雪粒打在窗户上,让人觉出无尽的寒意。早晨我懒得起床,好久开门一望,整个儿白茫茫的世界,冰凌垂在屋檐下,拿棍一敲,脆脆的,掉下一串。我呵呵手方想起那两只小兔来,赶忙去看。

蒙着的塑料布上覆了厚厚的一层雪,抖开雪拉开窝门,厚厚的草窝里怎有一群小老鼠?再仔细看,莫不就是一堆没毛的小兔?它们拥在那只母兔的身旁,蠕动着未睁眼睛的小脑袋,那般可怜,其中两只已僵硬了身子。再摸那个兔妈妈,也已气息奄奄。

我几乎掉出了眼泪,赶忙双手捧了那堆生灵,放回屋中火炉旁,又去提那只兔妈妈,同样放在火炉旁,希望它能起死回生,照管这群孩子。连那只兔爸爸也被我提进了屋,兔爸爸一进屋便钻进了床底,不为给它的白菜所动。炉子边躺着的兔妈妈还是不见动静,它的体温越来越冷。它的孩子们裸露着浅红的身子,像一条条烤在炉子边的小红薯,有的只是稍微地动一动。我调了奶,盛了米汤,却如何也喂不到小兔娃的嘴里,把它们按在碗边,也不知道啜饮。这个不行了,那个也不行了,眼看着它们八个同兔妈妈相继死去。只一天的工夫,我的痛苦达到了极点。

我真后悔,那个窝其实不能御寒过冬,更不具备生养小兔的条件。而不会说话的小生灵,又无论如何不会向我请求什么,我没有经验的疏忽,就这样葬送了九条可爱的生命。我把它们用棉絮包了,送到古城下的雪窝里。兔妈妈许有五六斤重了,我丝毫没有烹煮它的意念,尽管事后有人觉得很可惜。

三

剩下一只兔爸爸,我得好好照料它,想着开春再去买一只来与它做伴,免它孤寂。

我用砖泥重新砌了窝,周围又铺上了草苫子,拿出细嫩的白菜供应它。我想它应该知道我的好意。谁知两天以后它拱破了窝门跑没了影儿。

大冷的冬天，又不是在田野间，跑出去能在哪里生活？我急得四处去找，找了好多路口好多人家也没有找着。我白天上学，一直没有心情。

晚上了，我听见门响，以为是风，再仔细听又不像，开门一看，那只兔子带着一身寒气蹦进了屋。我惊喜万分，抱起它来，它身子打着哆嗦。我的心中满是歉意，掰了白菜、倒了菜汤给它，它吃得很香，许是饿了一天。我一遍遍地挠梳它的长毛，摸着它的耳朵，真不知如何抚慰它。它吃饱喝足了，在屋子里蹦了一圈，又钻进了床下边。第二天开门，它又急急地回到了窝里。我安心了，为它忙碌一番便上学了。

我放学回来先去探视，却又不见了那熟悉的“小伙伴”，想它寂寞孤独，出去跑跑，天黑还是要回来的。我那晚一直不能入睡，留意门口的动静，可那挂着布帘子的门口却一直没有响，我几次忍不住开门去看，都扫兴而回。一天、两天过去了，再不见了它的踪影。

这是个星期天，我整整一天都在寻找它，不时回来翻看兔窝和家里，最后愣愣地待在它的窝旁。

雪花又飘了下来。在这寒冷的冬天，它会去哪里呢？即使不被冻死，也要被人捉去吃肉。它一定是寻找它的亲人去了，它许不明白它的亲人去了哪里。我抱着它的亲人出去掩埋的时候，没有让它看见。

难道兔子也有人一样的情感吗？我就此失去了这对可爱的生灵。那个兔窝我放了好长时间，一直不舍得放弃。

采　桑

那天正上课，一个同学偷偷塞给我一片纸。我翻过纸的背面，竟是一片密密的小“芝麻”。同学说这是桑蚕子，比蓖麻蚕还要好呢。那之前我见过蓖麻蚕，它们专吃蓖麻叶，蚕身长得也不好看，可小朋友用两本画书才换了两条。

这些小“芝麻”，会不会变成一条条白白的活物呢？同学说，等吧，春雷响的时候，它们就被震醒了。

于是，我每天有了一个秘密的盼望。终于在一天夜晚，远远传来一阵沉闷的声响，起初还疑惑，再听，可不就是雷声？我赶忙光脚下床取小盒子来看，小盒子里的纸片却没有任何变化。那雷声更大了起来，雨也淅淅沥沥下了起来。连续几天，我热盼的心情冷却下来。

有一天，小同学说：“你的蚕宝宝出来了吗？我的已经出来了。”

我才想起高置于门头顶上的那个小盒子，已经有些天没去看它了。

我下学急忙忙跑回去，打开一看，哟，密密麻麻爬了一层小蚕，样子如小黑蚂蚁一般，白皙皙的蚕宝宝最初原是这般丑模样。仔细看了，小“蚕蚁”们蠕动着，扬着小脑袋寻找吃食，有些正伸头弯腰地从圆壳里挣脱出来。

它们出来多久了呢？出来就找不到食吃，它们该是什么样的心情？它们必是有心情的。

我跑到屋子后边的田野去看，问田里的农人，却没有见着野桑树。好不容易等到下午上课，又好不容易盼到了下课，我跟着那位同学走了很远很远，才找到了一棵野桑树。那小桑树上，光秃秃的干，只有几簇细嫩的芽芽。我们捋下来一小把，剩下的叶儿留待下回再采。只这一小把，就够小“蚕蚁”们吃好久了。叶芽放在盒子里，半个时辰那些小玩意儿就爬满了，好玩极了。

蚕宝宝长得很快，那棵小树不够用了，我便照着同学的指点去寻别的野桑树。我这才发现，桑树大都长在坟墓上，尤其是那棵大桑树，枝繁叶茂地挺立于坟群中，远望则喜，近看则忧。小时候听了不少鬼神的故事，因而就最怕坟茔。

说来也怪，想到在家饿肚子的蚕宝宝，我的勇气就陡然而生了，我走到树下三下两下上去，摘了那可爱的叶子，一切都不再挂心。许是养蚕者多而野桑少，郁郁葱葱的桑树几乎不见，叶子都是稀稀拉拉的，每次要捋一书包，总是难得。

每日里，采桑便是我放学后的乐趣了。母亲从小就支持我学知识长见识，她把一颗慈母心同样施在了蚕宝宝身上。母亲最怕那些坟，不知道为什么。她每每嘱咐我要找个同学做伴，不要去得太晚。我每次去采桑叶，她必是都放不下心来。我这养蚕，是好事还是坏事呢？道不明白，养了它们又究竟是为了什么。

蚕宝宝一天天长大，一层皮一层皮蜕掉，身子渐渐变成纯白色，十分惹人怜爱。小盒子换成大箱子，一条条数了数，竟有几百条之多，这使我成了这一片的养蚕“大户”。我越发忙了，那日子过得也快，以前没有养过蚕，不知道这小生灵有那么大的肚量，一把桑叶撒上去看是绿绿的一层，一阵小雨霏霏声响，便全露了白白的蚕身子。只有连撒几遍，那蚕才吃饱了肚子养神歇息。直到有一天，它们一个个吐丝结茧，采桑的繁忙劳作才告一段落。

结了茧，茧里飞出了蛾子，蛾下了蚕子，那蚕子可就百倍于初了。蚕子下在一张张硬纸上，送出去了不少，还有好几张，我不舍得丢掉。来年清明，蚕子一个个破了，又钻出一片密密麻麻的生命来。

我心里不忍看它们挨饿，只好再去采桑。如此又一年，慢慢忙不过来，闹得我们全家总动员，有人去采桑叶，有人在家管蚕。害怕虫子的母亲，也敢用手一条条拿起蚕来打扫箱子。尚小的妹妹，在我找不到伴儿的时候，也跟我跑出好远去采桑叶，自然她不用帮什么忙，只是跟我做伴壮胆。站在野坟地里，看我高高地攀在树上，她便不停地“哥哥、哥哥”唤着。那坟地在旷野中，是十分静寂的，尤其那没腰的荒草和那黑乎乎的兔窝狐洞更是瘆人。没有妹妹壮胆，我是如何也没有这般勇气的。

还有母亲，也曾陪我去过这样的地方。记得有一次，我没顾上去采桑叶，晚间了，蚕把所有的存叶吃尽，母亲甚至把打扫出来的箱底垃圾又倒了进去，也无济于事。看着高升的月亮，我早失了勇气，心善的母亲看不下去，坚决劝说并陪我去采桑叶。我们就在月色苍茫中来到坟地里，我默不作声地爬上那棵不大的桑树，母亲站在坟堆间，夜风簌簌……

三年过去，我终于狠下心把所有的蚕子都送了人，因为我升入了小学的高年级，也因为我不想再让亲人们跟着我受累。但我深切地记着，为了我认定的小事业，母亲她们给了我多么大的支持。有了母亲的支持，我才从小懂得了人生的许多艰辛、许多事理。我熟识了田野，喜欢上了大自然。远远的地平线上，我会从众多的树木中一眼认出哪棵是野桑树。那桑叶的清气、桑葚的嫩甜，深深地留在我的记忆中。

白水秋风吹稻花

在来永丰之前，我是不知道欧阳修的家乡的。《醉翁亭记》中有句“太守谓谁？庐陵欧阳修也”，而古庐陵也是在来吉安之后我才知晓。欧阳修的墓地在距我所居的城市不远的新郑，那里倒是去过多次，最近一次去，他墓前的大殿正在翻修。新郑是黄帝故里，也是白居易自小生活的地方。欧阳修葬于此，对新郑来说是一种骄傲，对欧阳修来说也是不错的归宿。欧阳修在不远的开封做官，他像包拯一样做过开封的知府，并且在朝廷里做过枢密副使、参政知事。欧阳修去世后，按照朝廷的规定，大臣的墓葬必须在京城五百里之内，因而，他没有葬回家乡。

车子顺着崎岖的乡路蜿蜒而行。到处是绿树碧草，田野里生长着的水稻已经扬花，恩江在路的拐弯处突然出现。那江好辽阔，江水并不湍急，一些沙渚在水流的冲击下涌出水面，阳光中泛着白光。

车子终于停住，我们顺着一段堤坝走下去，远远地看见一处古色古香的建筑，是设在永丰的欧阳修纪念馆。欧阳修的第三十五代嫡裔欧阳勇显得极为热情，引着我们看了馆内的展品，听说我还要去欧阳修祖地沙溪，便给他的姐姐打手机，要他姐姐在那里等。欧阳勇告诉我，县里对他们姐弟很照顾，姐姐在老家照料着“西阳宫”。他是独子，县里还给他特批了一个生育指标。实际上，无论在永丰还是在沙溪，欧阳修的后裔已经不多，不是远走他乡就是在外地聚集生息，如我前次到过的钓源古村，就是欧阳修后裔的一个分支。

车子在一条乡间路上又行进了好一阵子，近中午时分方到达沙溪镇。镇上安排用了午餐之后，我们才穿过一条并不宽阔但很热闹的乡间小街，来到了一处高墙的外面。高墙里围着的是一所以欧阳修命名的乡镇中学。镇领导领我要看的并不是这个有着多年历史的中学的面貌。走进中学的偏门，我看见的就是那个有着“西阳宫”三个字的砖瓦老房子。说是“宫”，其实并不大。欧阳勇的姐姐欧阳水秀这时走了过来。

这是一位极普通的乡间妇女，笑着说她的弟弟已经打来电话，她还专门洒扫了庭院，早早开了门锁等着我们。她说原来这里是一个道观，曾有文忠公祠、画荻楼、读书堂等好多建筑，后来都毁弃了，只剩了这么几间房子。

进入这个双层的砖瓦建筑，依然能看到雕梁画栋的古朴与文气。吸引人眼球的是那块被列入国宝的泷冈阡表碑，在这里真切地矗立着。我抚摸着这块暗凉的碑石，一种异样的感觉顺着手臂传导而来，似乎上面还留有着欧阳修著文时的气息。

欧阳修对他的父母有着深重的情感，多少年里他一直都想为父母写篇祭文。从有这个想法到写完这篇《泷冈阡表》，经过了十几年时间，由此了了他的一份心愿。

这块碑石也是欧阳修在山东青州做知府时特别留意寻找选定的。这块碑原先就立在欧阳修父母的墓道上，后来才移到这间房子里保护起来。欧阳水秀说这块碑在“文革”当中还遭历了红卫兵的冲击和破坏，是欧阳修的后裔设法保护才不至于被毁掉。现在看这块碑，依然有时光的烙印在其上。

实际上，欧阳修对他的父亲的印象并不深刻，他是随着母亲长大的。广而传晓的“画荻教子”的故事说的就是欧阳修自小受到母亲良好的教育。欧阳修的父亲欧阳观去世时，欧阳修才三岁，那是在江苏的泰州。第二年，母亲带着四岁的欧阳修回乡葬父。由于生活所迫，随后母亲又带着欧阳修流落他乡。

欧阳修是从母亲那里知晓了更多做人的事理和家乡的秀美的。欧阳修与母亲的感情是深厚而绵长的，他在母亲的身上寄托着对父亲、对家乡多重的感情。因而他是在母亲的目光里和期望中一点点长大成人，并成为国家的栋梁之材的。母亲在父亲去世四十二年后归天，欧阳修这时正在应天府，距离家乡千山万水。想到母亲是那么爱父亲，热爱家乡，他决定了却母亲的心愿。于是第二年，四十六岁的欧阳修扶着母亲的棺柩一路南下，历尽千难万险，陆路加水路，将母亲安葬于父亲的身边。

按现在的说法，欧阳修是有幸的，他名成一代文豪，是为“唐宋八大家”之首。从母亲画荻教子开始，至后来功名著作等身，欧阳一脉很是值得一表。然而另一方面，由于长期从政，欧阳修在那个圈子里不断地受到排挤与陷害，不断地遭贬而迁徙，一生之中并不顺畅。也许是“愤怒出诗人”的缘故,他的很多文章是在贬谪的任上作就的。

另一点便是在情感上。早年,他二十四岁中进士,与自己老师的女儿、十五岁的胥氏成婚,之后欧阳修去洛阳为官,跟妻子离多聚少。胥氏十七岁那年不幸因难产去世。两年后欧阳修又续娶了妻子杨氏,没想到十个月后杨氏又染病身亡。两次丧妻使他痛苦不已。这期间也是他东奔西走的时候,为此更增加了他的痛苦和思念之情,写了不少追思亡妻的诗词。之后不久,他又遭贬,这次是湖北夷陵。为排解孤单与忧烦,他又娶了薛氏。回乡葬母的时候,欧阳修深情地将前两个妻子安葬在了父母的坟茔旁。

从随母葬父到回乡葬母,欧阳修一共回过两次家乡,对家乡的认知也只有这么两次。在欧阳修的情感深处,他是有着深深的故乡情结的,尤其是母亲死后,他的思乡情意益重。母亲去世时,欧阳修打算把母亲安葬在自己所在的颍州,以便于祭扫,但是想到自己颠沛流离、居无定所的生活,加之母亲对父亲和家乡的情感,才将母亲的灵柩送回了家乡。

这样一来,祭扫父母与亡妻就成了欧阳修的一个心事。虽然后来他又得到重用,在宋朝的开封长期任职,但他还是不断地向皇上请求,希望能回江西任职。那个时候,在中央做行政长官对他来说已经不重要,重要的是能在余生守着父母与家乡。十年间,欧阳修曾经为此事上了七次奏折,都没有得到允许。

我们从欧阳修的诗中可以看出他对家乡的感情,“为爱江西物物佳，作诗尝向北人夸。”欧阳修在归葬母亲时曾经指着凤凰山说也要葬在此地，他是对自己说的，也是对父母说的。然而十九年后，欧阳修病逝颍州，却没能按约回归故乡。

告别欧阳水秀，梦星领着我登上了一座满是红色山石的高岗，梦星说这就是泷冈。泷冈位于凤凰山下，远山近水环抱，翠林荻花相绕，四下里看去，还有一片片墨绿色的茶油林，一看就是一个风水宝地。欧阳修父母的墓就掩映在一片绿色之中，墓柱上的一副对联很有意味，“千表不磨从国范，古坟犹带荻花香”。若欧阳修与夫人薛氏也葬于此，则是一个完美的终结了。

从永丰回来，我又一次来到新郑欧阳修的墓地。我想向他说：我去了先生的家乡，那里仍然是“青林霜日换枫叶，白水秋风吹稻花”的美好景象。

黄昏中的美儿

美儿，真不知道有人会叫这个名字。

一溜儿姑娘走在田埂上，叽叽喳喳如燕雀。“看，第三个是美儿。”有人说。没看清面目，我却先记下了这个名字。

遇上浇地上夜班，我到队长家去，刚到门口，一条大黄狗狂吠着尽职尽责。一个姑娘掀了门帘，一个轻轻的声音，那狗就不再张狂。

“是你呀，进来吧。大午，来人啦。”

队长的妹妹长得这般好，城里人也没法比，些许红润透出白皙，让我不敢直看。

人家说：“那就是美儿呀！”

那名字，那面目亮在一起。

再去找队长，还是那狗吠，还是那声轻轻的唤，还是露出红润的脸儿。

“是你呀，进来吧，大午出去了。”

她正在洗衣服，白日里那件红罩衫。身上一件青布小褂，素得分不出颜色，却得体，透出丰润年华。

这即是美儿的闺房？一架卧柜，一只箱子，一块梳妆镜子，全没了漆色，再就是占据房间一半的大炕。

这即是美儿的天地？同队长住的那间没什么两样的简陋。她是如何度过十八年空寂的岁月的？

“哎，你这下乡的，想家不？”

美儿找话跟我说，一抬眼一低头先让人觉出羞来。

“不想家，想也没用。”

“那你还回去不？”

“不回去了，在这儿扎根了。”

那时下乡青年都是抱着扎根念头的，我说的是实话。

“真的？”

美儿又抬眼看我。

“嗯。”

我觉出热来，空气回旋得太慢。队长还没回来，我急忙告辞。

走在路上，说不清酸甜滋味，搅在心头，那名字、眼神、问话，走马灯一般。

慢慢地知道，美儿家原本有些积攒的，只是为了大午能找上对象，才扒去旧屋，盖了这新居。这新居对美儿是没一点儿意义的。三间房屋，中间是烧火做饭的，两边美儿同母亲住一间，哥哥同父亲住一间，娶进嫂子，美儿就无栖身之处了。

美儿要打扮自己，却也没这个能力。一件好看的衣服，晚上洗了白天穿，总是那么羞羞的几件。美儿美名在外，难言在心里。

“哎，下乡青年。”

街中间，轻轻的声音缠住了我的脚。我也早看见了她，只是不知她在等谁。她叫人不叫名字，比别人新奇。我驻了脚，却不敢朝前去，我怕她的名字、她的光彩，怕周围的眼睛，怕背后的嘀咕。

“哎，吃糖不？”

说着，她已伸过手来。

我不好拒绝，又觉荒唐。什么时候，什么年纪还演这儿童节目。一伸手竟是一把，热热的黏黏的，不知在她手里捂了多长时间。

“吃呀！”

她竟用了命令口气。

忙剥一个入口，滋味很特别。

“走啦。”我说。

“唔……”

她先扭去了身子。

又是黄昏，又是街角。

“哎，下乡青年。”

美儿和我不在一个队，更不在一处田里劳作，她才在这儿等我。

“最近怎不去我家？”

“没什么事。”

确实找不出什么借口。

“人家来人了。”

话语轻轻，没听明白，不好作答。

“下午走的……”

“跟你说话呢！”

“哦，谁来了？”

依然不知她说的什么。

“提媒的呗！”

陡然出口的话语，声音有点高。我心一震，她竟跟我说这些。

“哦，你愿意？”

“你说呢？”

“我怎么知道。”

我的心跳起来，慌慌的，看见表妹去井上打水，找个借口跑了。

我明白我收到了一个信号，它来得这般突然，这般猝不及防，我没有一点准备。我不知将来的命运，不知我的前途、我的归宿。刚刚插队到此，连个小屋都没有，寄住在舅舅家里，我只是在一天两晌地打发着日子，如漏船载酒。

“表兄真行，被村里的俊丫头看上了。”

表妹回家宣布，话语中分明是一种鄙意。

“哼，那丫头，都不看看她的家底，也想让人家给她背黑锅？”

我的头嗡地一响，什么话也听不见了。我知道这话语中的分量，在那个大讲“阶级斗争”“政治清白”“划清界限”的年代里，我连自己的亲二姨家都不敢明着常去，不就是怕影响前途吗？

终于闹清了，美儿的父亲被抓过丁，干过伪军，美儿的母亲是父亲从外边带来的，本不是庄户人。这使得大午是队长却不是党员，美儿是青年却入不了团，永远是“考验”的对象。

美儿的形象坍塌了。美儿美得那般不是一般人，活得那般不畅快。美儿走在田埂上，人们欣赏她的形体，却鄙视她的出身。

美儿自己明白一切，想逃脱又无法逃脱。美儿眼下的那颗小痣，本就是颗泪痣。

我不敢见美儿。我开始躲着那街角、那小路、那个软软的声音，“哎，下乡青年……”

我想入团、想参军、想被招工、想出人头地，想着有一天能离开这个窄小的天地。

有时我也想：你是自作多情，人家又没跟你有过任何表示，兴许人家早就定了亲呢。

那么她会定个什么人呢？门当户对？像有些例子，“地主”找“富农”，“土匪”找“三青”？那她将永远翻不了身了。

美儿，我又是多想知道你的一切。

可恶的地震就在此时发生了。

除了生存，一切都次要得无从顾及。听说死亡名单上没有美儿，我心绪稍稍松懈下来。

几天之后，去看大午，却没有见着美儿。

又是十余天过去，河南的抗震救灾车开进村子，我跟车回去。

走时那般匆忙，来不及跟许多应该告别的人告别，我就挤在了车上闹嚷嚷的人群里。

汽车开动的刹那，我不无恋意地向后看去，竟看见美儿站在远远的街角，手不停地擦着眼睛，却又是一动不动地向我看着，黄昏中，一绺鬓发零乱地飘扬。

只是越来越远了，留那个浅红的身影在夕风里。

我只觉得心模糊起来。

（补记：美儿是真名，多少年过去，美儿原本清丽的形象依然装在我心中，一个有着真正的美、有着无数的向往、有着许多无奈的女孩，不知道她最终的命运如何）

荒田苗寨的孩子

大山中的荒田古村，是一个红军到过的苗寨，在云南、贵州和四川三省交界的地方。1935 年大年初二，一个麻脸连长带着二十多个红军来到了苗寨，他们不进家门，在大屋外面搭起帐篷，在寒雪冷风中度过。其他的红军和中央首长则住在大山附近的扎西城和其他山寨。

麻子连长他们在屋外的帐篷里住了两晚又走了，走时带走了三个人。三个人跟着去当红军，去了不久又回来了，回来就还种田，还吃烟、喝酒、跳弦子舞。

现在苗寨里光剩下老人和孩子，年轻人都出门了。我们来到的时候，寨子门口，村主任领着一群娃迎接我们，娃们穿着苗家服装，尖着嗓子唱：红豆采哟绿豆采呀，荒田深处怀春光啰……

寨子门口有一副对联：

几缕炊烟几声牧笛

一泓秋水一寨风情

掩映在绿色中的房屋，灰白相间，灰的是瓦，白的是墙壁，在高坡间矗立着。墙壁上画的是年轻人打鼓跳舞的场面。屋子里供着苗家祖先，他们原来生活在中原。

漫山遍野都是绿，红黄紫白跳跃其中。我看见一种树，高大蓬勃，说是叫滇朴树。

寨子有四百多口人，一座座漂亮的房屋却不闻人声。典型的苗家大屋的门上满是祈福的文字和刻画。大屋可以做客房，留宿客人。我进到一间屋子，里面洋溢着温馨的气氛。村主任说，真有外地人来住上两天三天的，他们喜欢这里。

村主任带着我们这里走，那里看，路边采下一片叶子，说是草药。他又带我们去看树，树是红豆杉。那是一处让老辈人骄傲的地方，有上百年的历史了，在高高的坡上。坡下是一片刚开垦的地，一个村妇正用锄头一下下地翻土。

回来的小路上，一个小娃走走停停，看见我们，吓得哭起来，他可能没有见过这么多人。村主任说，他是去地里找奶奶。“没事儿，去吧！”刚刚两岁的孩子，一晃一晃地又向前走去，走走还回头看看。奶奶停下锄头，冲着孩子喊起来。

一个一个大屋子又出现在眼前，屋内大都空了，看到的是留守的儿童。一座老屋的门上还贴着喜字，结了婚的新人也走出了大山。寨子里那些美丽的姑娘们，大都在城市的机器旁了，她们不说，没有人知道她们是苗人。

猛然看见一个青年人，稀罕得很，我们赶紧过去。那是个年轻的妈妈，孩子刚刚一岁，因为在家里带孩子，才没有出门，但是她说她马上就出去了。孩子呢？孩子就丢给老人。问去哪里，说是去福建。寨子里不少人都在福建，孩子的爸爸也在福建。那些好看的房屋，难道是靠他们的收入得来的？孩子天真地看着我们,而后看着妈妈,他不知道妈妈很快就要离开他,而后他要跟着奶奶在一起长久地生活。

一些走不出去的老人,守着寨子孤独地度过时光。我们走过几个老屋,看见一个老人坐在门首,长久地不动,也不说一句话。村主任说,那是村里最年长的老人,她见过红军。老人像一束阳光,打亮村子的暗处。

小路上又跑来刚才那群唱歌的女孩子,这些留守儿童就在附近的小学上学,今天她们放假。她们最小的六岁,最大的十二岁,再大点的在更远的中学住校,平常不回来。寨子里来了客人,让她们充满新鲜感和好奇,她们疯跑着,打闹着,玩着山里孩子自己的游戏。偌大的房屋里,她们与隔代的老人相伴,没有爸爸妈妈的身影。问她们一个问题,她们群口齐声地回答。

你们去过更远的地方吗?

没有——

县城呢?

也没有——

会采猪草吗?

会——

会做饭吗?

会——

想爸妈吗?

想——

我问起她们的父母，他们有的一年能见到一面，有的几年都没有见到了。她们说起这些的时候，露出平静的表情。问起她们最远去过哪里，回答多是只到过镇上。

你叫什么？菲菲。你爸妈在哪里？在新疆给人种地。多长时间没回来了？两年了。

你叫什么？韩瑜。你爸妈在哪里？在吉林打工。

村主任过来了，指着这个介绍，指着那个介绍，又指着一个叫韩启鲜的女孩说，她爸爸打工时死在了外边，她妈也不回来了。我听得心里一热，孩子们一下子安静了好多。

咱们来唱歌吧。有人打破了寂静。这群孩子又疯了起来，叽叽喳喳像一群燕雀。

天渐渐黑了，山寨终是要隐在沉静中。

我们要走了，孩子们跑来送行，送到寨子口，送到山崖边，一直看着我们的车子离开。

车子一圈圈踅下去，在山腰上盘旋了好久。有人惊呼："孩子们还在悬崖边！"我回头仰望，果然，从身影中感觉那么多双眼睛还在望着，充满稚气的眼睛，没有任何杂质的纯色的眼睛！

封存的心愿

他说他是我表叔，可我确实不知道。他用极浓的乡音诉说着、证明着，我只得点头。他终于在众人面前开心地笑了。

我回去问了奶奶，也确有这么个远房表叔，早无甚来往了，且不在一条街上住着。

表叔喜欢往村里的小学跑。临近年关，村里组织了宣传队，在教室里排练。我回去探亲，被请去作“指导”。我就是在那里碰上了表叔。他趴在门外，同一群小孩子张着镶一颗金牙的嘴笑着，他的笑似是莫名的、下意识的。待一曲或一舞完了，他便进去说“好”，大都是对着那些个女子。

“你唱得真好，跟皮影里的一样。”“嘿，这手甩得像巧儿。”皮影是家乡的剧种，大概他是和电影里的皮影剧扯在一起了。巧儿则是评剧里的刘巧儿。这些在当时都属“封资修”的东西，早被禁演了。

因他夸过了头，女子们也就不大好意思，由他说去。可在我看来这却是令我很反感的事。这表叔，忒不给我争面子，大我一辈的人，让人家见笑。

每天排练，表叔的影子总围着教室转，后来干脆被招进去打个下手，拾掇个东西、挎个鼓什么的，不知其中有没有我的面子。

其实背挎鼓是些小孩子的事，他很是乐意地咧嘴笑。我慢慢听说表叔精神上受过刺激，几年前表婶生孩子难产，母子都没保住。本来结婚就晚的表叔，一下子就陷入绝望的痛苦中，虽然活了下来，精神上却给人有种不大正常的感觉。我说不上是同情他还是鄙视他，反正不大把他放在眼里。

自我来了以后，表叔也就常到爷爷家走走，见了奶奶就叫着表婶子。奶奶拉了他的手像对我们晚辈一样亲热，表叔也就觉得十分荣耀，盘腿坐炕上，露着金牙笑着，一声高一声低地聊些我不知道的旧事。

节目会演，村里的节目被选上，要去区里表演，区址在离庄子三十多里地的老铺。出发的头天晚上，下了一场纷纷扬扬的大雪，漫天遍野都白了。奶奶不让我去，说我又不是队里的人去凑什么热闹。看看天上又飘起了雪花，我有点犹豫，犹豫是因为我心爱的小提琴。路滑把不住摔跤，那崭新的盒子就会打了泥滚，琴也把不住要被震坏。

就听有人在街上喊起来，是表叔。表叔说，放心吧，摔了找表叔。他便把那琴拿过去放在了自己的车筐里，车筐是荆条编的，又大又深，绑在自行车的一边。老家人的车子上大都绑一个这样的筐子，很能装东西。然后表叔又去缠着奶奶说好话，无非是离了我节目就塌了天之类的话，直说得奶奶乐起来，说："去吧去吧，跟了你表叔我就放心了。"

路上确实是一片泥泞，八九辆车子，十几个人，艰难地顶着风雪上路了。自然是少不了摔跤，不是这个翻了，就是那个滑倒了，引起一阵阵的笑骂。表叔的车子似是从博物馆骑出来的，一路上更是少不了要把戏，直让我后悔不该把小提琴交给他。

最重的一次摔断了车链子，车子滑出去很远，表叔则翻进了路边的泥沟里，爬上来简直就是一个泥人。可他还咧着嘴笑，露着那颗发亮的金牙，直让大伙也笑弯了腰。我担心小提琴，跑到前面去看，小提琴却是好好地捆在车筐里，盒子外边包的竟是表叔穿在棉袄里的旧绒衣。此时表叔正抖着手，用找来的石头敲打着链子。一股暖流立时涌遍我的全身。

回来后，表叔拉我去他家，一路上他都兴奋地和人打招呼，介绍我是他表侄。

他的家极有些清冷的味道，屋里摆的、床上用的全是些如他那辆车子一般的物什。我知道表叔死了妻子，可表叔三十九了，怎么连点儿财产都未积下来呢？

表叔让我脱了鞋上炕里边坐，用小方纸极快地卷成了一支旱烟，在嘴里抿了边儿递给我。看我不抽，表叔便自己点上，喷一口浓浓的黄烟笑着。抽了一阵子烟，表叔就找话说，说来说去就扯到那件辛酸的事，扯到痛处竟抹了泪。

表叔打了好长时间的光棍儿，一个人闷着头干活，一点点积攒，总算是翻盖了祖屋，说上了媳妇。虽说媳妇人很一般，死了丈夫嫁过来，可那也成就了一家人家，灶膛里有火，热炕上有人，过得像个日子了，而且还鼓了肚子抱了窝。表叔说那些日子就像是做梦,常常觉得不是真的。没想到真的就变成了一场梦。整日里露着一颗金牙笑着的表叔,竟然呜呜地哭了。那支烟早灭了,他再也没有点着。

表叔扯够了就打开墙角的一个卧柜让我看,那时表叔眼里又透出一种光亮来。打开卧柜前,表叔先噘着嘴狠劲吹了两下,用袖子在柜面上轻轻拂了一下,让人陡生一种神圣感,仿佛在进行什么仪式。柜子盖揭开,拿去遮在上边的红纸,那里边竟是满满的崭新的物什,红红粉粉的被子、花花绿绿的衣服、鸳鸯戏水的枕头,还有暖瓶、脸盆,脸盆里放着香皂、香脂、木梳、牙刷、牙膏、毛巾、水银镜子,甚至还有绣花床帏、门帘、碗筷瓢勺和表叔的崭新的棉袄、鞋子……

我惊呆了,不用表叔细说,我也明白,表叔的整颗心都存在这里了。这些东西同表叔现在使用的比较起来,真的是天壤之别。自从表婶走后,表叔就将两人新生活的全部封存起来,不舍得再使用。成一次家不容易,那些与表婶新婚的东西就成了表叔新的资本。每逢来人,他或许都是这样打开,展览一翻。他那么怀想他的妻子和未见面的孩子,他渴望生活的乐趣,他期待着新人的来临。

出门的时候,表叔果然就说了,让我瞅着合适的机会帮他介绍一个对象,有无孩子、岁数大小都无关紧要。表叔极认真地说了,我也极认真地点头应了。我刚刚从千里之外的中学毕业,下乡的事尚未说定,如何会帮表叔“介绍”对象呢?可我当时是那样被表叔打动了，如果我是个女子，且不是他的表侄，我不知自己会如何。后来我回乡到了姥姥家——陡河，那属于城市的郊区，郊区的女子谁愿意嫁到渤海湾里一个小村子呢？可我心里总是惦念着这件事。见了些熟识的长辈，我便让他们帮忙，看看有无什么希望，却是长时间没有结果，致使我总觉得欠着表叔什么。

观　音　山

一

在桥头看了千亩荷花，我心里满满的，上车一迷糊，就到了樟木头的观音山下。一群怀抱鲜花的年轻人热情迎过来，一直把我们迎到山上，迎到观音像前。

观音坐在莲花上，头戴宝冠，身着天衣，手持净瓶，那么慈祥。久久望着，会觉得山海起伏，林涛翻涌，观音在云雾间慢慢飘升。风悠悠吹过，似观音念出的禅语。我立时如石化了一般，不觉所在，不知所往。这是观音的佛力，还是大自然的伟力？站在高山之巅，让目光排空而去，那是一片葱茏的绿、晶莹的蓝。天宇浩茫，风烟俱静，观音坐在这里，如何不智慧慈悲，胸襟坦荡！

山上香火繁盛，偌大的香柱高高过头，香烟像叶子一样飘摇。那是一个个心事，在观音面前打开，打开了也就舒坦了，拜一拜离去，充实自在，馨香满怀。

人说到了晚上，这里近可观樟木头全景，远能眺东莞、深圳的璀璨。在这经济发达之地，人们多在奔波，心事繁重，腿脚少闲，有一座观音山供人祈祷、修养、问禅，让那些嘈杂烦乱纷纷退去，只剩下清净、祥和、安宁，岂不是天地造化？

二

拜了观音，人们拐入一条山道，说是要体验绿色袭人的感觉。我不想跑了，年轻人中有一个女孩就留下来陪我，我们乘观光车慢慢下山。女孩说："老师，你应该去走一下，那可是一段原始次生林，苍茫连绵，独具特色，说不准还能碰上什么珍禽异兽呢。"

那神情，好像不去走一下就错过一段人生佳缘。我显出了悔意。她又善解人意地笑了："老师，给你留一个想头儿，下次再来，我陪你再走，我们还可去原始的松涛湾，去看仙泉飞瀑，走一走天梯栈道，再体验一把高空滑索！"这回我笑了，"好，那就留待下次了。"

车子停在一个转弯处，这里上山下山都很陡，旁边有休息的石桌石凳。坐下后，女孩说："天热，你们要不来碗茯苓糕？"同伴老王可能以为这属于山上的招待，就说："好，吃点茯苓糕最好。"

女孩跑去路边小店，一会儿端来几碗润滑滑的水糕。"快吃吧，降降温。"茯苓糕带点儿甜味，入口滑爽清凉，这个时候我才看见她在付钱。我说："怎么能让你破费？"她说："嗨，为老师买碗茯苓糕算什么。"

我心内不免感慨，女孩在观音山无非是个打工者，而她的好却是为观音山做的，一方面说明观音山人的敬业精神，另一方面说明她的素质和热情。我觉得应该问问她的姓名，找机会点赞一下。

我说:“怎么称呼你?”女孩大方地脱口而出:“梅菊,我妈说梅兰竹菊,梅菊好。”“当地人吗?”“不是,江西人,景德镇知道吧?”“瓷都,好地方。”听我这么说,梅菊高兴起来。

梅菊说,这座山是天赐的,一千多年前就是佛教圣地,后梁时期山顶就有观音禅寺。梅菊的话语中带着某种自豪,好像自己是观音山的主人。

我说江西的山也好啊,庐山,还有三清山、井冈山、武功山。梅菊更高兴了,说:“老师这么了解我家乡啊,可惜我都没去过。我见过的最大的山就是观音山。哎,你们看那云!”

几块厚实的云,像飞毯一样正飘在观音的上方。一只鸟儿从山顶飞下,转个弯又踅上去,如一片旋着的纸,把蓝天擦亮。

陪我们上山的这群青年,穿着统一的黄T恤,热情得像团火,让人觉得在这个群体中是快乐的。说不定,梅菊男友也在其中。梅菊听我问起男友,就摇了摇头,说:“原来有,家里不同意,又散了。”说完捋了一下发梢,似把一段岁月捋掉。

烟岚从山腰袅袅攀升,一群老人乘烟岚似的在山道上陆续出现。我有些后悔不经意的唐突,转了话题,问:“平常上山的人多吗?”

梅菊看着那群人,说:“我们这里是天然氧吧,城市里待久了,好多人都要来山上走走,换空气,换心情。你看,今天不是周末,来的人还是不少。”

一个穿黄T恤的小伙儿过来了,我问:“你们一个部门?”梅菊说："我是负责宣传这块的。像你们来，就属于我们接待。再比如我们每年搞相亲会，也要具体策划，相亲墙啦，玫瑰传情啦，为大家提供交流平台。"说起工作，她的话如流水，热情而顺畅。

想不到观音山还有相亲联姻的活动。还真是，观音本就是为世间言好事的。

我身边的老王笑了，说："有这个便利呀，为什么不给自己相一个呢？"梅菊有些不好意思，说："呀，老师，那个时候光顾忙，照顾场面、招呼媒体的，哪有时间操那份心呀？"

坐在她旁边的小伙子说："可以在臂上贴一标签，写上'我是单身，看好选我'。"

梅菊笑了，说："忙活半天，没人选你可让人见笑。不过，这不是主要的，主要是我现在还不想，我还没能从一段感情中解脱出来。"

"什么意思？"我们觉得有故事。

梅菊给我们一人打开一瓶水，而后说："我在自品苦果，一年多了，还没有超脱出来，怎么能有那份热情？感情这东西，陷进去容易，拔出来难！"梅菊说着抹了一下眼睛，不经意似的，实际上抹去了一痕泪珠。

梅菊的话匣子并没有合上，继续说："谈了三年多了，怎么说也有感情了。我们先是好得不得了，后是吵，再后是分手，什么滋味都受了。最初那会儿，我连死的心都有，孤独、痛苦、迷茫，不知道怎么活下去，辞了职，就来到了观音山。""为什么来观音山？"

“禅修呗，想让心里沉淀沉淀。来了以后，我每天都对着观音菩萨拜，念她大慈大悲，普救人间疾苦。慢慢地，我就平静下来，眼里不再有泪水，流到心里的也倒出来了。”

梅菊说着，眼睛看向远方，那是一条山隙，泉水淙淙，一道瀑布从高处垂下来。

我知道一个女孩子，她也是因为感情问题去了一座山，终是把自己抛向了悬崖。

一阵欢声笑语传来，几个年轻人互相追着，从山道上跑来，他们中有男有女，年轻和快乐随意张扬。梅菊把脸转向他们，立时把那快乐接通了。

三

停了一会儿，梅菊又说：“我总觉得，人还是要有追求的，不能沉浸在自我的小圈圈里，我慢慢喜欢上了观音山，观音山也接纳了我。这里没有落叶，天天满山葱翠，时时充满生机，人的情绪也就不会因季节而多变，正好适合养心。”

“我在这里，每天被这样的情景感染着，就有了心劲儿，沉闷的心情少了，工作热情也高了，慢慢地，看见上山的人就觉得亲切，想为他们做些什么。搀搀他们呀，给他们讲讲观音呀，帮他们打打伞呀。还有爱情派对，每年都会有上百人成功牵手。老师，你不知道，结果公布出来多让人激动！有个女孩在现场哭得稀里哗啦的,为啥?跟我一样,感情问题,把自己封闭太久了。那女孩边哭边说,是观音山给她带来了福音。”

“好啊,这么说,你是放下了。”

梅菊说:“能放得下吗?我二十二岁大学毕业就找到了好工作,你说幸运不?太幸运了,那个报社只在我们专业招两名。专业对口,工作环境也好,我们就是在工作中认识的。不是不得已,谁会狠心辞职啊。有一回,我在山道上,忽然看见一个熟悉的影子,我的心就一颤,赶忙向树后躲,差点滑下去。其实最后我也没弄清是不是他。这种情况,让我怎么重新开始?”

梅菊咧嘴笑笑,笑得有些勉强,随即又将那勉强抹去了,说:“我还抽了个签呢,人家说我 2014 年一直为以前的决定埋单,2015 年会有好的开始。哈,看来我有希望了!”

“你这么相信签卦?”“有病乱投医,信不信吧,找个安慰。签卦还说我不能太主动,要等待好运到来,嘿嘿。”梅菊笑了,我们也笑了。

说话间,人们已经来了,大家再次乘车下山。上山的时候没有注意山路的陡峭,下去时山风呼啸,观光车玩着一个个大回环,车上的人们笑着叫着,心腾在半空。到了平坦处,我们的话题还没有结束。“你父母知道这些吗?他们可来找过你?”

梅菊说:“我可想我爸妈了,现在才懂得他们养我多不容易,本来他们就我一个闺女,可是别不过老人。老师知道老人的意思吧?我爸妈就又生了个弟弟,比我小九岁。我爸妈还是可亲我。

你知道，别人放假的时候我们是最忙的，越过节越回不去。其实从这里去我家并不远，也就十几个小时。”

下了观光车，我们又去看古木展，一棵棵大树的标本还在与时间较劲，最老的来自汉代，不由得让人惊叹。

走出来，梅菊还在说着：“我爸妈总想来看我一回，一过节就给我打电话，操我的心，问我的事儿。我就想了，我弟上高中，我妈出不来，我想把我爸接来，让他开个店。我说了，赔了是我的，赚了是你的。”这回她忘情地笑起来，笑里有一种孩子气。

四

临走时，我祝梅菊好运，我说：“能否问一句，你爸妈不同意的原因是什么？”梅菊低下头，说的时候又抬起来，看着别处，“比我大那么多，还什么都没有。他们是农村的老观念，我不怪他们，我想两个人共同打拼，这都没什么，关键是你得有担当，能挑得起。我说的你明白吧，老师？”

我们的车子开了，年轻人摆着手。梅菊说：“老师，希望你们再来！”

梅菊如一点黄，隐在观音山中了。

动车向北

深圳到商丘的动车上。

比起京广线，京九铁路属于小字辈，但是与京广高铁相论，京九高铁线路就毫不逊色。而且这条线路多在山区出没，起伏更多，隧道更多，所以风景也更好。车上的人显得很兴奋，不时地望向窗外，絮絮叨叨地说着什么。这条线走的都是老区，这些地方过去别说铁路，公路都很少通到山外。战争时期这些地方打游击方便，因而从江西到湖北再到河南，出了不少将军村、将军乡、将军县。列车为那些地方绕了个弯，这就使得多少年没有出过大山的人们越来越多地走出来，尤其是那些后生们。我注意看了看，一路上在这些地方上下车的还真不少，快过年了，下车的尤为多。上车的时候，他们大包小包地塞满行李架，到了下车的时候，又大包小包地将行李架卸空。车站多不大，站台就是山海峰浪中的一叶荷。那些向出站口移动的大包小包成了荷上的水珠，出了车站，它们就散入了连绵起伏的峻岭之中。这些年轻人，已经没有了山里人的特征。在广州深圳的街头，你很难看出他们是来自老区的山里人，他们甚至连口音都变了，直到踏上回家的路，才让你听出那浓浓的家乡味。

我去深圳的时候乘的是飞机，出了深圳机场，上了一辆出租车,开出租的小伙子很热情,主动跟我说这道那,当知道我从中原来,禁不住用河南话说,老乡啊!我很惊讶,怎么广东开出租的不是本地人?小伙子告诉我,这里很多开出租的都是咱老乡,而且占了很大的比例。不仅如此,不少新兴的产业都由河南人主打。我听了更是惊奇。天南地北,河南人真的不再是面朝黄土背朝天,新的一代完全融入了一个新天地。现在,这些人正通过各种交通工具,走在回家的路上。他们兴高采烈,谈论着南方,谈论着家乡,谈论着回家过年,谈论着过年的趣事,车厢里涌动着一股浓浓的回乡情。

我身边的小两口上车就睡,不为窗外景象所感,也不被这热潮所动。那长发女子只有怀里的孩子哭闹了才会忙乱一阵,而后还是睡得一塌糊涂。男的仰头靠在窗户上,口水都要流出来了。邻座的一个带小孩的短发女子,精心地照看着小孩,小孩不在座位上待,她就跟着小孩在车厢里走来走去。她看着那个长发妈妈顾不了孩子,孩子的腿都露了出来,她便拿了一件斗篷给这个婴儿盖上。长发妈妈醒了,赶紧说谢谢。短发妈妈说:"你给孩子穿得太少了,别把孩子冻着了。"长发女子惺忪地说:"那边热,没想到多带衣服。"

两个妈妈有了话题,那话题全是关于孩子的,而后又说到了带孩子回家。"哎呀,你看我睡得都不知道东南西北了,睁睁眼又睡,睁睁眼又睡,梦里还在厂子里赶工呢。孩子刚满月,还没有见过他姥姥、姥爷。"短发妈妈就给她讲带孩子出门的经验,那口气全在当母亲的一颗心上，说着的时候一边照看着自家小孩，一边帮着给这个孩子掖掖漏风的地方。长发妈妈说："我没带过孩子，平常有保姆，人家回家了，人家也要过年不是？你看这死鬼，就知道睡，也管不了啥。"短发妈妈说孩子太小，出门不易，最好大点再回家。长发妈妈说："还不是想回家过年，有几年没有回家过年了，不是忙就是不敢回。怕人问，怕娘说，咋还不领个回来呀，都多大了，让人家说嘴！你说这又不是做生意，讨讨价还还价就成了，哪有那么容易的事儿。过年回家，俺就不愿出门，鞭炮一响俺就心慌，不是俺该去拜年了，就是人家该来俺家串门了。可你说过年不回家又想，在外边多没意思，还是家里的年有味儿呀，那个热闹，那个喜庆！串门子、走亲戚、逛庙会、舞龙灯、耍高跷，就是钻一钻老窑都觉得有意思。嗳，俺们那个老窑，小时候就上上下下、里里外外地跑来跑去，再往远一点，就去爬山沟、钻山洞，反正好玩的地方多了去了。"短发妈妈说："俺家也是，俺那儿没有窑，有磨，有碾子，过年了，还有人愿意用磨用碾子，觉得做出来的饭香，一到年根排着号，人们碾着磨着说着话，把一年的话都攒一块儿了，可有意思。"

两个妈妈说的都是家乡的年事儿，吸引了周围的目光，有人还兴致勃勃地插上一两句。长发妈妈的睡意全跑到九霄云外去了，并且对窗外的景象有了惊喜，"呀，你看，那雾飘的，还是咱这儿的空气好，山也净，天也蓝！"说起她的孩子，又有话了，"俺们今年过年回家，就是要给他们个惊喜，俺只是说俺要回来，俺想俺娘做的浆面条，想俺奶炸的油馍，还有俺二妗子家的饸饹面，俺就没有告诉他们俺找了人，还生了儿子，俺把女婿外孙儿一块儿带来了，俺家好贴'一帆风顺年年好，万事如意步步高'的春联，俺要让他们高兴得蹦到天上去，让他们这个年过得欢喜又如意！"有人插嘴说："跟俺爹贴的一样，俺家还好贴'五更分两年年年称心，一夜连两岁岁岁如意'。"短发妈妈说："俺每年都回他爸家过，今年俺们回俺家来了，俺让他感受一下河南过年的气象。俺听说公路一直修到俺家村头上了，村里也铺了水泥路，一直铺到各家各户。以前回一趟家，泥里咔嚓的恨不得把鞋底粘掉，进一回山可难，现在好了，明年俺准备开车回来，拉上俺爸妈去城里看看戏。"有人就插话说今年过年他们那里有焰火，有人说他们村里凑钱请了个戏班子。

两个女人加上周围的边鼓真成一台戏了。车上广播下一站的站名，列车减速了，窗外的山水景象显得更真实。短发妈妈要下车了，有人帮她把东西拿下来，她说孩子爸在另一个车厢里，东西更多。同时下车的几个人主动帮忙，除了自家箱子、包裹，还提上了母女俩的，弄得这妈妈直让孩子说谢谢，"快说谢谢，这可都是你的叔叔大伯呀！"长发妈妈掀起斗篷说："给你家孩子的斗篷。"短发妈妈赶紧给她孩子盖上，说："可不敢猛一掀，孩子会凉着的，你就先用吧，俺们出站有车接。"长发妈妈说："可不中，可不中！"短发妈妈说："不中啥，都是老乡，还这么客气。"长发妈妈说："你都照顾俺一路了，再说你孩儿过年也要用的。"

列车已经进站了，短发妈妈说："你们下车更得用，你要是那啥，我给你留个地址，你用完了再给俺寄过来。"说着掏出了一张名片，在众人赞许的目光中领着孩子走出了车厢。

车内车外，两个年轻的妈妈在挥手。不唯两个妈妈，还有众多的北方老乡。

冬天的野地

一

荒野里有稀稀落落的一两棵树，其余的都是更加稀稀落落的苇草，这使得荒野更加洪荒。几乎每棵树上都有一两个鸟巢，那些鸟巢从远处看去十分鲜明，黑乎乎的一团。一棵树上有一个鸟巢是一种互不妨碍的做法，如果建有两个，不是十分亲密的关系，就是侵略行为。

只是很少见到那些鸟儿，多数的鸟这个时候恐怕都去了南方，只有少部分还在坚守着这个冬天。

大地已经上冻，连凸起的一小片土都冻得硬硬的，踩在上边仿佛踩在一块石头上。雪到了一定的时候似乎停止了融化，一堆堆地积在那里，等待着时间的消耗。麦苗几乎冻得僵死了，却仍然坚持着抗争着，不让自己轻易地输给这个冬天。

寒冷可以把撑不住的生物收走，却终拿一些顽强的生命毫无办法。你不要觉得那些草黄了就是死了，那是草的表面的死亡，草的内部依然故我。你想一把把草薅下来，却没有那么容易。你和草较劲，想征服草，草不想让你征服，最后你可能会拽下一把草毛。那草仍旧牢牢地抓着地，你并没有得到你想得到的。荠菜还活着，伴在麦田边上。大棵的荠菜冰冷地通过穗草的手放进篮子里，同时放进去的还有白蒿。这些野菜也都是能和雪做伴的生命，并且还能以自己的生命接通另一种生命。

早晨来到田野，你会看到有一种轻轻的或浓浓的气体在远处飞，遮盖在那些树和田苗荒草间，当你循着走去的时候，又看不到了，只感到一种寒寒的清爽，似乎你已经融入了那团气体之中，你的呼吸和着那气体在跳荡。随着太阳的照耀，那气体还会发生变化，它会将一些毛茸茸的东西带动起来，田野间到处发出舒展的声响，仿佛整个冬天展开了翅膀。

二

我随着穗草一边在地里走，一边把自己认识的野菜剜到穗草的篮子里。

穗草说："你看这是什么野菜？"我说："不认得。"穗草说："补补丁呀。"我说："怎么缩成这个样子了？"

穗草说："一打春就会支棱起来，别看这些野菜都蔫塌塌的，只等一声雷，就会一下抖擞起来，可招人喜欢了。"

穗草在前面走着，不时地弯腰，辫子垂下来的时候，她会用手撩上去。

我觉得穗草和田野融在一起了，她就像田间的一棵草，在冬天也扑扑棱棱的。

太阳升起来的时候，天却不那么暖和，没有影响大地原有的寒气。它散出的光影,倒是把一些有水的地方、有冰的地方,都映射上一层红黄的光。

穗草叫了起来,说:“石头哥,快来看啊!”我那个时候正在地里追着一只兔子。那只兔子真狡猾,它就在一棵树篷子里,等我靠近了才跑。我那时离它也就一米远近,看清楚那只又大又笨的灰兔,它一定是怀了小兔,跑不快,我急忙就追,可惜手里没有棍子之类的物件,只凭着两手起不到作用。眼看着要追上了,我扑了上去,可是那只兔子从我的怀里跳了出去,等我站起来再追的时候,它已经跳进了沟里,顺着沟跑。我抓起一个硬土疙瘩砸过去,也没有砸中。这个时候,我听到了穗草的叫声。

穗草指着一个很小的洞眼,说:“这可能是田鼠洞,咱们挖挖试试。”

这个洞在一座坟墓的旁边,我有些害怕,而我先感觉出了穗草的害怕:穗草看到这个洞眼怎么不自己挖,还要喊着叫着让我过来挖?

我只有装着男子汉的样子,拿起小铲子,一点点挖下去。我心里很是害怕,这个洞眼或许通着坟堆下面的棺材。

挖了很深了,潮湿的土已经变成了硬土,我说:“穗草,看不着底呀,算了吧。”穗草说:“田鼠的洞当然深了,你再挖挖。”我说:“要不,你来试试?”

穗草说:“哎呀,看你,害怕什么?”

穗草真的就拿起了小铲子,照着我挖的口子,一点点地挖下去。等到挖的有大半个铁锨把深的时候，穗草叫了起来："哎呀！"穗草把我吓了一跳，我瞪着眼睛看着穗草的动作，又不时地瞄一下坟地。我看见坟地的另一个洞眼里突然冒出一个田鼠的脑袋，随即又不见了。我以为自己看花了眼。这个时候穗草"哎呀"了一声。我看见了粮食，是金黄的玉蜀黍，还有稻子。穗草激动得两手使劲地往外扒着土，那个洞穴越来越大，里边竟然像一个小仓库，堆着一堆干干净净的粮食。这个田鼠的仓库是悬空的，里边掏得很大，看来不是田鼠的生活区，而是田鼠储存食物的地方。

穗草说："快，快把野菜先倒掉。"我说："这能要吗？被老鼠嘴叼过了。"穗草说："你不懂，回家问问奶奶就知道了。不能吃，就喂鸡呀。"穗草不去倒篮子里的野菜了，她脱着棉袄的外套。外套不光起着保护棉袄不被弄脏的作用，还能保暖。穗草不顾自身，让我帮她把两个袖子拽了下来，而后扎住袖口。她猫着腰，往布衫上捧那些金黄颗粒，一会儿就捧了一堆。

三

我也兴奋起来，等这个洞眼的粮食弄完了，我对穗草说："我刚才好像看见另一个洞眼里钻出一个老鼠的脑袋。"

穗草说："你怎么不早说呀？田鼠的窝大都是有几个洞眼的，田鼠多狡猾呀。咱们再挖一个，说不准还能挖到。"

田野里的风细细地吹着，拂动着坟头上那些干黄的草穗子，一摇一摇的。

我不敢抬头,穗草似乎不害怕,提着花布衫子又去了那个洞眼。两个人一起终是能够壮胆,要是我独个儿,说什么也不敢。

穗草又挖大了那个洞眼。穗草的积极感染了我,我接过铲子,又干了起来。

洞眼越挖越深了,挖着挖着,我就看见了似乎是粮食的东西。我叫着穗草,让她看。

穗草看着下面露出的颜色,说:"不对呀,这是什么食物呀?不像稻子,也不像麦子,像玉蜀黍吗?也不像。"

穗草拿着铲子轻轻铲两边的土,大叫了一声,抓起布衫就跑。

我觉出事情的不妙,赶忙提了篮子也像一只兔子似的跑出去好远,跑远了才想起还有一把小铲子没拿。

穗草说:"你知道那是啥?"我说:"啥?"我问的时候心里已经慌乱不堪,这个时候我们离那个坟堆起码有二十米远近。

穗草说:"蛇呀!冬眠的蛇!"我听了立时起了一身鸡皮疙瘩,凉凉的。我说:"赶紧走吧,我们不在这里了。"穗草说:"你的铲子还没有拿回来。"我说:"不要了,反正家里还有。"穗草说:"不要怎么行。你跑快去拿了来。"我说:"真的不要了。"

穗草说:"怎么可以呀!快去!"

我说:"要去你去。"穗草真的就手里拿着那只小铲子,慢慢地走过去了。穗草的行为让我有些不好意思,我捡了一块土疙瘩跟了过去。坟地里寂静得很,还是那些毛毛草,只是它们的声音更响了，呜呜的，像哭。我想，难道我刚才看见的不是田鼠，而是一个蛇头？那条被我们惊动的蛇会不会猛地一下子蹿出来？正想着的时候，穗草已经弯下腰抓起了那把小铲子，而后跑了回来。看见我迎着她站着，她就递到了我手里，说："看你，一个大男子汉，连家伙都不要了。"

我嘿嘿地笑，说："没见那条蛇？"穗草说："可能它出不来，蛇也怕冷啊，说不定又钻得深了呢。"穗草说："我们还挖田鼠洞吗？"我说："先别了吧，怪吓人的，要不我们再挖点野菜回去。"

四

田野里就我们两个小人儿的身影在晃动。太阳升高了，带动着那团雾气越发往远处去，使得田野更加辽远。没有化完的雪在田垄和地埂上堆积着，发出白亮的光，脚踩在上面，咔嚓咔嚓地响。不知道地底下的田鼠和蛇能不能听到上面的响声，我故意踩得更响，像军人在操练。

穗草说："你干什么呀？"穗草抱着她的花布衫，碎花的棉袄紧紧地箍在身上，回头的时候冲我一笑，那笑就把太阳带过来了，太阳在她的脸上铺了一层的光，连细微的汗毛都照出来。小风扬起她的刘海儿，一飘一飘的。天上有一只鸟飞过，飞得忽高忽低，低的时候，似乎就要擦过穗草的刘海儿。穗草一撩辫子，鸟猛然远去了。

穗草和我约定,以后还要来地里挖田鼠洞,我说:“只要不去那个坟地。”穗草说:“下回咱们带着大的工具来,小铲子还是不好使。”两个身影走在冬天的田埂上,一个抱着布衫子,一个挎着篮子,一前一后地往家走。

地震纪念日想起你

二姨走了。二姨是在大地震中走的，二姨走得很远。二姨的怀里还抱着她的小外孙女，那个尚做着甜梦的孩子。二姨睡在门边，房屋晃动时她是能够跑出来的，除了二姨，全家人都跑出来了。全家人边跑边呼喊着二姨，二姨却在闪亮的地光中，伸手去炕那头摸她的小外孙女。那是二表姐的孩子，二表姐恰恰在地震前从乡下来看二姨。当时二表姐和另一个孩子睡在厢房里。二姨摸到孩子，伸手就抱在怀里，二姨就在这么抱起外孙女时迎受了砸下来的粗重的横梁和瓦砾。家人说，如果二姨不去够那个孩子，她也许就不会死。可那是二姨的本能啊。大家觉得二表姐不该在头天来，自此二表姐长时间再不来走动。

二姨的爽快、二姨的微笑、二姨的慈爱，全都凝固在那一瞬间。二姨永远地走了。

我不信，我不敢相信。我在震后站在那堆房土前，听着表姐嘤嘤的哭声。表姐尽管也失去了孩子，但总是在心里感到愧疚，承担着全家不该埋怨的埋怨。我不信。我一直没有到二姨的坟前去，我怕。我不信，我总想着二姨还在远远的家乡，享受着晚年的幸福，并时时等待我去看望她……

姥姥一共有五个孩子，两男三女，二姨是老二，我母亲是老幺。

母亲还是姑娘的时候，就帮二姨抱过孩子，因而二姨家的孩子对母亲特别亲切，我和二姨家的感情也就不一般，虽然我长大后同父母离家千里。

二姨年轻时很秀气，老了的二姨依然能显出年轻时的影子。二姨站在村口望夕阳的时候，被路过的二姨父瞄上。二姨父随后托媒人来，二姨就嫁到了离家一里远的村子。这是后人的传说。当时二姨父在村公所，很有些见识。二姨是如何跟了二姨父的，谁也不知晓。她一共为二姨父生了八个孩子，含辛茹苦，任劳任怨，默默培育着一个家庭的幸福。

我记得小时候二姨父总是赶着一辆马车，在山坑里拉石头。二姨父脸膛红红的，说话高门亮嗓，很有精神地大笑、咳嗽、骂人。跟他在一起，我既感亲切又敬畏。二姨父曾经给我做过一条小马鞭子，我总是珍爱地带在身旁，直到去了遥远的军营。

我高中毕业插队回乡的时候，二姨父赶的是粪车。那时是“文革”后期，我们家出身全是根正苗红的，独二姨父这个非直系亲属有个黑点。

二姨父见到我，总是笑眯眯地叫我小名，让我上他家去，上他家去即是吃饭。有时路上遇不到我，他便要表弟来找我。那就有一顿上好的饭等在那里，不是表弟相亲，就是谁过生日。在那个平时很难吃到肉和米饭的年月里，亲戚中唯我有这等好口福。

我去了必被二姨父请上炕，跟他挨在一起，看他喝用火温过的二锅头或是老白干。而此时二姨总是在为一炕桌的大人和小人儿忙来忙去，她从没有像二姨父这样端坐在一桌喷香的饭菜前享受过长辈的待遇。

因为二姨父，二姨的头上同样有一层阴影笼罩。她从不走亲戚，从不诉说委屈与苦衷，只把一个个孩子拉扯成人，又带孙子和外孙，除此还喂猪养鸡。

二姨活得很累也很充实，我从未见二姨叹过愁苦、生过闷气，她总是眯着眼睛，有条不紊地忙各种事情，没一刻停闲，只有我们一家从遥远的山东或河南回去时，才看见她同母亲相拥而泣，分别时泣不成声。我们总是黎明去赶火车，那微曦的早晨的泪眼使我长到很大还清晰地记得。

二姨家的孩子因为姨父当不了兵招不了工，就全在农村。他们一个个很有骨气地干重活，进山打石头养活自己，并靠力气盖起一座座新房，娶进一个个妻子。那妻子必也是漂亮贤淑的，全都拿得出手去。

当这些表兄弟姐妹一个个成人成家，首先商定的即是分户分期给做母亲的二姨供买奶粉、葡萄糖之类，并按星期轮流给两位老人改善生活。他们全都知晓母亲养大八个孩子的不易，全都表示要让母亲过个幸福的晚年。

那时，表嫂请二姨二姨父吃大餐，也常叫我一起去。我看到连当媳妇的嫂子们都那么殷勤恭敬，喜得两位老人合不拢嘴，心里总是羡慕，总是想，何时自己能成家立业，娶个如嫂子一样贤惠的妻子，孝敬母亲于身边……

没承想发生了大地震。二姨父痛苦地抱着自己的脑袋，叫着："留下我有什么用，不如把我砸死，不如把我砸死！"每个活着的人都比平时更知晓了二姨的重要。二姨走了，这个家等于散了架，它永远地少了和谐、团结、幸福大家庭的那种天伦之乐。我只是在震后去过二姨家一次，之后匆匆随一辆救灾车回了河南。我一直觉得欠了二姨什么。在下乡的那段时间里，我没有勇气经常自如地到二姨家去。我怕被说"划不清界限"，怕受到某种牵连，怕影响前途。可那时二姨多么需要我的"光顾"啊，亲戚朋友疏远了，连我这个从远方回乡来的外甥也是如此，如何不让她伤心？至今我仍然记得，不管何时一走进那个古旧的门台，二姨就亲昵地打招呼："我外甥来了，咋这些天不来看看你姨呀。"那种声音，想起来让人心酸。

二姨远远地走了。她本不是个享福的人，吃了一辈子苦，唯把甜留给了后人，把永远的遗憾、悔恨和怀念留给了后人……

地震过去了多年，埋在心中的话语方成了这篇文字，可想起来，却都是昨天的事情。

丹花的来信

我收到了一封来自一家企业的信件。这是年前，在我们去这家企业参加捐书活动后不久。进入了信息时代，信件往来很是少见了。这封信贴着批转的纸条，辗转了两个地址才到了我手里，说明写信人并不知道我的具体地址。我打开展读的时候，竟有了小小的惊讶，原来来信的是两年前我在新疆遇到的丹花。她来郑州了？我有些急迫地往下读。

丹花说：“老师，还记得我吗？我是那拉提草原那个骑马的女孩丹花，你问我老家是哪里的，我告诉你说是河南郸城的，你还向我介绍了河南的发展，还有郑州航空港的建设，还记得吗？我说我要回来，我太想家了。我就真的回来了。说起来你不相信吧，你们来我们企业的时候，我也在场，只是老师认不得我了，两年前我又黑又瘦的。看到老师，我好激动呀，但是我没有表露出来，那么多人，我够不到跟前去，而且你们很快就走了，饭都没有在这里吃。老师们的捐书活动太有意义了，对于我们这些青年人来说，文化依然贫乏，尤其是我这样的，丢了多年的书籍，只爱上网游荡了。那些书让我们有了一种回归的感觉。”

丹花说：“还是说我吧，我是去年秋天回来的。你知道，那拉提最热闹的时候是在夏天，进入秋天人就少了，我也就在这个时候辞职了。真幸运啊，你来草原的时候，正好领导安排我为你领马。我不是跟你聊起来我的流浪生活吗？我是跟着感情一直向西跑的，可是跑到最后，还是把感情跑丢了，一发狠，自己一个人就去了那拉提学骑马。我那是不知道怎么安排自己了，只想将苦闷交给草原。可我静下来的时候，还是摆脱不了那种孤独。我还是要回来，我一刻也不能等了。我就在去年秋天回来了，一回来就去了我现在的单位。我是凭着我的特殊经历被录取的，当然这里没有马场，凭我当过导游、见过世面、能说，还有唱得还可以，我就成了这个大企业的一员，而且被当作了人才呢。工作之余，我们会排演一些节目，活跃职工生活，这里有差不多二十万人呢，而且大都是年轻人，没有文化生活不行的，我也就成了文化骨干了。但是我不大会写，原来的底子太薄了，真后悔没有上完高中。我回来的路上，同车有一群初二的学生，开心得像群鸟，他们每个人都拿着书在看，或者在背。我问他们是去干什么，回答说游学。我第一次听到这个词，我又问了好几次，才明白游学就是边游边学，开阔眼界。我问他们都去哪里，他们说第一站是郑州，然后去岳阳。我问他们，对郑州了解吗？他们说知道呀，就说起八大古都，说起商代遗址，说起嵩山少林寺。他们背诵的是《岳阳楼记》，真是个个谈吐不凡，一问年龄，才十三四岁。跟他们相比，我真的落伍了，不光是年龄、知识，还有思想。退不回去了，要是能退回当年就好了。哎，我只有后来努力了。”

丹花说：“回来以后，我回了一趟郸城，没有想到现在能走高速了，感觉离家真的很近了，不像我在那拉提。我跟老师说过，我那时已经有三年没有回家了，回家的感觉真好，云英已经嫁人了，并且做了妈妈，云英是我的玩伴，还有喜枝。村里的年轻人不是在外上学，就是在外打工，剩了上年岁的总是蹲在村口望着归家的孩子。家里人听说我回到了郑州，并且找到了新工作，都很高兴。我娘拉着我不停地哭，说俺这妮子把娘忘了。而后俺娘就问俺的个人问题，俺就怕问这个，几年不愿回家也有这个原因，俺娘说得才邪乎，说俺要是在农村，都成了嫁不出去的老姑娘了。我不就是二十五岁了嘛，值得娘那么操心？我对娘说，俺过年就领一个来。娘一听就笑了。亲娘啊，俺的眼泪一下子就冲出来了，稀里哗啦地洒在娘身上，娘的头发都白了呀！快到年根儿了，咋兑现俺的诺言呢？我对小强说，人家说租一个媳妇回家过年，俺要租个老公回家过年，中不？小强家是四川的，地震那年他爹娘都被砸死了，他独个儿在外闯荡。俺看他可怜，又看他踏实、敬业，还真有点喜欢上了他。小强听了，说好啊，啥条件？俺说，啥条件？白吃白喝白玩，还不行？就是不能……在一起睡……小强说，不在一起睡，谁相信你我是真的？我还真没有想到，那就在一个屋子里，但是不许越雷池。小强笑了，说好好好，本公暂时保留愿意的权利。小强笑得好鬼哟。”

丹花说：“老师，我的情况就是这些，主要是见了你，想起两年前的巧遇，就想跟你说说话。我看到你写的文章了，文章名字我还记得，叫《那拉提草原的丹花》，丹花其实是我的小名。老师不用回信的，老师太忙，知道我的情况就行了。老师，羊年就要来临了，祝你三阳开泰，全家幸福，创作丰收。”

信底下还是写的丹花的小名，信封上也没有标明确切地址。这个丹花，是不愿给人添加麻烦的，而且也不愿让人觉得她有什么想法，她的身上还是有着那种好强任性的天性。看完信，我在心里笑了，社会改革的动荡中，多少河南人走了出去，又有多少人重新回来，一个企业就收了二十万青年，但愿那些出门南下北上的辛勤打工者越来越少，但愿丹花也能像那拉提草原一样，展示出健美不凡的身手来。

大　　午

那还是插队时候的事情。

大午是我们的排长，也就是队长。那时全民皆兵，生产队都称作“排”。

我们是四排，在郊区生产队里最不起眼。前三个排都是蔬菜排，在塑料大棚子、玻璃房子里管理蔬菜，一年四季都舒舒服服，里面大都是小姑娘，上工时一个个干干净净、利利落落。我们则不同，守着村东一片山坡地，种的无非是玉米、白薯、大豆、棉花，餐风晒日，队伍也不成个体统，调皮捣蛋的、发育不全的，外加些奶孩子的妇女、花须白发的老爷子老太太，算算也四五十人。开始谁也不愿当这排长，村里动员了半天，大午站出来了，大家都乐了。大午平常爱嘻嘻哈哈，可他还真就立了军令状，当了这四排的排长。

我刚下乡，好地方早安排满了，也就分去了四排。一见面，大午挺高兴，跟我称兄道弟，对我挺客气。

大午个子高高的，足有一米八五，脚板特大，迈起步子来扑踏扑踏，架势很好笑。他的眼睛却很小，看人总扬起脸来，上眼皮发紧，更让人好笑。

大午干活是一把好手，干净、利落、爽快，不拖泥带水。他刚当排长,没人理会,有的上工能迟到半晌,下工早走也不打个招呼。大午只是自己狠劲干活,把我们甩下老远。过了一段时间,大午拿出个小本子来:谁谁迟到半晌,按两小时记工;谁谁早走一会儿,扣一小时工分。我们是按八小时记工分,这一招够厉害的。然后,大午宣布:从明天起,迟到十分钟者不再派活。那时尚没有承包制,大午却总是计件派活,每人上午干多少,下午干多少,定得死死的。我这刚去的学生娃也是如此,一天下来,累得饭都不想吃。有些妇女甚至壮小伙子都干脆撂了挑子连歇几天不上工,背地里没少骂大午。

“兄弟,你大哥有点装孙子,是不?不这样不行呀,误了农时,到年底完不成任务,就要我的好看啦。”大午跟我说。

大午的母亲晚到了十五分钟。

“妈,你回去吧,上午没活了。”大午说。

大午母亲面子上过不去,大骂儿子混账。

“你一吃饱走了,你老娘就不刷刷锅、洗洗碗?”

“妈,你回去吧。你不回去,我还怎么说人家。”

大午就这样整饬好了纪律。

除此,大午还是嘻嘻哈哈的。锄地的时候,间苗的时候,他总是要亮了嗓门,来段故事、讲个笑话,诸如“苏小妹三难新郎”“卖油郎独占花魁”之类。其时,这当属“封资修”之列的。大伙为能听得见,不得不跟了他紧忙活,一会儿工夫,地里的活儿就出来了。

其实当排长的,一月三十个工是死的,干不干活都行,只要你指挥监督。大午却实干，他不是党员，家里出身一般，不沾“贫”不沾“雇”，父亲还被抓过丁，算混过伪军，这多少对大午是个影响。大午当这排长，也是为了争个位置，让人看得起。

“哎，昨个晚上呀——”

大午把一只手捂在嘴上，颇神秘的样子，急得大伙催他快讲。

“她说顺子妈病了，去看看，天一黑就走了。我才不信，找着顺子一问，拉着他就去了，果然在干那事。我们就在窗外压着嗓子喊起来：‘哎，都别动，开斗争会去！’屋里一下子就乱了，她第一个跑出来……”

大伙说笑起来，我才明白大午是在说抓他母亲赌博的事。那个时候，赌博是要挨批斗的。大庭广众之下，大午如此诋毁自己的母亲，使我很有些想不通。

想不通的还有一件事：大午竟然没有一块表。

那个地方，不知什么时候形成个风气，比着戴表。名牌表是万分难买的，谁要是戴了块上海表，自然受高看，买不着上海表，买块“西铁城”“百浪多”也算可以。但你要是戴了“梅花”“菊花”“英纳格”，当要被另眼相看，不仅人格提高，谈对象处朋友都是重要的条件。年老的年幼的，干活的工作的，谁腕子上不戴一块手表呢。意识到这一点，我也把一块表当成主攻的目标。

没有人信，有说大午的表高级，舍不得戴，有说大午的表给对象戴了。大午很认真地否认。上工下工、中间休息，大午都要问别人时间，因此常常有人骗他，大家落得高兴。后来被他发现了，便非要掰着人家腕子看准不行，再后来他真就有了块表。

那天，他乐滋滋来了，大伙儿一眼就发现了奇迹，争着要看啥牌子。

“不值得，不值得，能走个时间就行了。”大午显得很谦虚的样子。

我们全围了去，一看都不再言语。那是商店里成盒摆着的“红旗”表，这与他的排长身份很不符。我知道，其他几个排长戴的全是名牌进口表，就连团支书还托人买了二百九十元的“梅花”表。大午对那块表却是十二分的爱惜，总是放耳朵上听，和别人对点钟，说他的是“北京时间”。

大午二十八岁了。对农村小伙子来说，二十八岁算大龄青年了，何况他的长相要比实际年龄大得多。

“大哥，你还挑到什么时候呀？”

我们有时候调侃大午。

“就你大哥这长相，除了大耳朵的黑姑娘，谁愿意跟呀。”

等我们闹懂大耳朵黑姑娘而笑翻天的时候，大午早扛了铁锨到前边给我们分任务去了。

逗这乐子的时候，大午刚刚谈了个对象，后屯的，离我们村二里地，听说二十四岁了，长得一般。可我们都没见过，也难从大午嘴里掏出些什么。

“大哥，昨晚又去相嫂子了吧？”

我们拿他找乐。

“可不，你大哥白天就慌了。”

“亲嘴了没有?”

“那还用说。”

大伙就笑一阵子,活儿不少干,时间也过得快。

该浇地了,水渠是全区共用的,各村都抢着用水,我们那几十亩山坡地就给排在了晚上。大午选了我们六个人,说要找心细的、认真的,万一哪里走了水,永远也浇不完。

“兄弟呀,苦你一晚上,其他人上前半夜,后半夜责任大,我们两个,再加上九子,好不?”

我很感怀大午的重看,当然乐意。

“你住得离地太远,前半夜到我家来吧,我们一起去。”

我第一次走进了大午的家门,迎接我的是一阵狗吠和一个漂亮的姑娘,这姑娘是大午的妹妹。

看得出,这是一座新起的三间屋的新房,外表看蛮可以和村子最新式的房子比,只是屋内摆设太陈旧了。空荡的屋子里只有两个旧式的卧柜、一个立柜,再就是椅子、农具之类的。土炕上铺着烂边的席子,满炕就两个枕头、两床薄被。其中一条搭在大午父亲的腿上,此刻老人正眯着眼睛,品味着一支细长的烟袋。这便是大午和他父亲的屋子了。

大午爱音乐,尤喜欢唱歌,最崇拜李双江,激情一上来就张了大嘴先练声似的“呷呷——”两下,然后就“延河那个流水……”地嚎起来,发出很抖很抖的颤音,让人立时起一身鸡皮疙瘩。他的一只手总伸在唇下,像是怕那下巴颤掉下来。那般认真、动情忘形的样子，使你失去嬉笑的勇气。真的，小顺子在田里笑大午是驴叫的时候，跑了半里地，还是被大午追上，不来半点含糊地给了一巴掌。自此，人们知道，有的玩笑是不能开的。

进屋时，大午正拉一把破旧的二胡，是《江河水》，让我刮目。没想大午粗中有细，对文艺还真钻研过，那技术没几年工夫是练不出来的。看见我，大午很高兴，连父亲都没介绍，就把二胡推过来。

“兄弟，来，拉一段。”

那感觉像是酒友见面说“来，喝一盅”。

我拿过二胡试了一下，还真是一把不错的二胡呢。想不出什么曲子，就拉了《沙家浜》里的一段序曲。

“兄弟，真有你的，比你大哥拉得还好。来，你拉，我唱！”

“呷——呷——延河那个流水……”

他没顾及老父亲和对面屋里的母亲、妹妹，亮起大嗓门嚎了起来，那表情真有遇了知音一般的忘形。空旷的屋子产生了共鸣，声音还真洪亮，有几声使我的耳鼓都敲起来。这使他兴高采烈，唱了一遍，再唱一遍，却总是两段唱词的前几句。他说下边的还没练好。

“别嚎了，都睡了。”

直到妹妹撩了一下门帘，递一句轻轻的话语过来，他才打住，看了看表。

“哟，快十一点了，睡会儿吧。”

那是一种没过瘾的无可奈何。

果真没有什么盖的，大午拿了军大衣自己盖，要把被子给我，我坚持盖大衣。那被子又脏又破，大午也明白，不再争执，迷糊一会儿便朝地里走去。

夜很沉，我们打了手电巡着水来回地走，扒口子，挡口子，那地便一块块地浇了。有几处冒了水，费了好半天才堵上。天亮的时候，每个人都成了泥人，回家睡了整整一天。

那晚在地里，大午跟我聊了很多，我竟不知大午曾有那么多心事。他想当兵，走不成；想考文工团，人家不要；找对象，家里没资本，好不容易拆了寒碜的旧房，盖起这三间新屋，却花光了所有积蓄，还欠了一屁股债。即使谈了个对象，也没订婚，没有满套家具摆设，纵有“黄金屋”，人家也是不会进门的。而妹妹也到了谈对象的年龄，在郊区农村出嫁个闺女跟娶个媳妇一样讲排场，何况大午的妹妹长得又那般漂亮。

“赶上年景好，庄稼、蔬菜大丰收，兴许年终会有个好分成。”

大午满是信心。

谁也不知道，灾难正向我们悄悄走来。

我被大午派去管理稻田，平常干活就分开了。大午却两头忙，育苗、插秧、拔草、施肥、洒药都要来关照，和我们一起干。

地震前一天，闷热得要死，偏偏大午从外村借来台喷药机，为了一天喷完五十亩水稻，连家都没回。吃块饼子，就两根黄瓜，成了大家愉快的午餐。紧赶慢赶，到太阳落山前，六个人已累得迈不动步子，吸了一天的药粉，顶了一天的烈日，中暑一般难受。

我们一同去了村里的蓄水池。水从机井里抽上来，蓄在池子里，然后才放闸浇地，为的是怕停电。那池子有半个游泳池大小。看见清凉的水，我们纷纷跳进去，游了好一会儿，忽听大午喊。

“哎呀，我的表！”

他的表还在手腕上。爬上来一看，里面全是水珠，哪还见得着表针、表盘的影子，他甩着，晃着，放在耳边听着，不住地跺着脚。

有人笑，我却没有。那是大午如何得来的一块人格标牌！他完全可以对我们交代一下，自己在这伏天避暑去，没有人会去追究他在哪里干活，可他却累昏了头。

夜里，我还想着第二天问问表的情况，地震就发生了。那突如其来的灾难如一个恶魔，吞噬了整个城市甚至边缘的乡村。

我侥幸跑出了房屋，迷失羔羊一般，一切依托都没有了。

逃难一样躲避可能而来的水灾；原始人一样学着搭起奇形怪状的窝棚；动物一样寻找水和食物，然后等待着传闻中更大的毁灭性回震的到来。之后接到命令执勤、巡逻，我们才慢慢以为地球又转了，才想起许多人来，包括自己的亲人，包括大午。

我去看大午的时候，黄昏的雨刚停，他蹲在搭起的防震棚子前，木木地看着眼前一点泥地。他的身后是房屋的残骸，是他所有的家产。幸好没伤着人，那条忠实的狗，此刻就卧在他的旁边，很懂事的样子，卧在他旁边的还有一样东西，一把断了的二胡。

好半天，他才醒过神来看出是我。他那睁着本就吃力的眼睛里，哪里还有往日的调侃？那只可怜的表还在手腕上戴着，里边仍是浓浓的水汽。

他去看过后屯那女子了，也有幸脱难，只是他的“黄金屋”没有了，不知那女子会不会也就此失去了。

“兄弟，地震没把咱砸死，咱还得干！”

走的时候，我本想说句安慰的话，听见这一句，终是不必要了。

大午站在那里，树杆子一样。

我倒真想听见那声并不标准的宏阔嗓音：“延河那个流水……”

郑重虔诚一世名

一

一条苍凉的古道旁，杜甫与一个老者正在道别，以后两位挚友再也不能在一起畅饮了，杜甫眼角忍不住挂了泪珠。杜甫写了一首送别诗给先生：

郑公樗散鬓成丝，酒后常称老画师。

万里伤心严谴日，百年垂死中兴时。

苍惶已就长途往，邂逅无端出饯迟。

便与先生应永诀，九重泉路尽交期。

这诗写得感情交融，语调凝重，让郑虔也忍不住掉下泪来。郑虔的车子远远地去了，此一去台州，两个人就再也没有见过。

郑虔和杜甫是河南老乡，杜甫总觉得郑虔是一代英杰，却生不逢时。此次郑虔是因为安禄山事件被贬台州的。安禄山将百官从西安掠去了洛阳，想让百官为他服务，封了郑虔一个水部郎中的官。郑虔称病不干，为证明忠诚，还给肃宗写了信，但过后还是被贬了。

做官就怕被贬黜，人在精神上和生理上都受到摧残。郑虔起初做协律郎，公余喜欢收集当朝的一些奇闻怪事，渐渐就写成草稿八十余卷，这应该是很有价值的东西，如果流传下来，说不准会是一部好看的名著，却不料遭小人暗算，诬告成“私撰国史”。郑虔惶急中烧毁了书稿，等到的结论还是被罪贬出京，这一去就去了十年。

那是第一次被贬，消耗了郑虔的大好年华，这第二次却是耗尽了郑虔的生命。

二

郑虔是个很有才华的人，他是著名的诗人，更是著名的书画家，还精通天文、地理、军事、医药和音律。他曾写过一本《天宝军防录》，是关于军事地理的，还写有《胡本草》，是医药学著作。如果得以重用，郑虔会有更大的成绩。当时的唐玄宗还是很爱惜郑虔的才华的，在郑虔第一次被贬后忽然就想起了他而召回京师。郑虔为玄宗画了一幅画，把自己的诗也写在上面，玄宗看了拍案叫绝，挥笔题写了“郑虔三绝”。唐玄宗为郑虔设置了一所“广文馆”，任命郑虔为广文馆博士，让他传授学问，实际上就是高级教师，这就是“郑广文”的由来。可惜安稳的时间不长，遇到了安史之乱，郑虔的道路又变得坎坷曲折起来。

郑虔的诗名很大，不知道为什么至今仅存一首，这首诗按说应该是传世之作，却是一首《闺情》，内容和艺术都似见惯。

银钥开香阁，金台照夜灯。

长征君自惯，独卧妾何曾。

这首诗没有给郑虔在后来的诗界带来多少影响。

郑虔的书画却是洛阳纸贵，为后代皇室及达官贵人所珍藏。历代美术史家都认为郑虔与王维一样是中国文人山水画的开创者，对郑虔的评价很高。但不知何故，到了后来，郑虔的画作传世的仅有清宫所藏的《峻岭溪桥图》，其他的都只能在图画资料中看到。他的草书也受到了高捧，被认为达到了“如疾风送云，收霞推月”的境界，并推他的成就高于怀素、媲美张旭。郑虔流传的书法以《大人赋》为最盛，后面附有历代收藏与鉴赏者印章二十余枚，其中有苏轼、米芾的。苏轼和米芾是何等人物，有他们的认可可不得了的。书法家们认为《大人赋》“用笔随锋取势，纡屈如转环，一片化机，不可捉摸”，是为“人间难得之宝，稀世之珍”。郑虔留存于世的书法作品还有敦煌写卷《书札》楷书残页，可惜流落到了俄罗斯，不知俄罗斯人看不看得懂。

三

物以类聚，人以群分，由于当时的诗名与画名，郑虔有不少的“粉丝”和好友，其中就有杜甫。杜甫的诗名按说是大过郑虔的，但三十九岁的诗人还是称五十九岁的郑虔为先生或郑老。两个人的家离得不远，一个在荥阳，一个在巩县，口音都差不多。杜甫倾慕这个河南老乡，主要还是因为郑虔的人格与学品。

两个人都爱喝酒，又都有些怀才不遇、愤世嫉俗的郁闷，总是相邀举樽放歌，一醉方休。杜甫有一首诗，就是写与郑虔相互邀约，找钱打酒畅快一饮的情景，“得钱即相觅，沽酒不复疑。忘形到尔汝，痛饮真吾师。”杜甫为郑虔写了不少诗，就像对李白一样，都是抒发的真情实感，流传下来的就有二十多首。

郑虔去了台州，杜甫总是打听他的消息，并写诗送他，诗中总有相思相怜之情。一次得知了消息，杜甫就写了：

台州地阔海冥冥，云水长和岛屿青。
乱后故人双别泪，春深逐客一浮萍。
酒酣懒舞谁相拽，诗罢能吟不复听。

广德二年（764 年），郑虔去世，杜甫乍获噩耗，垂泪作《哭台州郑司户苏少监》：“故旧谁怜我，平生郑与苏。存亡不重见，丧乱独前途……”郑虔有知，也当泪洒蓬蒿了。

四

我在电脑上敲郑虔的名字，却敲出来一个“挣钱”的词，让人郁闷，“郑虔”竟然没有成为固定的名词。

郑虔虽是大家，却一生与富贵绝缘，最落魄的时候，连画纸都买不起。他曾借住在长安的慈恩寺中，苦读苦练。慈恩寺就是大雁塔，那塔很是高耸，在老远的地方都能看到。塔的四周是蓊郁的林木，其中最夺目的是柿树，秋天一到，红红的柿子就挂满了枝头，而叶子却是先落了，厚厚的叶子让僧人们看着怜惜，就捡拾回来，天长日久，竟然塞满了好几个屋子。这真的是一件盛举，而且是十分生动的盛举，可以想见每日里捡拾的身影。更让人感叹的盛举，是一个人发现了这些叶子，每日里利用它们来写字作画。那一定是过了捡拾的季节，买不起纸张的郑虔就与这些叶子结下了不解之缘，直到将几个屋子的叶子全都写完。

这又是一个多么令人感动的画面。在慈恩寺的钟声里，一片片的叶子飘落了，一支笔在划动，一枚叶子上出现了美丽的线条。一枚枚的叶子连起来，是一幅卓有气势的画面。

清苦的郑虔，正是因为大雁塔中的叶子而成为一代名家。即使后来郑虔做了官，家中仍然一贫如洗，书画和知识即郑虔的财富，杜甫有赠郑虔诗："才名四十年，座客寒无毡。"

不像现在的书画家，郑虔那时是不挣钱的。

五

郑虔去的台州不像现在，荒僻而清寂，人多贫寒而没有教养，甚至看到郑虔都稀罕异常，"一州人怪郑若齐，郑若齐怪一州人"，"若齐"是郑虔的字。郑虔不会闲着，他想到了办教育，以启蒙教化。他在台州司户衙门、自己的住地设帐授徒，一时郡城"弦诵之声不绝于耳"，"自此民俗日淳，士风渐进"。郑虔终于发挥了自己的作用，可惜发挥得太晚，到台州几年后就去世了。

郑虔为台州人民所尊敬，被视为台州的文化启蒙者、斯文之祖。后来，台州官府都重视倡办教育，台州渐渐成了一个文化重镇。据记载，至嘉泰元年(1201 年)“举进士者逾七千”；景定三年(1262 年)时，台州已有县以上书院十二处。台州人没有忘记郑虔，一千多年来，台州人总是把郑虔的墓园修了又修，每年都有人去献花。

郑虔，就是为人郑重，为文虔诚。

荒岗的意义

这条路歪歪斜斜地直通向一个山坡。山坡上密密地长了蓬勃的蒿草和刺槐,从中挣扎而出的高压电线架子支撑着笨重的钢骨,凛凛生威。各色喇叭花无声地在孤冷中吹奏着秋韵,小鸟儿把这秋韵啄破了,使这荒岗更显得静寂、沉闷。

路是土路,厚厚的尘土铺了一层,被风张扬得比一级面粉还细,像是久无人迹的月球表面厚厚的尘埃,让人感到神秘而圣洁。

这条路通向冥界。一座座坟土像笼屉里的馒头,一个挨着一个,四下里望去,茫茫一片不计其数。这个因煤炭与陶瓷而闻名,后来更因举世闻名的大地震声名远播的城市早已废弃了墓葬。1964 年,一次声势浩大的平坟运动将整座城市延续了几千年的墓地一扫而光,此后十数年未见一个坟头崛起。许是群体力量过于巨大,这群体的力量在 1976 年又发挥了一次作用,这一大片涌起的荒坟,成为整座城市为许许多多美丽的冤魂致祭的一部分。

蔓延于荒岗的荒坟,曾是一个个鲜活的生命,一夜之间被天翻地覆的一声巨响震没了。他们中有娇憨聪颖的孩子、青春可人的少女,还有一家三代和睦的家庭……地震后的几天里,这些刚被扒出的尸首就草草安葬在岗子下边的田地里。多少年后,那些要被利用的土地委婉地表述了迁坟的意思,于是这些魂灵来了一次大搬迁，堂皇而壮观地占据了这片荒岗。

自此，荒岗极快地蓬勃起来，野蒿特别茁壮，还有野花，还有野草。

远远望去，蔚蔚然成一大景观，让人想象那或许是一个安抚魂灵的园子，让他们继续忙于作业、忙于工作、忙于家务，出入于现代的歌厅、舞会。那些花草或许是他们的表达，以至于每个来上坟的人都能读懂他们的心事，同他们絮絮叨叨地讲上好一阵子，然后离去，好好地工作和生活。

表嫂领着我和母亲从弯弯曲曲的小道拐进这里好久好久了，却迷了路。

表嫂说："你们在这儿等会儿，我先去找找。"没进草丛掩映的小道几次，她都迷惘地拐回来摇头。表嫂每年都要来几次的，这次却找不到那两座熟悉的坟茔了。

莫非大姨有意躲着我们？大姨不是在地震中死去的，大姨侥幸地躲过了那一次天袭。

她的孙子，我表嫂的儿子，却未能幸免。那是大姨无比疼爱的一个孙子，那孙子聪明伶俐，知道孝顺长辈，很小的时候就知道把好东西给奶奶吃，跑着给奶奶拿这送那，上学下学总是说"奶奶我去上学了""奶奶我回来了"。那孙子时年九岁，震前他还说过"奶奶，要是地震了，我就往外跑"。

他如何知道要地震呢？地震袭来，果然他头一个往外跑了，房顶一块红砖带着响声撞在了他的肚子上，他莫名其妙地翻倒了。在没医没药的几天里,他天天叫着:“妈妈,我肚子疼。奶奶,我肚子疼……”妈妈说再坚持一下,很快就有人来给你看了;奶奶说,好孩子奶奶再给你揉揉……小宝宝终于屈服于那块砖头,在妈妈与奶奶心痛而无奈的泪水中永远地睡着了。地震毁坏了所有的医院,军队跋山涉水赶到时,小宝宝肚里的血水已变了颜色,大姨一下子老了许多。大姨总说:“哎,要是这孩子慢一步就死不了了。”此后的大姨把自己蜷缩为一支香烟,整日地吞吐着无望的时光。大姨曾被母亲接来河南住过一次,我们多次劝说大姨少抽些烟。大姨越抽越瘦弱了,咳嗽声一阵连着一阵。

大姨终于瘦弱地走了,她走得很平静、很安详,没给谁找什么麻烦、添什么负担,只在一天早上蹒蹒跚跚走上岗来,与她心爱的小孙子为伴。

我总觉得,大姨的灵魂在 1976 年大地震后就随孙子走进这片坟岗了,她怕小孙子孤单。

大姨总是不愿向我们叙述什么,她的心很大。她心里原本有一片庄户人家和一个个熟识的街坊,而这些都不存在了。整齐的新村的平房变成了火柴盒式的楼房,所有的面孔都生疏了。

我总觉得自己知道大姨的心思,如同我知道自己脚下的这些父兄姐妹。

大地震发生时,他们以身躯承受住了那声震响,我却在瞬间生还了。我知道这片荒岗的意义,它让我永远地记住了死亡的平凡与活着的美好。终于看到了两个普通的土堆,它们同那一群土堆相比没有什么特殊之处，整个这片土坟，没有什么树木，鸟儿无处栖息，就在荒坟上飞，一片片羽翅像翻起的烧纸。表嫂搬不动大石头，当然也没有什么石头，就用两块小石头放在坟旁做了记号。

我站在那里好久，对着大姨和小侄儿，也对着整座荒岗涌出了一行清泪。那泪水顺着脸颊极快地落地，浇灌了一颗细小的等待萌芽的草籽。

氛　围

一

在周庄有着很多的字画店，生意还都挺好。游人被这里的氛围所感染，多要带回去点艺术的东西引发回想吧。

我没事的时候也喜欢到这些地方转一转。我发现，画画的要比写字的好。也许我对画画不太懂，就像游客也不大懂似的，所以就会在各自理想的价位上成交一笔满意的生意。

那些画起码要人看了类似或神似吧，画的又多是周庄的景物，就感觉很好。书法就不一样了，大多都显得差，不是一般的差，有些连一点基本功都不具备。有些是随意的创造，脱离了书法的基本特点。我不知晓为什么这样的字还能有市场，但我分明看到有人花上一两百元即高兴而去的情景。

看得多了也就看明白了，双方都是因为周庄。

游人把写字的当成了周庄人，周庄人写的字也就有了一种纪念意义，即使不是周庄人写的，也是在周庄买的，同样产生纪念意义。

说不准还有人把这字拿回去送人。

二

这天我走到一个店里，眼睛猛然就亮起来，这可是真正的文字艺术了。

店不大，所在位置也不太好，是在一条稍显背的小街上，对面是水，并不是相拥相挤的店面，构不成热闹的氛围。

但店里张挂的是一流的好字，一看就有着极为厚实的功底。字中既有“二王”的风范，又有独特的个性。

但我发现，店里的游客并不多，可能也像我最初对书法的认识，认为写得歪歪扭扭的不是什么好字，这样我就明白其他的字画店为什么会红火了。

我越看越喜欢那些字，那是不同风格的字，显示出书法的多变和书者的能力。

我向一个正在门口张罗的小女孩打听，谁是这些书法的作者。

女孩指了指另一个女孩，说：“我们老板。”

我不禁有些吃惊，那确实也是一个女孩，怎么成了老板，且写得那么好的一手字。

女孩正聚精会神地刻着一枚方章，那石料一看就是福建的寿山石。

这样看来，女孩还有篆刻的本事。我问了一张条幅的价钱，回答是预料之外的。如此高的售价，在周庄这样的旅游市场上难免要受到冷落。

我看到一把小扇上有题字，原来也是她写的，就花钱买下了。

小女孩高兴地说这是她们今天的第一档生意。

正在刻字的女孩看了看我，莞尔一笑。那一笑就笑出美来。

原来女孩长得是如此的好,配上她的字,真该让人刮目相看了。

三

再从这条小街经过的时候,看到这个店面,我脚一滑就进来了。依然看墙上的条幅,看她在那里刻字。

她那不急不躁的神情,好像挣不挣钱都无关紧要。

后来有人告诉我,这是一个有过大挫折的女孩。那个挫折也许是由于她的美貌和才华,梦醒之后她就不再回家,来周庄开了这样的一个小店,也许并不是为了赚钱,而只是一种排遣。

不知道女孩的前途是什么样的,在有些商业化的街道上,她显得有些不随群。但我还是会看到,一些特别的人物来了,会发现这样一个雅室,欣然进入,品味之后会买走一二。这也许是女孩所期待的。

我确认了周庄给她的氛围,是一个可以养心可以医病的氛围,一个埋藏过去面对未来的氛围。

反过来说,周庄因为这样的一个女子,也多了一种氛围。

春花冬雪

讲一个儿时的经历吧。

我从遥远的山东半岛随父来到中原小城，头一次见到这样的三轮车。人坐在前边，蹬三轮的却在后边，让坐在前边的人可劲儿地把视野里的东西看个够。

现在我就坐在这别致的三轮车上，喜滋滋地听着车轮与沙土路沙沙的摩擦声。两边的田地里，绿绿的麦苗、黄黄的油菜长得好鲜艳，一片一片地看不到边；一个一个的小村庄，近了又远了；沙石铺就的小路，拐了一个弯又一个弯。

八岁的我，一个人独享了这车子。

车子先用漆刷新了，绑了大红的布带子，贴了金黄的大喜字，铺了崭新的厚褥子。蹬车的老伯，穿了一身干净的蓝布衣。我呢，自然也是从头到脚像过年，胸前还别了红色的布条条，那布条条正在风中起劲地抖，像个永远也飞不走的红蝴蝶。

将要坐在我这位置上的新媳妇是什么样子，她长得好看吗？房东大哥那大小伙多精神呀，人家又是东北阜新的矿工，说一口地道的东北话，白白净净的让我看了都喜欢。人家这么远回家来找个当地的姑娘做媳妇，还能不挑个好的？要是新嫂子模样赖了，连我这押车的都觉得无光呢。

打昨天起，我心里就慌慌的。房东大婶来找妈，说："让孩子给俺当押轿郎吧，图个吉利，也不用远处找去。"妈自然答应下来，好好嘱了我这呀那的。

说是娶媳妇的花轿不能空着去，必得有一个男孩子押轿，媳妇才娶得来。轿子是早看不到了，我坐着这三轮车替代的轿子，随了前边领路的车子，也不知转了多长时间，好不容易踅进了一个绿柳白杨遮掩的小村子。

村头立时就响起了鞭炮声。

那户人家门前的鞭炮也就响了起来。看热闹的人们，吵着笑着，拥着我们的车子直朝那庄户人家门前去。

这阵子，我好不脸红心跳，好像是人家把我娶进了村子，要么就是我来娶媳妇，反正这时的心情复杂又复杂。

下了车，我被一脸笑的大嫂领进院子，又领进了一间小屋。问叫啥，几岁了，一一低声回答，就有一张硬硬的毛票子递过来。我说啥也不要，从小妈就教不能要人家的东西，都戴红领巾了，就更不能贪了。推让半天，我还是给扔桌子上了。如果不是这边一起来的大叔说一定得收，那票子如何也不会塞回我的口袋。

我嘴里一块糖还没嚼完，就来人说好了，行动了，就又听见鞭炮重新响起来。那时没有收录机、音乐唱盘，不像现在这般隆重。

等我出去，地位已经变了，被安排在一辆自行车后座上。来时的位置必是让新媳妇坐了，那车子也在我们的前边先行上路了。

真想让车子骑到前边去，看看新媳妇是何等模样，这老半天了给什么样的人押车都不知道。可这车子就是一个劲地跟在人家后头走，真让人扫兴。

又是一阵长长的旅程，我坐在自行车后边，就觉得什么也不再好看，只一棵一棵的树向后跑着。慢慢地，我都快要睡着了。

好容易又是一阵鞭炮响，进城了，到家了。

又是一群人簇拥而来，热闹的对象已不再是我，而是那个新媳妇乘坐的三轮车。他们对于谁是新媳妇的押车郎根本没入心。倒是不知哪儿飞来的楝树的青果子，让我的脑袋上挨了几下，好疼。

仪式开始了，终于看清了跟我有关联的那位新娘子，真真的那般好看。她穿件水红的缎子袄，越发把脸蛋衬得粉粉的。

这段时间，新媳妇的头就未抬起来，被人拥着跟房东大哥对拜时还碰了个响头，让人一阵欢笑，也不免让人生一丝怜爱。

可不就是，还没等仪式结束，就有那些半大小伙子、大姑娘、小媳妇，拿着楝树果子，捏着黑锅灰、辣椒面，向那新娘子进攻了。

新娘子抱头跑进洞房，人们便追进洞房，任挤了手踩了脚的小人儿在门口哭叫，欢笑吵嚷声早把他们的声音盖住了。

我真气这种风俗，还说这样闹是好事。我挡在里屋门口，想起一点作用，终是力不从心，眼看着那些人拥进屋里。

新媳妇抱着头，缩在床角，笑也不是，哭也不是，恼也不是，怒也不是，反正人家得用摸了锅底灰的手蹭你的脸，用辣椒面抹你的嘴，用青楝果子砸你的头。

有的小孩子穿着鞋子早上了床，翻腾着新铺盖，撕破了新被子，找出边边角角的花生果子来。

我挤在中间，推搡着他们，偷偷替新嫂子出气，却不知何时也被人抹了一脸黑锅灰。

后来就听有人冲新媳妇喊："还不快脱了鞋。"新媳妇这才弯腰一抖鞋子，抖下一堆分币来，哗的一声，小人儿就扑在地上抓摸起来，才有几个嫂子样的人拉着新媳妇逃走。

这时再看，那般红润的一个人早成了一个黑花脸了。呀，她哭了，满脸的泪水直淌呢！有人说："人家在家哪受过这般折腾呀，这几天还带着病呢。"

"装的装的！"有人还是不肯放过她，反正今天要闹够的。

第二天，我放学回来，蹑手蹑脚扒开新嫂子的屋门。她正在屋里洗着什么，看我一笑，说："进来吧！"

那屋里有一股淡淡的清香。小屋不亮，却干干净净的，让人心爽。

我想说"昨天还是我给你押的车呢"，却不好出口。

她拿糖我不要，拿果子我也不要。我看着她的脸，早干干净净、红红润润的了，又像一朵新开的花儿。我想说"昨天我一直在暗中帮你呢"，想说"你病好些了吗？"

我不好意思，竟不知怎的先羞红了脸退了出来。她也就比我大十来岁吧。

此后没几天，房东大哥就回东北了，留下新嫂子独守空房。

新嫂子人很勤快，一个人照顾公婆，料理着家务。她编的草篮子、草垫子好看着呢，除自家用还送人。我们许多人住的大院子总是那么干干净净，总是她一早一晚挥动着扫帚。

两年过去了，大哥也就过年了回来一次，她也去过两次东北。多数时间，只有她一个人守着一个小屋。当我们上班上学，她公婆下地干活的时候，她就一个人守着偌大的一个空院子。

她还总是那么勤快，那么年轻红润，只是衣服没那么鲜艳了，多是穿一件蓝布学生褂，倒也衬人。

我从没见她高声说过话，跟谁拌过嘴。即使叫鸡叫猪，她也声音细柔得跟唱歌一般。这中间我也发现过秘密，她一个人偷偷哭过。那次她婆婆叫她，她就边抹着眼睛从屋里出来，边往婆婆的屋里走。房东大婶对媳妇一向很好，准是她一个人太没意思，太想房东大哥了。

有时我想，我要是个女孩子，就过去陪她，晚上同她说说话。我想不明白，她怎么没养个孩子呢？

我们搬走的前一年，新嫂子终于跟房东大哥走了，去了大东北。真高兴她和房东大哥团圆了，去过幸福日子了。

她一走，院子里总像空了些什么。落叶多了，鸡粪多了，冷冷的寒风多了，后来就飘起了雪花，纷纷扬扬地白了世界。

柏杨回家

柏杨的家乡在河南辉县，他在十几年前携夫人回过一次家乡。

“回家的感觉真好”，这是他最近说的一句话。最近他病了，长期卧床在台湾。柏杨有一个夙愿，把自己精心收藏的书籍和珍贵文献集中了五十六箱，交付给中国现代文学馆。北京派去的代表周明一行在他的家中举行了一个隆重的赠予仪式。此事在岛上引起轩然大波。柏杨说，台湾人与大陆人同文同种，使用的都是华文，都是中国人。柏杨当时躺在床上，插着鼻胃管。

最近有人去看他时，问他的夫人能不能让老人写一句话，柏杨艰难地拿起夫人递过的笔，写出了这句“回家的感觉真好”，让在场的人眼眶湿润。

周明他们归来不久，中国作家协会在北京筹备成立柏杨研究中心，我因有幸被聘为中心的特聘研究员而参加了该中心的揭牌仪式。柏杨夫人张香华女士及柏杨的儿子、女儿，还有海内外研究柏杨、关注柏杨的专家学者专程参加了这次活动。

揭牌仪式后，中国作协的领导、柏杨的家人及各界人士分别发言，我作为柏杨的家乡人也讲了话。

我说，我是从柏杨的家乡来的，柏杨的家乡距北京并不远，现在坐动车也只是四个多小时的时间，而飞机不到一个小时，即使是到台湾的距离也不能算远，现在的交通便捷了。

我说，柏杨的家乡河南已经成了经济强省、文化强省，全国排第五，再不是他少小离家的样子了，也不是他上次回家的样子了。我说，家乡的人民期盼着柏杨重新回到家乡。

我说，辉县有一座山叫关山，巍峨壮观，雄伟挺立，是太行山的余脉。河南的高速公路已经开通四千多公里，全国排第一，连通家乡的路也已经修得很好了。

我说，辉县的“辉”代表着一重意思，关山代表着一重意思，这些似乎都与柏杨相重叠。柏杨是一个大家熟悉与热爱的作家，是一个有骨气的作家。他曾经蹲过台湾的监狱，不屈的性情使他在狱中读到大量的文学史著。他竟然有一百多部著作问世，题材涉及多个方面。他是位著作等身的作家，是一个代表着中国文化人骨气的先行者。

我说，在张香华女士专程带来的录像上，我们看到了柏杨亲手写出的“回家的感觉真好”，那歪歪斜斜的不太好认的字表明了一个老人对祖国对家乡的赤诚情怀。镜头拉近的时候，我们会感觉到老人眼中的湿润。

五十六箱宝贵的资料是不可估量的文化财富。我从中国作协领导的手中接过大红的聘书，感觉沉甸甸的，我能为柏杨先生做些什么呢？

回来之后事务缠身，我还没有及时去翻看柏杨的文集，就又接到了周明的短信，说柏杨为抗议阿扁已经绝食。

年近九十高龄的柏杨，长期卧病在床的柏杨，已经口不能多言、手不能畅写的柏杨，竟然又以绝食的行为向陈水扁发出了最后的一枚投枪，我的心又一次涌动起来。

起身开窗，窗外已是一片雪花飞舞的世界。

我向柏杨先生所在的方向看去，我想告诉他，家乡又下了一场瑞雪，明年又该是一个丰年了。我不知道这场雪能不能飘到他所在的地方，也许飘到台湾的时候就变成了一场雨。

（这篇文章写过不久，柏杨先生就去世了，这让我涌起无尽的伤感）

安装工小马

小马的墨镜还放在那个杂物台上，静静地享受着阳光，而小马这时可能正在阳光下骑着车子狂奔。几次打电话给他，他都说在去客户家的路上。小马很忙，忙得连眼镜都顾不上来取。那天小马干完活走得慌张，已经九点多了，我才发现他的墨镜忘在了杂物台上。

小马是一家公司的热水器安装工，来我家的时候已经是晚上六点了。小马表示很不好意思，说让我久等了。小马干活很麻利，为了安装得美观些，小马在不大的空间里费了很大的事。

我说一会儿装热水器的时候叫我一下，可等我看见，小马自己一个人正扛着那个大家伙在卫生间狭小的空间里转着身子，我赶忙去帮手，那个大东西被小马举过了头顶，这时我已经帮不上忙了，小马是站在梯子上的。可是小马举着个大东西，就是挂不上钉好的小钩子。那两个小钩子太袖珍了。我看得出，小马已经没有缓冲的余地，要么在最短的时间里挂上去，要么就会坚持不住掉下来。小马满头大汗地憋红了脸最后一举，站立的梯子在猛一用力中突然滑动了，小马站立不稳，差一点摔了下来，而我就在他的下面仰头看着，躲是来不及了。小马打了个趔趄没有摔到地上，而热水器正好挂在了其中一个钩钩上，斜斜地没有掉下来。

好险啊！小马直说不好意思，而我吓了一头汗。

这时小马的手机不停地响。小马接听说一会儿就赶过去，好像是一个客户的事情。小马说总有干不完的事，等干完了，也快半夜了。

又有个电话打进来，是问小马在哪里，吃饭了没有，而且还要把饭送过来。小马说："不用不用，你先吃吧，一会儿就好了。"那边说："你不要急，把活儿给人家干好，别马虎。"小马说："是，我啥时马虎过。"那边说要过来帮上一把，小马就有些急躁了，说："你啰唆什么，耽误我干活。"

我说："是你的爱人吧？挺关心你的。"小马说是女朋友，在一起住着。哦，那是个准妻子，也还是挺细心的。小马说："她总是怕我给人家干不好。"我问她干什么，小马说是干销售的。两人在郊外租了一间很便宜的房子，比都市村庄的还便宜，就是路远一点。起得早一点，睡得晚一点，腿和车子辛苦一点，就又能多余下点钱了，可以给女朋友买个好衣服什么的。女朋友跟了自己，总是什么都不舍得买，起早贪黑地跟着自己吃苦，不管多晚回去，她都在那里等着，有时守着饭菜就睡着了。

我说小马有福。小马说是啊，那就只有好好干活。女朋友也是看重了他这一点才跟他好的。我心里感慨社会上还有这么实诚的年轻人。

我忽然想起来，应该给小马拿点吃的，就去了厨房拿来几个包子，可小马很是不好意思起来，说什么也不吃，说这是公司的规矩。我说就当是兄弟。小马还是不吃,说一会儿就好了,不饿的,把碗放在了那里,直到最后他都没有吃一个。小马把活儿做得很认真,线路跑得规规矩矩,还帮我做了多余的活儿,比如另外跑了一根线。小马很仔细地填写了安装单,很仔细地讲说了注意事项,说有什么事情可以给他打电话。小马留下了手机号,然后就匆匆忙忙地去了另一个客户家,调度那里已经打好几次电话催了。小马又得忙到很晚了,他的可爱的准妻子还在家里等着呢。这中间她也是打了好几个电话了,小马说着善意的谎话,说再有一个小时就回去了。小马就这么匆匆忙忙地走了,把那个遮阳的墨镜忘在了水池的台子上。

我记着小马说,干一个月能拿三千块钱,女朋友能拿一千多元。小马挺满意的。小马说钱拿多少是小事,关键是把活儿干好,不能损坏了公司的名誉。小马是个很敬业的人,我想我要是有一个公司就让小马做个总经理助理什么的,小马是个可用的人,而他的准妻子能做部门经理。可我笨得不会经营个什么公司。

小马黑黑的,壮壮的,精精明明的,小马很是让人念想。

我再一次给小马打电话,告诉他我会把他的墨镜直接送到卖热水器的商场去。